바다는 태양에 지지 않는다

지지 않는다

＊ 잘못된 책은 교환해 드립니다.

바다는 태양이 지지 않는다

제1권 바다의 태양이 되려는 사나이들
초판 1쇄 인쇄 2010년 7월 14일 | 초판 1쇄 발행 2010년 7월 22일
지은이 박철주
펴낸이 최종숙
책임편집 이태곤
편집 추다영 · 임애정 · 권분옥 · 이소희 · 박선주
총괄진행 이홍주 | **디자인** 안혜진 | **마케팅** 문택주 · 안현진 | **관리** 이희만
펴낸곳 글누림출판사
등록 제303-2005-000038호(등록일 2005년 10월 5일)
주소 서울시 서초구 반포4동 577-25 문창빌딩 2층(우137-807)
전화 02-3409-2055 | **FAX** 02-3409-2059
홈페이지 http://www.geulnurim.co.kr
이메일 nurim3888@hanmail.net
ISBN 978-89-6327-075-3 04810
        978-89-6327-074-6(전3권)

정가 12,000원
＊ 잘못된 책은 교환해 드립니다.

The sun never goes down at the ocean

바다는 태양이 지지 않는다

박철주 장편소설 **1**

바다의 태양이 되려는 사나이들

글누림

작가의 말

필자가 소설 '후지산은 태양이 뜨지 않는다'를 출간한 지 만 10년이 넘었다. 10년이란 세월이면 강산도 변한다고 하듯이 필자가 해군에 복무하던 시절 인천 해역방어사령부에서 같이 출동을 뛰던 참수리 고속정들이 지난 10년간 세 차례에 걸쳐 격렬하게 해전을 치렀다. 모두 승리로 끝났지만 그중 한 척이 참혹하게 침몰하였다. 필자가 시간 날 적마다 틈틈이 놀러가서 선배하고 동기들과 함께 둘러앉아 따뜻한 커피와 아울러 진한 전우애를 마시던 그 고속정들이다. 그리고 필자가 초임 장교로서 한 달간 실습을 했던 초계함 천안함도 격침되었다. 천안함은 필자에게 함상 생활의 첫 경험과 더불어 해군으로서의 자부심을 심어주었던 함선이다. 이런 소식을 들을 때마다 필자의 마음은 참으로 형용할 수 없으리만큼 슬프고 또한 아려온다. 끝까지 장렬하게 전투를 치르며 침몰해 들어간 참수리 고속정과 국가를 수호하다가 떠나간 천안함 승조원들을 생각하면 타는 듯한 분노와 슬픔을 참으로 억누르기 힘들다. 그런데도 필자는 게을러서인지 변함이 없다. 이에 반성하는 의미에서 그들의 의기와 용기 그리고 국가에 대한 사랑에 대해 조금이나마 호응하기 위하여 그동안 게으름으로 미루어 오고 있던 '후지산은 태양이 뜨지 않는다' 의 속편을 다듬어 '바다는 태양이 지지 않는다' 를 출간한다.

그간 '후지산은 태양이 뜨지 않는다'를 출간한 이후 이의 속편격인 '바다는 태양이 지지 않는다'를 출간하라는 말을 여러 차례 들어왔었다. 그러나 필자가 작가의 길이 아닌 학자의 길을 걷는 외도를 하고 있어서 이의 속편은 이미 완성되어 있었지만 이에 대한 출간은 차일피일 미루어 오고 있었다. 그렇게 한 해 두 해 보내던 것이 어느덧 10년이란 세월이 되었다. 순간 정신이 번쩍 든다. 그런데 마침 필자의 '바다는 태양이 지지 않는다'를 '글누림출판사'에서 출간하자는 제의가 들어와서 필자의 10년간 게으름을 깨고 또한 국가를 수호하다 스러져간 젊은 영령들에 대해 산자로서 그들의 거룩한 뜻을 조금이나마 받들고 위로하기 위해 '후지산은 태양이 뜨지 않는다'의 속편격인 '바다는 태양이 지지 않는다'를 조심스레 세상에 내놓게 되었다.

'후지산은 태양이 뜨지 않는다'에서 주인공인 '박준영'은 해군 정보부 장교이자 첩보원이다. 그는 냉철하며 쉽게 감정을 가지지 않는 차가운 인물이다. 그러나 그도 한때는 따뜻하고 여린 마음을 가졌던 아름다운 한 젊은이였다. 그러던 그가 해군 장교로 입대하면서 피로 맺어지는 동기들을 만나고 자신과 그들의 뜨거운 사랑과 슬픈 사랑을 겪게 된다. 사관후보생 시절 동기들과 누리던 기쁨과 애환 그리고 여인들과의 애증은 이제 박준영의 실체가 아닌 그림자로 사라졌다. 그러나 그 그림자는 오늘날의 '박준영'과 여전히 점철되어 있다. 여기 '바다는 태양이 지지 않는다'는 바로 이 이야기들을 다루고 있다.

이 소설에서는 '박준영'이 해군 장교로 임관하기까지의 온갖 에피소드들이 펼쳐진다. 그리고 임관한 후 초급 해군 장교시절 그가 겪어야 했던 모진 고난과 쓰리고 아린 슬픔들을 다루었다. 이러한 과정을 거쳐 그는 마침내 차갑고 냉철한 첩보원이 되었다. 여기서는 그가 어떻게 해서 '후지산은 태양이 뜨지 않는다'에서의 '박준영'과 같이 그런 차갑고도 냉철한 첩보원이 되었는가를 보여준다.

이제는 하나의 그림자가 되어 버린 군과 군인 그리고 이들과 얽힌 여인들의 애증과 슬픈 사랑을 보여주고 있는 이 소설에서의 이야기들은 실화를 바탕으로 각색되었다. 다만, 여기서는 개인의 사생활 보호를 위해 가명을 사용하였다. 그리고 군사비밀에 관여된 것은 다소 다르게 표현하였다. 해군 장교의 훈련과정 또한 군사비밀의 하나이므로 있는 그대로 밝히지는 못하고 조금 다르게 나타냈다.

본 소설은 고려대 안암동 의과대학에 재직 중이신 김명곤(피부과) 교수님, 김동식(일반외과) 교수님, 홍순철(산부인과) 교수님의 조언을 받았다. 그리고 현역으로 있는 해군 장교들(중령, 대령)의 조언을 참조하였다. 교육과 진료에 바쁘신 와중에도 필자를 위해 조언을 아끼지 않으신 김명곤 교수님과 김동식 교수님 그리고 홍순철 교수님께 이 자리를 빌어 진심으로 감사의 인사를 드린다. 아울러 필자에게 선배와 동기로서 기꺼이 조언을 해준 해군 장교들에게도 깊은 감사의 인사를 드린다. 본 소설에서 보이는 의학과 군에 대한 내용은 필자에 의한 창작적 의도에 따른 것으로서 전적으로 필자에게 책임이 있다.

본 소설에 있어서 제3권 제3장 '약속과 데자뷰'가 가장 내용이 짧다. 그러나 조국이 남북으로 양분된 이 시기에 있어서는 제3권 제3장 '약속과 데자뷰'가 아직도 끝나지 않은 가장 긴 내용이 될 것이다.

끝으로 사랑하는 조국과 민족을 위하여 영원히 지지 않는, 바다의 뜨거운 태양으로 승화한 순국 영령께 이 소설을 바친다.

박철주

사랑하는 조국과 민족을 위하여 영원히 지지 않는,
바다의 뜨거운 태양으로 승화한 순국 영령께 이 소설을 바친다.

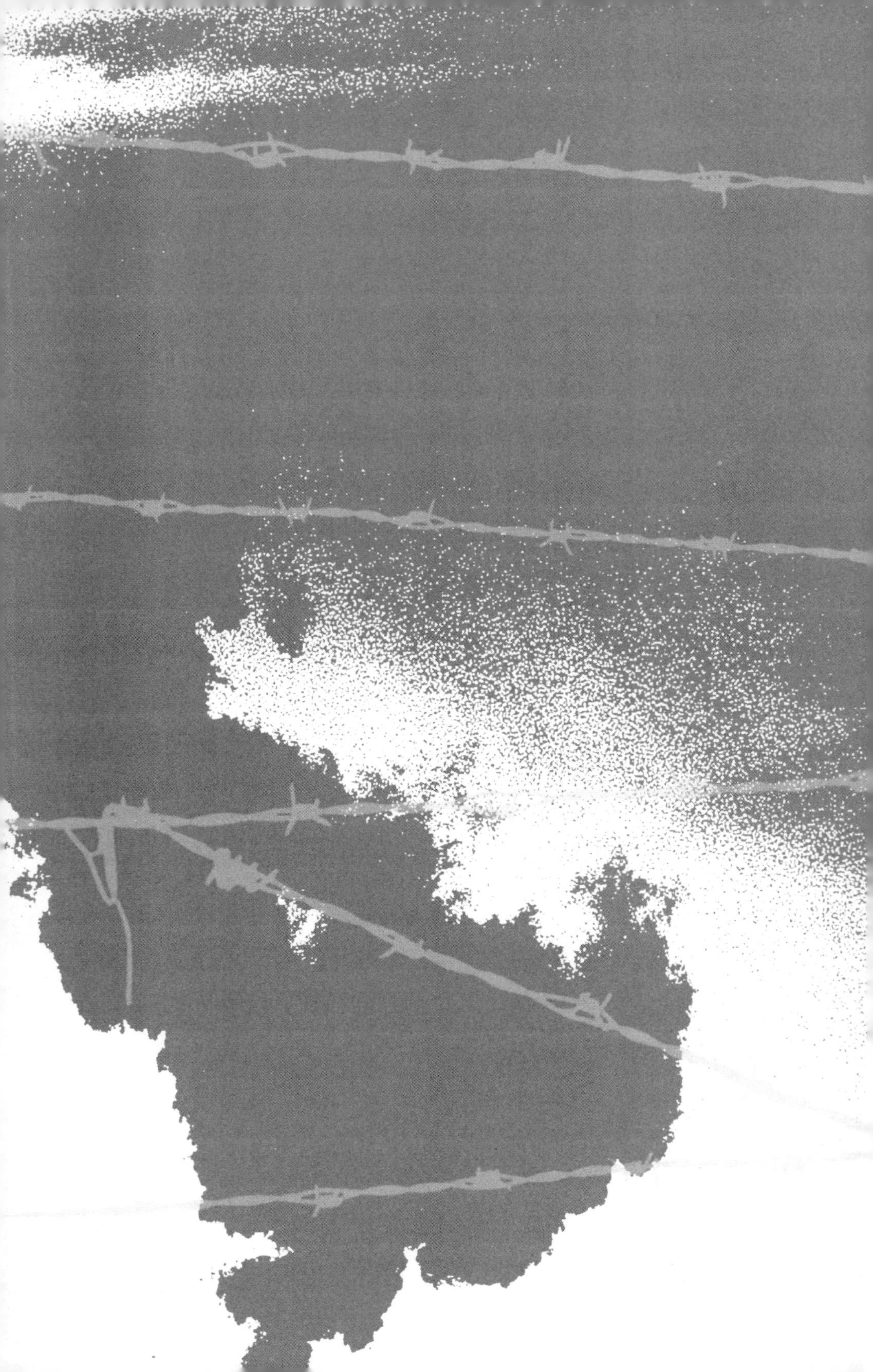

제1권
바다의 태양이 되려는 사나이들

제1장

해상 대결

“총원! 꽉 잡아!”

PKM 참수리 고속정 정장 김영호 대위가 함교에서 직접 함내 마이크로 외쳤다. 결연하면서 급한 음성의 명령이 떨어지자 정장이 서 있는 함교를 비롯하여 참수리 고속정 곳곳에서는 그의 명령을 재빨리 복창하는 대원들의 소리가 크게 들려왔다.

“꽉 잡아!”

“꽉 잡아!”

“꽉 잡아!”

“꽉 잡아!”

순간, 참수리 고속정은 굉음과 함께 공중으로 치솟았다.

“꽈과광!”

날카로운 금속음과 함께 참수리 고속정의 함수는 높이 치솟아 오르다가 곧이어 왼편으로 급격한 경사를 이루면서 바다로 떨어졌다. 그러자 튀어 오르는 물방울과 때마침 몰아친 파도에 의해 참수리 고속정은 하얀 파도 속에 잠시 동안 사라졌다. 이때 마치 지옥에서 울려오는 듯한 끔찍하고도 기괴한 금속성 마찰음이 들려왔다.

"RPM 최대 유지!"

소름끼치는 금속성 마찰음을 뚫고 또 다시 들려오는 김영호 정장의 명령.

"RPM 최대 유지 완료!"

기관장 배영남 소위는 참수리 고속정의 최고 출력을 그대로 유지시켰다. 그러자 비명을 지르는 듯한 금속 마찰음이 더욱 강하게 들려왔다.

"키 꽉 잡아!"

김영호 정장은 조타장 김인균 중사에게 소리쳤다.

"키 꽉 잡아!"

김인균 중사가 즉시 명령을 복창하며 키를 다시금 움켜잡았다. 그는 방금 일어난 충돌로 인해 조타석 걸상에서 바닥으로 굴러 떨어졌지만 키만은 양팔로 부둥켜안은 채 놓치지 않았다. 때문에 마치 키에 매달린 형국이 되었지만 그래도 김인균 중사는 김영호 정장이 명령한 방향대로 키를 조금도 움직이지 않고 고정시키고 있었다.

"기관장! 계속 밀어붙여!"

김영호 정장은 참수리 고속정의 기관장인 배영남 소위에게 외쳤다.

"예! 알겠습니다!"

배영남이 다급하게 대답했다.

"키 우현 025도 잡아!"

김영호 정장은 함교 밖을 재빨리 내다보고는 김인균 중사에게 즉시

배를 우측으로 틀도록 명령을 내렸다. 그러자 김인균 중사가 키를 우측으로 최대한 돌리고는 명령을 복창해왔다.

"키 우현 025도 잡기 완료!"

배가 우측으로 틀리면서 또 다시 금속성 마찰음이 강하게 들려오기 시작했다. 이때 함교 밖을 계속 응시하던 김영호 정장이 급히 명령을 바꾸어 다시 내렸다.

"키 좌현 025도 잡아!"

"키 좌현 025도 잡기 완료!"

김인균 조타장은 곧바로 키를 반대로 재빨리 돌리고는 명령을 복창했다. 이번에는 배가 좌측으로 틀기 시작했다. 김영호 정장은 연신 함교 밖을 내다보았다. 그리고는 그 상태로 김인균 중사에게 다급하게 소리쳤다.

"키 꽉 잡아!"

"키 꽉 잡아!"

참수리 고속정은 김인균 중사의 복창 소리와 함께 함수를 계속해서 왼편으로 틀었다. 그러자 마치 금방이라도 깨질 듯한 금속성 마찰소리가 참수리 고속정의 함수 쪽에서 더욱 크게 들려왔다.

"쿵!"

참수리 고속정의 후미에서 들려오는 충돌음이다. 그러자 김영호 정장이 다시 김인균 중사에게 급히 명령을 내렸다.

"키 우현 전타!"

"키 우현 전타 완료!"

김영호 정장은 함교에서 일어선 채로 창밖을 보며 상황을 잠깐 살폈다. 그러더니 재차 김인균 중사에게 급하게 방향타를 지시했다.

“키 좌현 전타!”

“키 좌현 전타 완료!”

김영호 정장은 김인균 중사로부터 방향타 잡기 완료 보고를 듣자마자 기관장인 배영남에게 고함을 쳤다.

“그대로 밀어붙여!”

“옛!”

배영남은 큰소리로 대답하면서 최대한 위로 끌어 올려놓은 기관전령기의 손잡이를 꽉 움켜잡았다. 그러자 밖에서 찢어지는 듯한 금속성 마찰음이 들려왔다.

“끼기기기기긱!”

김영호 정장은 오른편 선측에서 강한 금속성 마찰음이 나자 함교의 창을 통해 밖을 내다보았다. 그리고는 곧 자기 옆에 서 있는 박준영과 대원들을 보고 외쳤다.

“나는 밖에서 조함하겠다! 부장은 함교를 맡는다!”

김영호 정장은 급히 말하고는 함교 뒤에 나있는 문을 통해 곧바로 밖으로 뛰어나갔다. 그는 함교 뒤에 있는 상갑판으로 나서자 상갑판에 설치된 외부 조함대로 즉시 올라섰다. 마찰이 일어난 함정의 오른편에서는 참수리 고속정의 양쪽 측면 아래쪽에 설치된 연돌의 배기구에서 뿜어내는 희끄무레한 배기가스가 쉴 새 없이 올라오면서 자욱하게 퍼지고 있었다.

“쿵쿵쿵쿵쿵!”

참수리 고속정의 엔진은 터져버릴 듯이 마구 뛰어대고 있었다. 그런데 이러한 엔진 소리가 참수리 고속정에서만 들려오지는 않았다. 참수리 고속정 오른쪽 바로 맞은편에 또 다른 함정이 함수를 반대로 둔 채 배를 좌현으로 틀고 있었다. 그 함정은 소위 등산곶 초계정으로 불리는 SO-1급 중형 경비함인 PCF였다. 바로 북조선 인민공화국 해군 초계정이었다.

등산곶 초계정은 42m 길이에 215톤 나가는 함정으로서 승선인원은 40~50명이 된다. 한국의 참수리 고속정이 37m 길이에 170톤이고 25~30명의 승선인원을 가지는 배이므로 외형상으로는 등산곶 초계정이 참수리 고속정보다 큰 함정이 된다.

참수리 고속정과 등산곶 초계정은 계속해서 날카로운 금속 마찰음을 내면서 서로 강하게 밀착대고 있었다. 이때 참수리 고속정의 왼편 저 멀리에서 한국 어선이 전속력으로 백령도를 향해 내달렸다.

NLL 부근 서쪽 공해상에서 조업하던 이 어선의 선원들은 한 시간 전에 자기 쪽을 향해 아득히 저 멀리서 하얀 물보라를 일으키며 달려오고 있는 함정을 보았었다. 처음에는 그들 모두 그저 지나가는 한국 고속정으로 알고 하던 조업을 계속하였다. 그런데 얼마 있지 않아 한 선원이 동료들을 향해 다급하게 소리쳤다.

"그물 끊어!"

"……?"

모두들 갑자기 외치는 그 선원의 말에 영문을 모르고 그를 쳐다보았다. 그러나 그들은 그 선원의 대답이 필요 없었다. 그들은 배가 끌고 있던 그물을 각자 칼을 들고 급히 썰어대기 시작했다. 두꺼운 그물의 줄은 쉽게 잘려지지 않았다. 선원들은 다급한 마음에 칼을 들고 도끼마냥 그물의 줄을 내리쳐 댔다. 어느덧 그들의 뒤 저편 멀리에서는 자신들을 향해 내달리는 함정의 거친 엔진 소리가 빠른 속도로 덮쳐오고 있었다. 이때 어선의 선장은 조타실에서 긴급 무선을 정신없이 보내고 있었다.

"여기는 대명 2호! 여기는 대명 2호! 북한 함정이 우리를 나포하려 한다! 구조바람! 구조바람!"

선장은 조타실 창을 통해 망원경으로 밖을 내다보았다. 이제는 초계정의 갑판에 나와 있는 북한의 수병들 모습이 작게나마 뚜렷이 보이고 있었다. 선장은 다시 어선의 갑판을 보았다. 이때 한 선원이 손을 흔들며 급하게 외쳤다.

"출발!"

마침내 그물을 다 끊어 낸 것이다.

"통통통통통!"

어선은 모든 어구를 버린 채 '통통'거리는 엔진 소리를 내면서 즉시 이동하기 시작했다. 이윽고 해상에서는 40분에 걸친 필사의 도망과 추격이 펼쳐졌다. 그러나 제 아무리 속력을 낸다 하더라도 군함의 추격을 벗어날 수는 없었다.

"쿵쿵쿵쿵쿵!"

어느새 북한의 초계정은 고성능의 엔진 소리를 내면서 대명 2호를 앞질러 가고 있었다. 그리고는 다시 방향을 틀면서 대명 2호의 퇴로를 차단하고 있었다. 북한의 함정은 SO-1급 PCF인 등산곶 초계정이었다. 대명 2호의 퇴로를 완전히 차단하자 등산곶 초계정은 속도를 현저히 늦추었다. 서행하면서 대명 2호를 향해 다가오고 있는 등산곶 초계정의 갑판에는 북한 수병들이 88식 보총을 들고 대명 2호를 향해 조준한 채 서 있었다.

"틀렸다!"

대명 2호 선장은 절망적인 음성으로 말하며 손을 머리 뒤로 올렸다. 그때였다.

"꽝! 꽝! 꽝! 꽝! 꽝! 꽝!"

어디에선가 둔하면서도 높은 음향이 연속적으로 들려왔다. 함포 소리였다. 40mm 보포스 단장포가 발사된 것이다. 대명 2호 선장은 소리가 들리는 쪽을 향해 반사적으로 고개를 돌렸다. 저 멀리에서 하얀 물보라가 보이고 있었다. 그 물보라는 엄청난 속도로 이곳 대명 2호를 향해 접근해 오고 있었다. 한국 해군의 참수리 고속정이었다. 선장의 구조요청 무선을 들은 것이다.

"꽝! 꽝! 꽝! 꽝! 꽝! 꽝!"

또 다시 들려오는 둔하면서 높은 음향의 함포 소리. 참수리 고속정에서 40mm 보포스 단장포가 연신 불을 뿜어 댔다. 이때 급하게 엔진 돌아가는 소리가 들려왔다. 북한의 등산곶 초계정이 뒤로 후진하기 시작한 것이다. 등산곶 초계정의 앞으로 40mm 포탄들이 쏟아지면서 작은 물기둥 울타리를 쳐대고 있었기 때문이다. 이로 인해 북한의 등산곶 초계정은 대명 2호와 거리가 다소 멀어졌다. 그러나 등산곶 초계정은 여전히 대명 2호의 퇴로를 차단하고 있었다.

순간 대명 2호는 재빨리 방향을 틀어 다시 기동하기 시작했다. 그러자 북한의 등산곶 초계정도 동일 방향으로 같이 기동하기 시작했다. 퇴로가 다시 막혔다. 선장은 이번에는 반대 방향으로 급하게 배를 선회시켰다. 그렇지만 역부족이었다. 북한의 등산곶 초계정이 또 다시 막아섰다. 그러나 포기할 수는 없다. 선장은 스크루를 역회전시키기 시작했다. 대명 2호가 뒤로 급속히 후진했다. 그러자 대명 2호의 뒤를 막기 위해 북한의 등산곶 초계정이 크게 원을 그리면서 기동하기 시작했다. 이때였다. 쏜살같이 내달리며 등산곶 초계정을 향해 몸을 내던지는 거대한 그림자가 있었다. 한국의 참수리 고속정이었다.

"총원! 꽉 잡아!"

참수리 고속정 정장 김영호 대위의 긴장된 음성이 함내 방송을 통해 울려 퍼졌다.

"꽈과광!"

쇠가 부딪치며 내는 불꽃과 함께 귀를 찢는 듯한 굉음이 들려왔다. 참수리 고속정이 선회를 하고 있는 등산곶 초계정의 오른쪽 중간 앞부분을 함미 방향으로 해서 함수로 박은 것이다.

"끼끼끼끼긱!"

곧이어 금속이 날카로운 비명소리를 내지른다. 참수리 고속정이 함수로 등산곶 초계정의 함수 쪽 옆부분을 계속 밀어대자 등산곶 초계정은 이 상황을 벗어나려고 함수를 우현으로 돌렸다. 하지만 참수리 고속정도 곧바로 우현으로 틀기 시작했다.

이에 북한의 등산곶 초계정은 함수를 다시 좌현으로 틀었다. 이때 참수리 고속정도 덩달아 함수를 좌현으로 틀었다. 그러자 배가 서로 어긋나면서 참수리 고속정의 함수가 등산곶 초계정의 오른쪽 선측을 함미 방향으로 강하게 훑고 지나갔다.

"끼긱! 끼끼긱!"

참수리 고속정의 함수가 비명을 지르는 듯한 금속성 마찰음을 내며 등산곶 초계정의 오른쪽 옆 부분을 서서히 죽 훑는다. 참수리 고속정의 함수는 계속 그렇게 훑으면서 등산곶 초계정의 우측 중간 부분을 지나

후미 부분에 이르렀다. 그러자 참수리 고속정의 미는 힘에 의해 등산곶 초계정의 우측 중간 앞부분이 참수리 고속정의 우측 후미를 쳤다.

"쿵!"

상황이 이렇게 되자 참수리 고속정과 등산곶 초계정이 서로 함수를 반대로 한 채 마치 해상계류를 하고 있는 형국처럼 되었다. 그러나 이는 홋줄에 의한 배의 접속이 아니다. 이것은 힘겨루기에 의한 배의 접속이었다.

등산곶 초계정은 참수리 고속정이 충돌로써 함수의 오른편을 막아서자 이를 벗어나기 위해 키를 왼편으로 돌렸다. 그러나 등산곶 초계정은 왼편으로 함수를 돌리지 못했다. 등산곶 초계정의 함미 부분에 함수가 가 있는 참수리 고속정이 동시에 오른편으로 키를 돌렸기 때문이다. 함수가 왼편으로 움직이면 함미는 이와 반대로 오른편으로 움직인다. 그런데 오른편으로 움직이는 등산곶 초계정의 함미를 참수리 고속정이 우측 함수로써 등산곶 초계정의 함미 우측을 밀어댄 것이다. 결과적으로는 서로 반대 방향으로 밀어댄 것이 되어 결국 등산곶 초계정은 방향을 왼편으로 틀지 못했다. 대신 등산곶 초계정의 함수와 참수리 고속정의 함미 간 간격이 서서히 벌어지기 시작했다. 따라서 등산곶 초계정이 함수를 계속 왼편 방향을 튼다면 마침내 참수리 고속정과 완전히 떨어질 수 있을 것이다. 그러나 등산곶 초계정은 왼편으로의 기동을 중지했다. 이런 식으로 떨어졌다가는 자신의 뒷부분을 적의 앞부분에 완전히 내주는 격이 되기 때문이다. 물론 이때 등산곶 초계정은 함미 갑판에 있는 37mm 단연장포로써 참수리 고속정의 함수를 겨냥하겠지만 참수리 고속정에서도 함수의 40mm 보포스 단장포로 등산곶 초계정의 함미를 겨냥하고 있을 것이기 때문에 적과 같이 침몰하기로 한 것이 아닌 이상 이는 작전 면에서 상당히 위험하면서도 매우 어리석은 상황이 된다.

이에 등산곶 초계정은 이번에는 키를 오른편으로 돌렸다. 그러나 역시 마찬가지로 등산곶 초계정은 오른편으로 함수를 돌리지 못했다. 참수리 고속정도 여기에 맞춰 키를 오른편에서 왼편으로 돌렸기 때문이다. 결국 등산곶 초계정의 함수는 오른편으로 기동하는 참수리 고속정의 함미에 의해 전혀 오른편으로 기동을 못했다. 대신 등산곶 초계정의 함미와 참 수리 고속정의 함수 간 간격이 벌어지기 시작했다. 그런데 이번에도 등 산곶 초계정이 오른편으로의 기동을 멈췄다. 만일 계속 이런 식으로 기 동하여 등산곶 초계정의 함미와 참수리 고속정의 함수 사이가 벌어져서 마침내 등산곶 초계정이 참수리 고속정과 분리되게 되면 등산곶 초계정 의 함수가 참수리 고속정의 후미를 바라보게 된다. 이렇게 되면 등산곶 초계정의 함수에 있는 85㎜ 단연장포가 참수리 고속정의 함미를 겨냥하 게 되어 공격과 기동에 있어 등산곶 초계정이 참수리 고속정에 비해 유 리하게 되는 것은 맞지만 크게 이득 될 것은 없다. 어차피 참수리 고속 정에서도 후미 갑판에 있는 20mm 발칸포와 중간 갑판에 있는 또 다른 20mm 발칸포가 등산곶 초계정의 정면을 겨냥하고 있을 것이기 때문이 다. 뿐만 아니라 등산곶 초계정의 진로마저 참수리 고속정의 함미에 의 해 차단된다. 따라서 이 상태라면 등산곶 초계정으로서는 오른편으로의 기동이 아무런 의의도 없는 것이다.

이처럼 등산곶 초계정이 왼편이든 오른편이든 기동을 못하게 참수리 고속정이 결사적으로 막고 있는 동안 대명 2호는 때를 놓칠 새라 전속 력으로 이 해역을 벗어나고 있었다. 이를 지켜본 등산곶 초계정은 방향을 트는 대신 직진을 시도했다. 그러자 참수리 고속정은 함미 우측을 등산곶 초계정으로 더욱 강하게 밀어붙였다. 등산곶 초계정이 빠져나가는 것을 막지는 못하지만 등산곶 초계정의 방향을 대명 2호와 반대되도록 최대한 밀어서 틀어준다면 대명 2호는 그만큼 더 멀리 도망갈 수 있는 시간을 벌 수 있을 것이다.

등산곶 초계정의 우측면에 최대한 강하게 밀착된 참수리 고속정의 우측면을 등산곶 초계정은 찢어지는 듯한 금속성 마찰음을 내면서 지나가기 시작했다.

"나는 밖에서 조함하겠다!"

참수리 고속정 정장 김영호 대위는 함교에 있는 박준영 부장을 비롯한 대원들에게 말하고는 다급하게 함교 밖을 나서서 배의 중앙에 있는 상갑판으로 뛰어올라갔다. 북한의 등산곶 초계정이 지금 참수리 고속정과 측면 마찰을 일으키며 이 자리에서 벗어나기 시작하고 있으므로 예측하지 못한 불의의 사태가 어느 순간 일어날지도 모른다. 이를 통찰하기에는 함교 안은 한계가 있다. 이에 김영호 정장은 함교 밖의 상갑판에서 전체적인 상황을 살펴보며 지휘하기 위해 함교를 박준영 부장에게 맡기고 함교 밖의 외부 조함대로 올라갔다.

"끼기기기긱!"

쇳소리가 내는 끔직한 마찰음이 참수리 고속정과 등산곶 초계정의 사이에서 울려나왔다. 그리고 그와 동시에 등산곶 초계정은 참수리 고속정의 오른쪽 옆면을 지치며 서서히 지나가고 있었다.

"종간나 새끼! 죽이갓서!"

등산곶 초계정 정장이 상갑판에서 참수리 고속정 정장 김영호에게

T-68식 권총을 빼어들고 외쳤다. 하지만 그는 더 이상 다른 말을 하지 않았다. 김영호 정장이 이미 그에게 M1911A1 콜트 권총을 겨누고 있었기 때문이다. 김영호 정장은 등산곶 초계정 정장이 권총집에서 권총을 꺼내들려 하자 그보다 더 빨리 자신의 허리에 찬 권총집에서 M1911A1 콜트 권총을 빼어들었던 것이다. 그들은 불과 8m의 거리를 남겨두고 서로 권총을 겨누며 그렇게 엇갈려 스쳐지나갔다.

제2장

아콰포비아

"우리는 해군이다! 바다가 고향! 가슴 속 끓는 피를 고이 바치자!"

전투 수영장 가득히 울려 퍼지는 해군 군가.

해군의 수영 훈련장인 전투 수영장 한쪽 귀퉁이 바닥에 대오를 갖춘 해군 1중대 1소대 대원들 전원이 수영복 대용 반바지 차림만으로 일어선 채 군가를 목청껏 불러대고 있었다.

"귀관! 입수!"

어디선가 들려오는 날카로운 고함소리.

"귀관 입수! 입수하란 말이다! 입수!"

또 다시 수영장을 쩌렁거리며 들려오는 고함소리. 해군 1중대 1소대 훈련관 해군 대위 김영호의 목소리다. 전투 수영장에는 잠시 침묵이 흘렀다. 그러나 이 침묵은 그리 오래 가지 않았다.

"동기야! 힘내라!"

"동기야 힘내라!"

해군 1중대 1소대원들은 군가를 멈추고 일제히 응원하기 시작했다.

"귀관 입수!"

김영호 해군 훈련관은 다시 목에 핏대를 세우면서 소리를 질러 댔다. 그러자 겁이 잔뜩 들어간 복창소리가 전투 수영장의 까마득히 높은 천장으로부터 들려왔다.

"입수!"

순간 해군 1중대 1소대원 전원은 긴장하며 전투 수영장의 천장 부근을 일제히 바라보았다. 그곳에는 10미터 높이의 다이빙대에 서 있는 한 사관후보생이 있었다.

"귀관 입수하란 말이다!"

또 다시 울려 퍼지는 김영호 해군 훈련관의 고함소리.

"예! 입수!"

10미터 다이빙대에 있는 사관후보생은 곧바로 복창을 해왔다. 그러나 그것이 다였다. 그는 부동자세로 꼼짝도 못하고 서 있었다.

"귀관!"

"예! 사관후보생 문규현!"

"귀관 입수 실패! 이리 내려와!"

"아닙니다! 할 수 있습니다!"

"내려오란 말이다!"

"아닙니다! 할 수 있습니다!"

"내려와!"

"할 수 있습니다!"

문규현은 끝까지 버티며 다이빙대에 서 있었다. 아니 그는 버틸 수밖에 없었다. 지금 자기 때문에 동기들이 양쪽 팔꿈치와 무릎 안쪽이 벌겋게 까지도록 기합을 받았기 때문이다. 이번에도 입수에 실패하면 동기들은 또 다시 맨몸으로 수영장의 타일 바닥 위에서 낮은 포복을 하며 그 넓은 수영장을 다섯 바퀴나 돌아야 한다. 때문에 문규현은 내려갈 수가 없었다. 만일 또 풀장에 입수하는 것을 포기하고 다이빙대를 내려가면 동기들은 네 번째 기합을 받게 된다. 그리고 자신은 훈련 부적격자로 판정되어 퇴교를 당하게 된다.

문규현은 싫었다. 어떻게 하든 훈련 과정을 다 마치고 임관하고 싶었다. 평소 소심하고 조용한 성격 때문에 그는 자신이 좋아했던 양수빈에게 자기의 마음을 제대로 나타내 보지도 못한 채 그녀가 결혼하는 것을 지켜보아야 했다. 그래서 석사과정을 마치고 박사과정에 입학하였으나 박사과정을 포기하고 여기 해군 사관후보생으로 입대를 한 것이다. 덕분에 그는 26세의 나이로 군에 들어오게 되었다.

"규현아! 넌 차라리 면제를 받지 여기에 왜 왔니?"

역시 문규현과 마찬가지로 석사학위 소지자로서 해군 학사장교로 입대하여 지금 해군 1중대 1소대 학생 소대장을 맡고 있는 박준영은 평소에 가끔가다 문규현에게 이해가 가지 않는다는 듯이 물어왔다. 문규현은 키가 186센티미터인데 체중이 52kg을 겨우 넘었기 때문이다.

"그냥, 내가 미워서."

이것이 문규현이 대답한 전부였다. 문규현은 양수빈이 졸업을 앞둔 4학년임에도 불구하고 작년 9월에 마치 오직 결혼을 하기 위해 학교를 다닌 양 결혼과 함께 아무 미련 없이 학교를 훌쩍 떠나 버린 것에 대해 이해할 수 없었다. 그리고 지금은 자신을 이해하지 못하고 있었다.

"나, 그냥 죽을 걸 여기 괜히 왔나 봐."

그는 언젠가 혼잣말처럼 박준영에게 중얼거린 적이 있었다.

"너 죽기를 바라는 사람이라도 있냐?

"응."

"누구?"

"나!"

"이런, 미친 놈!"

박준영은 문규현의 뒤통수를 한 대 후려치고는 그를 앞서 걸어갔다. 박준영은 짐짓 무심한 척하며 그의 앞에 나섰지만 그는 순간 문규현의 눈가에 맺힌 눈물을 보았다. 문규현은 어깨를 축 늘어뜨린 채 자기 침실로 걸어갔다.

박준영은 그날 이후로 문규현의 축 늘어진 어깨와 눈물어린 눈가가 눈에 밟히곤 하였다. 그러나 그렇다고 문규현에게 별 다른 말로 위로하거나 더 친밀하게 하지도 않았다. 문규현이 남들과 같이 훈련도 잘 받고 나름대로 쾌활하게 지냈기 때문이다.

어느덧 박준영은 문규현에 대한 걱정을 잊고 있었다. 그런데 지금 다시 박준영은 문규현에 대해 걱정하기 시작했다. 오늘 고공 입수 훈련이 있기 하루 전날 점심 식사를 마친 문규현이 긴장된 모습으로 박준영을 찾아왔다.

"소대장! 내일 우리 전투수영하지?"

"응. 수영해."

"큰일이다."

"왜?"

“나, 수영 못해!”

“나도 못해. 그냥 물에 뜨기만 해도 감사하지.”

“아냐, 그 정도가 아니라고.”

순간 문규현은 신경질적으로 언성을 높였다.

“그 정도가 아니면 어느 정도야?”

박준영은 영문도 모른 채 문규현의 신경질적인 반응에 은근히 화가
났다.

“뭐, 죽기라도 하냐? 왜 그래?”

“…….”

문규현은 아무 대답도 없었다. 그러다 곧 박준영의 얼굴을 쳐다보며
말했다.

“나, 아콰포비아(aquaphobia)야.”

“뭐? 너 물공포증 환자야?”

“응.”

“어느 정도야?”

“아주 심해!”

“물속에 들어가면 가슴이 답답하니?”

“그 보다 더.”

“뭐야?”

“나 목욕탕에도 못 들어가. 기절한 적이 있었거든.”

“허허! 참 나 이런!”

박준영은 기가 막혔다. 물공포증 환자를 말로만 들었지 이처럼 실제로
만나리라고는 생각지도 못했다.

“너, 지금 농담하고 있는 거지?”

“아냐, 정말이야.”

“미친! 임마, 그럼 왜 해군에 왔어?”

“그래서 온 거야!”

“무슨 소리야? 그래서 오다니?”

“나를 바꾸고 싶어서 왔다고.”

“바꿔? 뭘 바꾸는데?”

“나! 나 말이야. 난 내가 싫어!”

문규현은 얼굴이 순간 벌겋게 상기되었다.

“너, 내 맘 알겠어? 자기 자신이 미운 내 심정을 아냐고!”

“야! 문규현! 왜 그래! 진정하고 조용히 말해 봐!”

“……..”

그러나 문규현은 더 이상 말하지 않고 몸을 돌려 걸어가 버렸다.

그리고 오늘 여기 전투 수영장. 문규현은 자신의 말대로 아주 심한 물 공포증을 보였다. 단지 풀장에 몸만 담그었을 뿐인데 그는 입술까지 파래져 있었다.

“문규현! 야 임마! 괜찮아?”

박준영은 물을 헤치며 얼른 문규현 옆으로 다가왔다.

“어어어!”

문규현은 거의 말도 제대로 못할 정도로 몸이 굳어 있었다.

“너 왜 그래?”

“나, 나 말이야. 어렸을 때 동네 형하고 저-저수지에서 고무보트 타다가 뒤-뒤집혔어.”

"……."

"삼촌이 날-날 구해줬는데 나-난 하나도 기억이 안 나."

"그래서 물공포증이 생겼구나."

"으으으."

문규현의 몸은 단단히 경직되어 들어갔다.

"그-그 형! 일주일 뒤에 시체로 발견됐어."

문규현은 갑자기 몸을 뒤틀며 허우적거려 대기 시작했다.

"나-나, 주-죽을 거 같애."

순간, 박준영은 두 팔로 문규현의 몸을 꼭 움켜잡았다.

"야, 야 임마! 정신차려!"

이때 날카로운 호각소리가 박준영의 뒤에서 들려왔다.

"거기 사관후보생!"

김영호 해군 훈련관이었다. 이번까지 하면 다섯 번째 훈련교관을 맡는 그는 물공포증이 있는 사관후보생들을 귀신같이 찾아냈다.

"이리 나와!"

"괜-괜찮습니다."

"뭐가 괜찮아!"

"이상 없습니다."

문규현은 얼른 박준영을 밀치며 몸을 바로 세웠다. 방금 전까지만 해도 사지가 굳어가던 그가 순간적으로 자세를 가다듬을 것이다. 대단한 정신력이었다.

"정말 괜찮아?"

김영호 해군 훈련관은 미심적은 듯 문규현을 바라보았다.

"예, 괜찮습니다!"

문규현은 목청껏 소리 질렀다.

"……."

하지만 김영호 해군 훈련관은 호락호락 속아 넘어가지 않았다. 그는 잠시 문규현을 노려보았다. 그리고 무엇이라고 말하려는 찰나 풀장 저편에서 또 다른 호각 소리가 들려왔다.

"전원 풀장 밖으로 나와!"

팔각모를 멋들어지게 쓴 해병 훈련관 대위 정일선이었다. 박준영과 문규현은 해군 사관후보생이지만 정규 모집 기간에 입대를 했기 때문에 해병 사관후보생과 같이 훈련을 받았다. 때문에 박준영과 문규현은 해군 사관후보생이지만 해병 사관후보생들과도 동기가 되었다.

"귀관들은 지금 동네 풀장에 놀러라도 온 줄 아나?"

별명이 '미친 멧돼지'인 정일선 해병 2중대 3소대 해병 훈련관은 고래고래 고함을 질러대고 있었다.

"빨리 안 올라와!"

정일선 해병 훈련관은 노를 깎아 만든 몽둥이를 공중으로 붕붕 소리가 나게 휘둘렀다. 순간, 풀장 안에서는 아우성이 일어났다. 빨리 물 밖으로 나가지 않으면 정일선 해병 훈련관에게 어떤 고초를 겪을지 모두들 너무도 잘 알기 때문이다.

박준영도 정신없이 물을 헤치고 풀장 밖으로 나왔다. 그리고 같은 소대원인 김현태에게 기준을 세우고 자신의 소대원들을 집합시켰다.

"기준! 1중대 1소대 집합!"

기준을 선 김현태가 목청껏 소리를 질렀다.

"집합! 집합! 1중대 1소대 집합!"

해군 1중대 1소대 소대장인 박준영은 자신의 소대원들을 모으기 위해 김현태와 같이 소리소리 질러대며 소대원들을 찾았다. 이때 다른 해군과 해병 소대도 똑같이 난리가 났다. 정일선 해병 훈련관에게 걸리지 않기 위하여 사관후보생들은 결사적으로 집합을 하고 있었다. 그러나 이는 그들의 오산이었다.

"집합 상태 봐라!"

정일성 해병 훈련관은 눈을 부라리며 사관후보생들을 둘러보았다.

"전원 입수!"

순간 정일성 해병 훈련관은 풀장 밖으로 채 미처 올라오지 못한 사관후보생들을 향해 달려가서는 자신이 손수 정성껏 잘라낸 노를 휘둘러댔다.

"풍덩!"

"풍덩!"

"풍덩!"

여기저기서 풀장 밖으로 나오려다가 도로 물속으로 떨어지는 사관후보생들이 속출했다. 그리고 그들에 이어서 이번에는 반대로 풀장 밖에서 물속으로 뛰어드는 사관후보생들로 전투 수영장은 순식간에 아수라장이 되었다. 어느덧 그 넓던 풀장은 빈틈 하나 없이 사람들의 머리로 가득 채워졌다.

"물에 들어갔으면 물맛을 봐야지! 전원 잠수!"

정일성 해병 훈련관은 90kg이 넘는 육중한 몸을 흔들며 풀장 이곳저곳을 뛰어다니며 소리쳤다. 그는 체중도 체중이지만 키도 180센티미터이어서 별명 그대로 미친 멧돼지처럼 거대하고 광폭했다.

박준영은 도대체 몇 번이나 물속으로 들어갔다 나왔는지 알 수도 없었다. 물속에서 숨을 참다 참다 못 참아서 물을 꿀꺽꿀꺽 들이킨 것도 세 번이나 되었다. 그리고 풀장 밖으로 나왔다가 다시 풀장으로 뛰어들기도 얼마나 했는지 제대로 셈이 되지 않는다. 풀장 끝에서 끝으로 헤엄쳐 가는 전투 수영도 통상 3번 정도면 끝이 나는데 벌써 8번이나 했다. 어떻게 수영을 했는지 기억도 나지 않는다. 그렇게 시간은 그들에게 어느덧 3시간이 넘게 흘러가고 있었다.

"지금부터 고공 입수 훈련을 실시한다!"

김영호 해군 훈련관의 음성이 아득하게 들려왔다. 박준영은 어질거리는 정신을 바로 잡으며 물 밖으로 나왔다.

"1중대 1소대 집합!"

박준영은 소대별로 고공 입수 훈련을 받기 위하여 소대원들을 집합시켰다. 그는 전신에 힘이 하나도 없었지만 지금 이 고공 입수 훈련만 마치면 전투수영 훈련 중에서 가장 큰 고비를 넘기기 때문에 마지막 힘을 다하고 있었다. 박준영은 소대원들이 집합하자 소대원 사이를 다니면서 인원을 점검하기 시작했다. 잠시 후 박준영은 45명 소대원 전원이 집합해 있는 것을 확인했다. 이때 박준영은 순간 멈칫했다.

'어-어? 문규현?'

문규현이 소대에 있었던 것이다. 탈락되지 않고 지금까지 살아남았던 것이다. 박준영은 정신없이 몰아쳐대며 수영 훈련을 시킨 정일성 해병 훈련관에게 쫓겨 그만 문규현을 까맣게 잊었던 것이다.

"문규현! 너 살아있었구나!"

"그래 살아 있다!"

몹시 지쳐 보이지만 그래도 생기 있게 문규현이 싱긋 웃는다.

"아이구 이쁜 것!"

박준영은 말 그대로 문규현에게 뽀뽀라도 해주고 싶은 심정이었다. 물 속에 몸만 담그고 있어도 몸이 뻣뻣해지며 입술이 파랗게 질리던 문규현이 정일성 해병 훈련관의 독기 어린 수영 훈련을 모두 견뎌냈던 것이다.

"이제 괜찮아?"

그래도 내심 걱정이 되는 박준영은 문규현을 찬찬히 훑어본다.

"괜찮아. 걱정 마!"

문규현이 다시 한번 싱긋 웃는다. 사실 문규현에게는 이 훈련이 다시 주어질 일이 없다. 병과가 항해라면 임관 후에도 부하들을 이끌고 전투 수영을 훈련 받아야 한다. 때문에 대충 넘길 일이 아니다. 그러나 문규현은 건축공학을 전공한 석사이므로 병과가 시설이다. 시설은 군의 건축을 담당하는 병과이므로 함정을 탈 일도 없고 더더구나 수영을 할 일은 더욱 없다. 따라서 이 훈련만 잘 넘기면 되는 것이다.

"그래 다행이다."

박준영도 싱긋 웃으며 자기 자리로 돌아갔다. 이제 남은 것은 고공 입수뿐이다. 이 훈련을 마치면 오늘 훈련은 끝이다. 다음날 있는 수영 훈련은 이보다 어려운 훈련이 아니므로 그렇게 걱정하지 않아도 된다. 박준영은 이 훈련이 빨리 끝나기를 바라는 심정으로 고공 다이빙대 아래에서 줄을 섰다.

고공 다이빙대는 아래에서 보던 것과 위에서 아래를 내려 보는 것이 달랐다. 밑에서 볼 때는 그렇게 높아 보이지도 않았고 겁이 나지도 않았다.

‘저까짓 것!’

박준영은 고공 다이빙대 위를 힐끗 한 번 쳐다보고는 속으로 웃었다.

‘아니 겨우 저 높이를 가지고 그렇게 호들갑을 떠나? 훈련관들도 할 일 없다. 저걸 가지고 그렇게 우리를 겁주다니.’

박준영은 피식하고 웃음을 흘렸다. 그러나 실은 은근히 겁도 났다. 그래서 거만하게 떡 버티고 서 있는 고공 다이빙대를 일부러라도 그렇게 무시했다. 그런데 훈련관들의 엄포가 순전히 공갈만은 아니었다.

고공 다이빙대에 올라선 박준영은 순간 어질거림을 느꼈다. 아래에서 보는 것과 위에서 내려다보는 것이 다르다고 하던데 정말 그러했다. 밑에서는 위에 올라간 사람이 그렇게 작아보이지도 않았고 높이 올라가 있는 것으로 보이지도 않았다. 그러나 위에서 밑을 내려다보니 사람들이 모두 성냥개비보다도 작게 보인다. 그 공포의 미친 멧돼지 정일선 해병 훈련관도 조그맣게 보일 뿐이다. 그리고 태평양보다도 넓게 느껴졌던 풀장도 한 장의 손수건보다도 작아 보였다. 자칫 물 밖으로 떨어질 것 같은 생각이 들 정도로 작게 보였다.

“입수!”

박준영은 정신이 번쩍 들었다. 김영호 해군 훈련관의 명령이 저 아래에서 마치 저승사자의 말처럼 들려왔다. 박준영은 자신도 모르게 반사적으로 복창을 했다.

“입수!”

박준영은 거의 기계적으로 뛰어내렸다.

‘설마 죽기 밖에 더 할라고?’

떨어지는데 2초 정도 걸린다고 하는데 이건 2초가 아니다. 박준영은 인생에서 그렇게 긴 시간은 처음 경험하고 있었다. 그 시간 동안에 그간 자신의 지나온 행적을 죄 살펴보았다면 그건 결코 짧은 시간이라고 할 수 없을 것이다.

"풍덩!"

박준영은 풀장 바닥까지 몸이 내동댕이쳐지는 느낌을 받으며 물속 깊이 들어갔다. 그리고는 반무의식 상태에서 본능적으로 허우적거리며 물 밖으로 나왔다.

'끝났다.'

이걸로 오늘의 전투 수영 훈련은 끝이다. 박준영은 자기도 모르게 웃음이 나왔다. 이제는 은근히 객기도 생긴다.

'뭐야 이거? 별거 아니잖아? 한 번 더 뛰겠다고 할까?

박준영은 물을 헤치며 풀장 밖으로 걸어 나왔다. 박준영의 뒤로는 다른 사관후보생들이 계속 뛰어들고 있었다. 풀장 밖에서 걸어가는 박준영은 아직 뛰어내리지 않은 동기들의 부러운 시선을 느끼며 조금은 우쭐거리는 심정으로 자신의 소대로 찾아갔다.

'어? 뭐야 이거?'

박준영은 잠시 주춤거렸다. 자기 소대원 전원이 엎드려뻗쳐 자세로 도열해 있는 것이었다.

'뭐지? 뭐지? 왜 이래?'

박준영은 영문을 몰라 하면서 자신도 얼른 대열에 들어가 엎드려뻗쳤다. 박준영은 모기만한 음성으로 자기 옆에서 엎드려뻗쳐 있는 김현태에게 물었다.

"야, 왜 이러니?"

그러나 박준영은 김현태의 대답이 필요 없었다. 곧 그 대답을 김영호 해군 훈련관의 입을 통해서 들을 수 있었다.

"동기가 힘들어 하는데 용기를 주지는 못할망정 비웃어! 너희들이 그래도 동기야?"

해군 1중대 1소대원들은 아무 대답도 없었다. 박준영은 확실히 알지는 못했지만 짐작은 할 수 있었다. 아까 물 밖으로 나올 때 고공 다이빙대를 오르고 있던 문규현을 보았기 때문이다.

"모두 일어서!"

"일어서!"

모두들 엎드려뻗쳐 있다가 명령을 복창하며 후다닥 일어섰다.

"동기애를 외치며 뒤로 취침!"

"동기애!"

이번에는 뒤로 벌렁 눕는다. 이때 박준영은 저 높은 고공 다이빙대에서 마치 목석처럼 굳은 채 서 있는 문규현을 보았다. 역시 문규현 때문이었다.

문규현은 아무 생각도 없었다. 여기서 뛰어내리면 자기는 죽는다는 생각 밖에는 어떤 다른 생각도 들지 않았다. 지금까지는 어떻게 정신력으로 물에 대한 공포를 이겨왔지만 지금 이것은 아니었다. 이 높이에서 뛰어 내려 잠수하는 것은 자기 인내의 한계를 넘는 공포였다.

"귀관! 입수하라는 말이 안 들려!"

미친 멧돼지 정일선 해병 훈련관이 고공 다이빙대 아래에서 위를 쳐다보고 고래고래 고함을 질러 댔다. 그러나 문규현은 그냥 그대로 꿈적도 않고 서 있을 뿐이다. 일순 정일선 해병 훈련관은 얼굴이 붉다 못해

검게 변했다. 지금까지 자신의 말에 사관후보생이 전혀 반응을 보이지 않는 경우는 없었기 때문이다. 모두 혼비백산한 반응을 보여 왔지 이처럼 장승과 같은 반응은 처음 겪는 일이었다.

"귀관! 입수하란 말이다! 내 말 안 들려! 입수! 입수하란 말이다!"

정일선 해병 훈련관은 짧게 자른 노를 다이빙대의 사다리에 대고 마구 쳐 댔다.

"저런 빙신. 뭐가 무섭다고."

해군 1중대 1소대에서 그나마 수영을 제법 한다는 축에 속하는 김재훈이 답답하다는 듯이 말했다.

"뭐야? 무슨 소리야 이게?"

순간 날카로운 고함소리가 들려왔다. 김영호 해군 훈련관이었다. 김재훈의 말을 들은 것이다.

"동기가 어려워하면 용기를 줘야지 비웃어?"

김영호 해군 훈련관은 자신의 소대원들을 노려보았다.

"나는 그런 소대원 키우지 않는다. 전원 엎드려뻗쳐!"

"엎드려뻗쳐!"

해군 1중대 1소대원들은 명령을 복창하며 일제히 엎드려뻗쳤다. 이때 고공 다이빙 훈련을 막 마치고 소대로 돌아오던 박준영은 영문도 모른 채 얼른 대열에 합류하며 엎드려뻗쳤다.

"동기가 힘들어 하는데 용기를 주지는 못할망정 비웃어! 너희들이 그래도 동기야?"

김영호 해군 훈련관의 음성은 노기에 차 있었다.

"모두 일어서!"

"일어서!"

박준영은 이 사태에 대해 자세한 이유는 모르겠지만 이유는 어느 정도 짐작이 갔다. 아마도 문규현 때문인 것 같았다. 김영호 해군 훈련관은 소대원들이 모두 일어서자 다시 명령을 내렸다.

"동기애를 외치며 뒤로 취침!"

"동기애!"

박준영은 동기애를 외치며 서 있다가 뒤로 벌렁 누웠다. 전투 수영장의 까마득히 높은 천장이 보인다. 그리고 그와 동시에 저 높은 고공 다이빙대에 올라가 있는 문규현도 보였다. 그런데 그는 다이빙대 위에서 그냥 그대로 가만히 서 있을 뿐이었다. 박준영의 예측대로 이 기합은 문규현에 의해 야기된 것이었다.

"좌로 굴러!"

다시 떨어지는 김영호 해군 훈련관의 명령.

"좌로 굴러!"

해군 1중대 1소대원들은 복창과 동시에 좌로 데굴데굴 굴러가기 시작했다.

"우로 굴러!"

"우로 굴러!"

이번에는 우측으로 데굴데굴 구른다.

"모두 일어서!"

"일어서!"

"낮은 포복으로 수영장을 다섯 바퀴 돈다. 실시!"

"실시!"

모두들 일제히 엉금엉금 기기 시작했다. 수영장 바깥의 바닥에도 타일이 깔려 있으나 미끄럼 방지용 타일이라서 표면이 오목볼록했다. 때문에 처음 얼마간은 별로 아프지 않았지만 두 바퀴 세 바퀴째에 이르자 어느 덧 맨살들이 붉게 변해 있었다. 하지만 다섯 바퀴를 다 돌 때까지는 멈출 수가 없다. 양쪽 팔꿈치와 양 무릎 안쪽이 아파왔지만 그들은 계속 바닥을 길 수 밖에 없었다.

낮은 포복으로 수영장을 다섯 바퀴 다 돌고 제자리에 와서 서보니 그 사이에 문규현이 다이빙대에서 내려와 있었다. 그는 엎드려뻗친 상태였다.

"귀관!"

"예! 사관후보생 문규현!"

"하겠습니까?"

"예! 하겠습니다!"

문규현은 엎드려뻗친 자세에서 김영호 해군 훈련관에게 큰소리로 대답을 했다.

"좋아! 그럼 믿어보겠습니다. 일어 서!"

"일어 서!"

"실시!"

"실시!"

문규현은 복창과 함께 다시 다이빙대의 사다리를 오르기 시작했다. 그의 동기들도 초조한 마음으로 문규현을 바라보았다.

"입수!"

김영호 해군 훈련관은 문규현이 다이빙대의 끝에 서자 큰소리로 명령을 내렸다.

“이-입수!”

복창이 다였다. 문규현은 복창만 했을 뿐 여전히 미동도 하지 않았다.

“입수!”

“……”

이번에는 복창도 하지 않는다.

“야! 뛰어!”

“아, 뛰지 뭐 하냐?”

“아, 씨팔! 쟤 왜 저러냐?”

“미치겠네. 정말!”

여기저기서 동기들의 웅성거리는 소리가 들려오기 시작했다. 순간, 날카로운 호각소리가 들려왔다.

“1중대 1소대!”

“예 1중대 1소대!”

“낮은 포복 5회 실시!”

“실시!”

해군 1중대 1소대원들은 노기 띤 김영호 해군 훈련관을 옆으로 둔 채 또 다시 수영장을 돌기 위해 바닥을 기면서 자리를 떠나갔다.

“낮은 포복하면서 동기애를 반복한다! 실시!”

“동기애!”

“동기애!”

“동기애!”

모두들 동기애를 외치며 수영장 바깥을 계속해서 기기 시작했다. 그런데 이번에는 아까보다 속도가 현저히 느렸다. 맨살인 팔꿈치와 무릎 안쪽이 이미 벌겋게 부어오른 상태에서 벗겨졌기 때문이다.

그들이 거의 기진한 상태로 다섯 바퀴를 다 돈 뒤에 도착해 보니 역시 이번에도 문규현은 다이빙대 아래에 내려와 있었다. 그런데 이번에는 엎드려뻗친 상태가 아니라 부동자세로 서 있는 자세였다. 동기들은 원망 어린 눈으로 문규현을 바라보았다. 문규현의 얼굴에는 눈물인지 땀인지 물인지 모를 물기가 흘러내리고 있었다.

"그만 돌아가."

"……."

김영호 해군 훈련관의 음성은 의외로 조용하고 차분했다.

"돌아가!"

다시 한번 말하는 김영호 해군 훈련관.

"시-싫습니다."

"싫어?"

"예!"

"하-하-한 번만 더 기회를 주십시오."

"안 돼!"

"한 번만 더!"

"왜? 집으로 돌아가라는데 좋지 않아?"

"……."

"돌아가!"

"한 번만… 한 번만…."

문규현의 코가 실룩거렸다. 울고 있었던 것이다.

"안 돼!"

김영호 해군 훈련관은 냉정하게 말하고는 등을 돌렸다.

"다음 사관후보생 준비!"

그는 자기 소대원들을 쳐다보며 소리쳤다.

"다음! 어서 나와!"

김영호 해군 훈련관은 짜증 섞인 소리로 외쳤다. 그러나 아무도 나서
는 사람이 없었다.

"안 나와? 문규현 사관후보생 다음이 누구야?"

"모릅니다!"

누군가가 대열에서 순간적으로 외쳤다.

"몰라?"

"예! 모릅니다!"

일순 모두 큰소리로 대답했다.

"모두 정신을 어디다 두고 있는 거야! 자기 순서도 몰라!"

"……."

"좋아! 기억나게 해주지!"

김영호 해군 훈련관은 팔뚝을 걷어붙였다.

"뒤로 취침!"

그는 양 손을 허리에 댄 채 고함을 질렀다.

"뒤로 취침!"

해군 1중대 1소대원들도 일제히 그의 명령을 복창하며 뒤로 누웠다.

"앞으로 취침!"

"앞으로 취침!"

"좌로 굴러!"

"좌로 굴러!"

"우로 굴러!"

"우로 굴러!"

"뒤로 취침!"

"뒤로 취침!"

10여 분 동안 그들은 정신없이 굴렀다. 그동안 풀장 바깥 바닥을 기느라고 다 벗겨졌던 살집이 어떻게 되었는지 알 바가 아니었다. 어찌나 혹독하게 굴렀는지 벗겨진 피부가 아리다는 느낌도 느낄 수 없었다.

"일어 서!"

"일어 서!"

맨 몸에 반바지만 입은 해군 1중대 1소대원들 중에서 피부가 약한 자는 팔꿈치와 무릎에서 진물이 아닌 피가 흐르고 있었다.

"이제 기억나나?"

"안 납니다!"

"아직도 안 나?"

"예!"

"그래? 확실하게 기억나게 해주지!"

"……."

"모두 엎드려뻗쳐!"

또 다시 해군 1중대 1소대원들은 엎드려뻗쳤다. 그런데 소대장인 박준영만 엎드려뻗치지 않은 채 김영호 해군 훈련관을 바라보았다.

"저, 훈련관님! 건의 있습니다!"

"뭐야?"

"우리가 다시 낮은 포복으로 수영장을 다섯 바퀴 돌 때 문규현 사관 후보생에게 기회를 더 주시면 기억이 날 것 같습니다!"

"……."

박준영은 부동자세로 김영호 해군 훈련관을 바라보았다.

"그건 귀관 혼자서 생각난다는 말 아닌가?"

김영호 해군 훈련관은 비꼬듯이 말을 받았다. 그러나 그는 곧 자신의 소대원들에게 낮은 포복 명령을 내리고 있었다.

"아닙니다! 우리 모두 생각날 겁니다!"

박준영을 비롯하여 소대원들 모두가 우렁차게 대답했기 때문이다. 박준영도 피부가 여린 편이라서 이미 살점이 떨어져 나간 상태였다. 그렇지만 문규현이 기회를 다시 얻어서 다행이라는 생각에 아픔을 꾹 참고 기었다. 그리고 이는 다른 모든 동기들도 같은 생각이었다.

마침내 그들이 다섯 바퀴를 다 돌고 제자리에 와서 섰을 때 문규현은 다이빙대 아래에 없었다. 대신 다이빙대 위에 서 있었다. 아직도 뛰어내리지 못하고 있었던 것이다.

"군가는 해군가! 하나! 둘! 셋! 넷!"

갑자기 박준영이 소대원들을 향해 구령을 붙이기 시작했다. 그러자 일제히 군가가 울려 퍼지기 시작했다.

"우리는 해군이다. 바다의 방패 죽어도 또 죽어도 겨레와 나라."

군가가 끝나자 이번에는 구호를 외치기 시작했다.

"동기야! 힘내라!"

"동기야! 힘내라!"

"동기야! 힘내라!"

문규현은 더 이상 생각할 필요가 없었다. 그는 이 순간 죽어도 좋았다. 따라서 더 이상 망설일 이유가 없었다. 그는 펄쩍 뛰었다. 그리고 아주 짧은 시간의 낙하에 이어 물기둥을 이루며 풀장 속 깊이 박혀들어 갔다.

물기둥이 잠잠해질 무렵 해군 1중대 1소대 옆에서 그동안 이미 훈련을 마치고 귀대 준비를 하고 있던 해병 한 명이 다급하게 물속으로 뛰어들었다. 그리고 그와 거의 동시에 그동안 풀장 위에 띄어 놓은 고무보트에 탑승해 있던 안전요원도 물속으로 뛰어들었다. 안전요원은 UDT에서 지원 나온 상사였다. 해병이 먼저 물속으로 뛰어들었지만 문규현에 도달한 것은 해병과 UDT 상사가 엇비슷했다. 그들은 마치 풀어진 낙지마냥 양 팔다리를 흐물거리며 물 아래에 가라앉아 있는 문규현을 끌고 헤엄쳐 올라왔다.

UDT 상사는 문규현을 풀장 밖으로 끌어내자 곧바로 귀를 문규현의 코에다 갖다 대었다. 호흡이 없었다.

"심장이 멎었습니다!"

UDT 상사는 달려온 김영호 해군 훈련관에게 짧게 보고하고는 곧바로 심폐소생술에 들어갔다.

"하나, 둘, 셋, 넷……!"

"하나, 둘, 셋, 넷……!"

"제발 숨 좀 쉬어라!"

"하나, 둘, 셋, 넷……!"

UDT 상사는 정신없이 문규현에게 심폐소생술을 시도해대기 시작했다. 이때 저 멀리서 대위 계급장을 단 군의관이 휴대용 전기 심폐소생기기를 들고 전투 수영장 안으로 뛰어들어 왔다.

“자! 준비!”

“쿵!”

“다시 한번 더! 자, 준비!”

“쿵!”

군의관은 의무병에게 전기 심폐소생기의 조작을 명령하면서 문규현에게 심폐소생을 실시했다. 얼마 안 있어 소령 계급장을 달고 있는 간호장교가 ‘아트로핀’을 잰 주사기를 가져왔다. 군의관은 문규현에게 ‘아트로핀’을 주사한 후 다시 전기 심폐소생기기를 작동시켰다.

“준비!”

“쿵!”

이때 문규현의 몸이 꿈틀거렸다.

“휴-!”

길게 한숨을 내쉬는 문규현. 살아난 것이다.

“환자는 절대 안정을 취해야 하니 의무대로 이송시켜야 합니다.”

군의관은 김영호 해군 훈련관에게 말했다.

“예, 그렇게 조치하겠습니다.”

김영호 해군 훈련관은 고개를 끄덕이며 대답하고는 들것에 실려 나가는 문규현을 잠시 바라보았다.

그날 저녁. 연병장에서는 일단의 무리들이 완전군장을 한 채 계속 구보하고 있었다. 그들은 바로 해군 1중대 1소대원들이었다. 그들은 전투수영장에서 돌아온 후 저녁 식사도 못한 채 그리고 쉬지도 못한 채 해가 완전히 넘어간 저녁 7시가 지나도록 오후 5시부터 지금까지 계속 구보를 하고 있었다.

전투 수영장에서 김영호 해군 훈련관은 문규현이 들것에 실려 나가자 곧 행정 부사관을 불렀다.

"문규현 사관후보생을 귀가 조치시키도록!"

"예! 알겠습니다."

행정 부사관은 거수경례를 붙인 후 사관후보생 명단을 살펴보면서 돌아 섰다. 이때 김영호 해군 훈련관의 등 뒤에서 박준영이 큰소리를 외치며 그에게 경례를 붙였다.

"사관후보생 박준영! 훈련관님께 드릴 말씀이 있습니다!"

"……?"

뒤돌아선 김영호 해군 훈련관은 흘끗 박준영을 쳐다보았다.

"훈련관님! 약속을 지켜주십시오!"

"약속? 무슨 약속?"

김영호 해군 훈련관은 의아하다는 듯이 박준영을 보았다.

"문규현 사관후보생이 고공 다이빙대에서 뛰어 내리면 계속 남게 하는 것 아니었습니까?"

"뭐?"

"문규현 사관후보생이 약속대로 뛰어 내렸으니 퇴교시키지 말아주십시오!"

"……!"

순간 김영호 해군 훈련관의 얼굴이 굳어졌다.

"귀관! 지금 나에게 항명하는 것인가?"

"항명 아닙니다!"

"이게 항명이 아니고 무엇인가?"

김영호 해군 훈련관은 박준영을 무섭게 노려보았다.

"훈련관님! 우리도 약속 지키고 문규현도 약속 지켰으니 훈련관님도 약속 지켜주십시오!"

누군가가 박준영의 뒤에서 다소 큰 음성으로 말해왔다. 최태훈이었다. 그는 키가 185센티미터인데다 다소 어벙하게 보여서 별명이 싱거운 꺼벙이가 된 사관후보생이었다. 그러나 그들은 문규현을 다시 복귀 시키지 못했다. 대신 항명죄로 인하여 전투 수영장에서 숙소로 돌아온 후 저녁 식사도 하지 못한 채 저녁 8시가 다 되도록 해군 1중대 1소대원 전원이 완전군장으로 숙소 앞의 연병장을 계속 뛰어야 했다.

"집합!"

밤 8시가 되자 언제 나타났는지 연병장의 단상 위에 김영호 해군 훈련관이 올라서서 자신의 소대원들을 불렀다.

"집합!"

그들은 명령을 복창하며 단상 앞으로 와서 오와 열을 맞추어 섰다.

"문규현 사관후보생은 예정대로 익일 오전 8시에 퇴교한다. 이상! 해산해라."

"훈련관님!"

박준영이 다급하게 김영호 해군 훈련관을 불렀다.

"문규현 동기와 함께 임관하고 싶습니다."

박준영은 거수경례를 올리면서 큰소리로 말했다.

"안 돼! 이미 내 소관을 벗어났다. 훈육감님이 결정을 내렸다."

"그래도 훈련관님이 어떻게 말씀 좀 올려보십시오."

"해산 해!"

김영호 해군 훈련관은 경례도 받지 않은 채 돌아섰다. 그러나 얼마 걷다가 다시 돌아왔다. 아무도 해산하지 않고 그 자리에 부동자세로 서 있었기 때문이다. 그들은 항명죄로 또 다시 연병장을 돌기 시작했다.

같은 시각. 해병 2중대 3소대 정일선 해병 훈련관실 앞에 해병 사관후보생 한 명이 머뭇거리며 서 있었다. 잠시 후 그는 옷차림을 가다듬고 훈련관실 문을 두드렸다.

"2중대 3소대 소대장 김영균! 정일선 해병 훈련관님께 용무 있어 왔습니다!"

"들어 와!"

걸걸한 음성이 들려왔다. 김영균은 정일선 해병 훈련관의 허락이 떨어지자 얼른 문을 열고 들어섰다.

"필승!"

"필승! 그래 용무는 뭐야?"

1인용 소파에 앉아 있던 정일선 해병 훈련관은 경례를 받으며 소파를 돌려 다소 귀찮다는 듯이 김영균을 바라보았다.

"지금부터 내일 오전 6시까지 저희 자율시간 아닙니까?"

"자율시간? 그래 자율시간이라면 자율시간이지. 그런데 왜?"

"그럼 그 시간을 우리 마음대로 써도 되겠습니까?"

"뭐? 무슨 소리야? 무슨 말을 하고 싶은 거야?"

정일선 해병 훈련관은 짜증을 내며 소리를 버럭 질렀다.

"다름 아니라 지금 해군 1중대 1소대 동기들이 연병장을 돌고 있습니다."

"그런데?"

"그래서 우리도 격려 차원에서 같이 돌까 합니다!"

"뭐?"

"우리 소대원들 의견입니다."

정일선 해병 훈련관은 잠시 말이 없었다. 그러나 그의 얼굴은 점점 일그러져 갔다.

"귀관이 그 말을 안 했으면 오늘 밤 귀관들은 나에게 죽었어!"

"예?"

김영균은 잠깐 움찔하며 되물었다.

"동기애는 곧 군인의 영혼이야. 영혼이 없는 군인은 나라를 지킬 수 없지. 동기들이 자신의 동기를 지키겠다고 저렇게 고생하고 있는데 모른 척 한다면 사나이가 아니지."

정일선 해병 훈련관은 양손가락을 깍지 끼우면서 김영균을 아래위로 훑어보았다.

"……."

"뭘 하고 서 있나? 당장 연병장으로 총알같이 안 뛰어 나가? 나에게 여기서 죽고 싶어!"

"감사합니다! 필승!"

김영균은 정일선 해병 훈련관의 말처럼 총알같이 뛰어나갔다. 그리고 10분 후 연병장에는 해군 한 소대와 해병 한 소대가 나란히 완전군장을 한 채 돌고 있었다.

오늘 전투 수영장에서 문규현을 풀장 밖으로 구조해낸 해병 사관후보생이 바로 김영균이었다. 김영균은 부산 해양대학교 출신으로서 학교 수영 대표로 활약했던 자였다. 그가 수영 대표로 있던 어느 날 바다에서 수영 대회가 열렸는데 상대 선수 한 명이 익사를 하는 사고를 겪었었다. 그때도 김영균이 그를 구조했는데 그 당시 그는 심폐소생술을 익히지 않은 상태였다. 결국 어떤 소생 방법도 해보지 못한 채 그를 지켜보아야 했다. 그 사건 이후로 김영균은 심폐소생술을 익혔고 익사 사고의 우려가 있으면 주의 깊게 지켜보는 습관을 가지게 되었다. 그래서 오늘 전투 수영장에서 있었던 문규현에 대한 일도 그는 훈련을 받으면서 계속 지켜보고 있었던 것이다. 그리고 그의 우려대로 문규현은 풀장에서 심장마비를 일으켰고 김영균은 반사적으로 물에 뛰어 들어 그를 구조해냈던 것이다.

김영균도 처음부터 수영을 잘해서 학교 수영 대표가 되었던 것은 아니다. 바다가 없는 전라남도 광주에서 태어나 자란 그는 해수욕철에만 잠깐 바다에 와서 놀다갈 정도였지 수영은 전혀 하지 못했다. 그러다 부산 해양대학교에 입학을 하고 다니게 된 후 어느 날 학교 수영 대표들이 학교 앞에 있는 바다에서 수영을 하는 것을 보고는 문득 자신도 하고 싶다는 생각을 갖게 되었다. 그러나 수영 서클의 학교 선배들은 김영균을 쉽게 받아주려 하지 않았다. 김영균이 심하지는 않았지만 그도 물 공포증을 갖고 있었기 때문이다. 그래서 이에 대한 반감으로 그는 더더욱 수영 서클에 들고 싶었다. 결국 자신의 소원대로 수영 서클에도 들고 학교 수영 대표로도 발탁이 되었지만 그 정도에 이르기까지 그는 그야말로 눈물겨운 과정을 견뎌내야 했다. 수영 서클의 선배들로부터 물공포증을 이겨내는 훈련을 받다가 몇 번이나 서클에서 쫓겨났는지도 모른다. 그때마다 김영균은 쫓겨나지 않으려고 선배들에게 매달렸다. 그래서 문규현의 일이 남 같지가 않았던 그였다.

"야, 우리 해군 애들 좀 도와주자!"

김영균은 자기 침실로 자신의 소대원들을 집합시켜 놓고 뜬금없이 말했다.

"해군 애들? 왜? 무슨 일로?"

키가 190센티미터이고 피부가 까무잡잡한 김상억이 눈이 둥그레지며 묻는다.

"쟤네들 말야. 동기 하나 구하겠다고 저렇게 연병장에서 뛰고 있는데 우리도 같은 동기로서 힘 좀 보태주면 어떨까 해서 하는 말이야."

김영균은 소대원들의 눈치를 보면서 조금은 어렵게 말을 꺼냈다.

"응?"

"뭐?"

모두들 의외의 제안에 놀라는 반응이었다.

"야, 오늘 우리 무지하게 빡쎄게 훈련 받았어! 너 그거 몰라?"

"왜 그래 너!"

"에이 씨, 난 또 무슨 큰일이라고."

동기들은 저마다 한마디씩 불평어린 말들을 쏟아냈다.

"어, 그래 미안하다. 내가 말을 잘못 꺼냈다. 가서 쉬자."

김영균은 얼른 말을 취소하고 자신의 걸상에서 일어섰다.

"에이! 소대장 그렇다고 또 금세 삐치냐?"

그의 앞에 서 있던 김상억이 너스레를 떨며 은근히 김영균의 팔을 잡아끈다.

"왜?"

김영균이 당황하며 김상억에게 이끌려 다시 자리에 앉는다.

"소대장! 우리가 어떻게 도와줄까?"

김상억이 제법 진지하게 물어온다.

"응? 할 생각 있어?"

"아, 말해 봐!"

"우리도 같이 완전군장하고 연병장을 뛰면 어떨까?"

김영균이 조심스럽게 자신의 생각을 내놓았다.

"뭐?"

키가 160센티미터 밖에 되지 않지만 온몸이 근육질로 이루어진 오호진이 이들 옆에 있다가 깜짝 놀라듯이 말한다.

"아- 아니, 아무래도 안 되겠지."

김영균은 얼굴이 살짝 붉어졌다. 동기들에게 말도 안 되는 제안을 하고 있는 것 같아서다.

"그게 다야?"

오호진이 다시 묻는다.

"응."

기운 없는 김영균의 대답.

"우리가 뛰면 그 해군이 다시 복귀될까?"

김상억이 의심스럽다는 듯이 물어온다.

"솔직히 나도 몰라. 다만 아무 것도 안 하고 기대하고 있는 것보다는 어떠한 것이라도 해보고 나서 기대하는 것이 낫다 싶어서 하는 말이야."

김영균은 의기소침해진 채 말했다.

"음, 뭐 하긴 나라도 무슨 일이든지 하고서 해달라는 사람 말을 들어주겠다."

김상억이 고개를 끄덕이며 침실 안에 있는 동기들을 둘러보았다. 침실 안에는 32명의 대원들이 모여 있었다. 침실이 좁아 침실 문을 활짝 열어 둔 채 나머지 10여 명은 밖에 서 있었다.

"소대장! 그럼 우린 그냥 뛰면 되는 거지?"

"어? 응 그래."

김영균은 오호진의 말에 고개를 끄덕여 보였다.

"그럼 뛰지 뭐. 그게 어렵나? 어려워?"

오호진은 걸터앉았던 책상에서 일어나면서 김상억을 바라보았다.

"아니, 전혀 어렵지 않지. 우리야 뭐 어려운 게 있나? 우리가 뛰어서 그 해군이 복귀되기만 한다면야 10시간이든 하루든 뭐가 문제야?"

김상억도 그 사이 걸터앉았던 침대 모서리에서 일어서면서 오호진의 말을 받았다. 그리고는 김영균을 바라보았다.

"소대장! 우리가 그 해군 복귀시키기 위해 뛰는 것은 네가 책임지고 알아서 훈련관에게 허락 받아라. 우리는 뛰는 것을 책임질게."

"어? 어 그래! 고맙다."

"자, 그럼 우리는 슬슬 복장이나 갖춰 볼까나?"

김상억은 휘파람을 휘휘 불며 소대장의 침실을 나섰다. 다른 동기들도 소대장에게 씨익 미소를 지어보이고는 각자 자기 침실을 향해 돌아섰다.

잠시 후 김영균은 미친 멧돼지 정일선 2중대 3소대 해병 훈련관을 찾아가 그의 방문을 두드리고 있었다.

현재 시각은 밤 12시가 조금 모자라는 시간이다. 그런데 연병장에서는 밤 8시 이후부터 계속해서 해군 외에 해병 군가도 같이 들려오고 있었다. 지금은 해병 군가 '팔각모 사나이'라는 노래가 울려 퍼지고 있었다.

“팔각모! 팔각모! 팔각모 사나이! 우리는 멋쟁이! 팔각모 사나이!”

그런데 그 노래를 해군 1중대 1소대원들이 부르고 있었다. 얼마 후 ‘팔각모 사나이’가 끝나자 이번에는 해군 사관후보생의 뒤에서 뛰고 있는 해병 2중대 3소대원들이 해군 군가인 ‘바다에 산다’를 불러대기 시작했다.

“아침햇살 반짝이는 수평선 위에 불끈 쥔 두 주먹 힘이 솟는다!”

이때 앞서 해병 사관후보생들이 했듯이 지금은 해군 사관후보생들이 구보를 하면서 박수를 쳐대기 시작했다.

한편, 같은 시각 의무대 입원실에서는 침대에 눕지 않고 계속 부동자세로 서 있는 환자가 한 명 있었다. 바로 문규현이었다. 이때 병실 담당 수병이 야간 순찰을 돌다가 병실 문을 가만히 열고 두리번거렸다.

“사관후보생님! 아직도 서 계십니까?”

“…….”

“이제 그만 누우십시오. 계속 이렇게 서 계시면 제가 혼납니다.”

“미안해. 그냥 날 내버려 둬.”

문규현은 짤막하게 나직이 말하고는 계속 침대 머리맡에 서 있는다. 병실은 취침시간이어서 복도를 제외하고는 모두 소등되어 있는 상태였다.

“저, 그러면 보고를 올리겠습니다.”

“…….”

수병은 잠깐 문규현을 지켜보다가 이내 경례를 붙이고는 가만히 물러났다. 잠시 후 의무대 당직사관에게 수병은 보고를 올리고 있었다.

“예, 아직도 침실 머리맡에 서 있습니다.”

“흠, 저녁도 안 먹었다면서?”

“예. 동기들이 굶고 있는데 자기만 먹을 수 없다며 안 먹었습니다.”

“……”

의무대 당직사관 최준호 대위는 잠시 말이 없었다. 그는 오늘 낮에 전투 수영장에서 전기 심폐 소생기로 문규현을 살려냈던 군의관이다. 그를 바라보던 수병이 답답한 듯 조심스레 묻는다.

“저…, 그럼 이제 어떻게…?”

“동기들이 연병장에서 구보한다고 해서 저렇게 서 있는데 내가 어쩌겠나?”

최준호 군의관은 별 묘책이 없는 듯 시큰둥하게 말한다.

“아직도 구보하고 있습니까?”

“좀 전에 내가 전화로 그쪽 당직사관에게 확인해보았더니 그러고 있다더군.”

최준호 군의관은 손을 휘휘 내젓는다.

“정말 대단들 하십니다.”

“흠, 독종들이지. 독종이 아니면 어떻게 나라를 맡기겠나? 자네도 훈련병 시절에 꽤나 독종이었다지?”

“아! 아닙니다. 저는 독종이 아니라 순둥이었습니다.”

“엣끼! 세상의 순둥이들 다 죽었겠다.”

“헤헤!”

제대까지 이제 석 달 남짓 남은 의무병 강병호 병장이 쑥스럽게 웃는다.

“그나저나 동기들이 연병장에서 구보하기 때문에 자신은 편히 누워 있을 수 없다며 저러고 있으니… 이거 말을 들을 것 같지도 않고……”

최준호 군의관은 혀를 끌끌 찼다. 그러다 문득 강병호 병장을 쳐다보며 묻는다.

"지금 몇 시지?"

"새벽 한 시입니다."

"그럼 몇 시간째야?"

"오후 다섯 시 반부터 저렇게 서 있었으니까 일곱 시간 반째 서 있는 셈입니다."

"허참! 이거 원……."

최준호 군의관은 기가 막히듯 고개를 흔든다.

"그런데 동기들이 연병장을 돌고 있다는 것을 문규현 사관후보생이 도대체 어떻게 안 거야?"

최준호 군의관은 이해가 안 간다는 듯이 강병호 병장을 바라본다.

"예, 지남호 상병이 문규현 사관후보생 사물함 정리해주러 교육대 침실로 갔다가 보고 와서 알려주었답니다."

"뭐? 무슨 말이야?"

"익일 8시에 여기 의무대에서 바로 퇴교시키겠다고 문규현 사관후보생의 개인 사물을 지남호 상병에게 챙겨오라고 했습니다."

"응? 누가?"

"교육대 훈육감님이 그렇게 지시를 내린 것으로 알고 있습니다."

"그래? 어쨌든 안 됐군."

최준호 군의관은 이맛살을 찌푸리며 소파에 깊숙이 몸을 묻었다. 의무대 대합실에 달린 시계는 어느덧 새벽 1시 반을 향해 달려가고 있었다. 그렇게 시간은 의무대와 교육대 연병장 모두에서 달리고 있었다.

칠흑같이 어두운 밤이지만 해군과 해병 사관후보생들은 여전히 연병장을 돌고 있었다. 그들은 모두 극도로 지쳐 있었지만 대오는 여전히 흐트러지지 않은 채 유지되고 있었다. 이때 연병장에서 구보하던 김상억이 앞서서 구보하고 있는 김영균을 다급하게 불러 댔다.

"야! 소대장! 저기 누가 있다! 소대장!"

"뭐? 누구?"

김영균은 달리다가 김상억이 가리키는 방향으로 고개를 힐끗 돌렸다.

"어? 누구지? 어두워서 잘 안 보여!"

그런데 갑자기 해군 소대에서 환호소리가 울려나왔다.

"문규현! 야 임마! 문규현!"

저 멀리 연병장 입구에서 넘어질 듯 쓰러질 듯 달려오고 있었던 것은 바로 문규현이었다.

"문규현! 임마야 사랑한다!"

최태훈이 쏜살같이 달려가며 문규현을 강하게 끌어안았다.

"억억!"

문규현은 최태훈을 끌어안고 연병장을 뒹굴면서 큰소리로 울었다.

"고맙다! 고마워! 고맙다!"

문규현은 고맙다는 말만 연이어 하며 연병장 바닥에서 동기들과 함께 뒤엉켜 굴렀다. 캄캄한 연병장 바닥에는 해군과 해병 사관후보생들이 뒤엉킨 한 덩어리가 새벽 2시 반에 그렇게 만들어지고 있었다.

제3장

유격훈련

박준영은 자다가 잠이 깨었다. 시계를 보니 새벽 4시 조금 넘었다. 아직 기상 시간까지는 2시간 남짓 남았다. 부족한 수면을 채우기 위해서라도 얼른 다시 잠이 들어야 한다. 잠이 부족하면 집중력이 떨어져서 실수를 자주하게 되므로 훈련을 받는데 여간 괴로운 것이 아니다. 그러나 한 번 달아난 잠은 쉽게 다시 찾아들지 않았다. 박준영은 자신도 모르게 나지막하게 신음 소리를 냈다. 문규현을 복귀시키기 위한 구보를 한 지 벌써 일주일이 넘어가지만 아직도 근육통이 심하다. 더구나 전투 수영장에서 낮은 포복을 할 때 떨어져 나간 살점과 구보를 하면서 바지 안쪽의 재봉선에 쓸려 까진 허벅지의 상처가 아직 채 아물지 않아서 가끔 이곳에 자극이 주어지면 여전히 아리고 따가웠다. 그래서 박준영은 이러한 근육통과 피부의 아림 때문에 자다가 종종 잠을 깨곤 하였다.

오늘 훈련은 유격이다. 따라서 실수를 하지 않으려면 잠을 충분히 자두어야 한다. 괜히 졸려서 멍한 상태로 유격훈련 받다가 자칫 실수라도 하면 큰 부상을 입을 수도 있다. 박준영은 담요를 머리까지 푹 뒤집어썼다.

"끙!"

그러나 잠이 안 오기는 매 마찬가지이다. 박준영은 이리 뒤척 저리 뒤척거리며 잠이 들려고 애를 썼다. 그런데 애를 쓰는 것도 힘들다. 잠들려고 애쓰는 것도 쉬어가며 해야 할 판이다. 그런데 같은 침실을 쓰는 최태훈이 무엇인가 먹고 있다. 초코파이였다.

'아니? 저 놈이 나를 빼놓고 혼자 먹어? 의리가 빵구 난 녀석 같으니!'

박준영은 벌떡 일어났다. 그리고는 최태훈의 초코파이를 휙 낚아챘다. 그런데 최태훈이 별 반응을 보이지 않는다. 아니 그럴 필요가 없었다. 어느새 최태훈은 또 다시 초코파이를 손에 쥐고 있었다. 박준영은 그것을 물끄러미 바라보다가 그마저도 빼앗았다. 그런데 최태훈은 마술이라도 하듯이 또 금세 다른 초코파이를 손에 들었다.

'어? 녀석이 마술을 배웠나? 초코파이가 도대체 몇 개야?'

박준영은 신기해하면서도 한편으로는 푸짐하게 먹게 된 초코파이 생각에 행복해졌다.

"기상! 전원 기상!"

박준영은 눈을 번쩍 떴다. 손을 보았다. 방금 전까지 있었던 초코파이는 흔적도 없다. 최태훈을 바라보았다. 그는 초코파이를 만들어내기는커녕 아직도 정신없이 자고 있다.

"기상! 전원 기상!"

박준영은 반사적으로 침대에서 후다닥 일어났다. 어느 틈엔가 잠이 들었었던 것이다. 아쉬웠다. 그것이 꿈이라니. 박준영은 입맛을 다시며 옷을 입기 시작했다.

　그렇게 허탈한 꿈으로 하루를 시작한 박준영은 아침 식사를 끝내자 수통을 허리에 차고는 자신의 소대를 인솔하며 유격 훈련장을 향해 나섰다. 4월 초순의 날씨는 화창하고 깨끗했다. 제법 훈훈한 바람마저 살랑살랑 불어오고 있었다. 유격 훈련장에 벌써 도착해 어슬렁거리며 돌아다니는 팔각모를 쓴 미친 멧돼지 정일선 해병 훈련관만 보이지 않는다면 여기도 꽤나 아늑하고 포근한 장소가 되었을 것이다. 하지만 현실은 가혹했다.

　"오늘 날씨 좋지?"

　유격 훈련장을 들어서는 해군과 해병 사관후보생들을 향해 정일선 해병 훈련관이 웬일인지 상냥하게 웃는다.

　"예! 좋습니다."

　정일선 해병 훈련관의 환대를 받으며 유격 훈련장으로 들어서던 그들은 영문도 모른 채 맞장구를 쳐 댔다.

　"암! 좋고말고! 귀관들을 죽이기에 아주 좋은 날씨다!"

　"……!"

　누가 별명을 지어주었는지 정말 징그럽게도 그에게 어울리는 별명이었다. 이름하여 '미친 멧돼지'.

　"아, 정말 싫다. 싫어!"

　정일선 해병 훈련관의 의미심장한 환영 속에 유격 훈련장에 들어선 박준영은 자기도 모르게 중얼거렸다.

　"누군 좋은 줄 아니? 죽지 못해 산다는 말이 이런 걸 거야."

　최태훈이다. 박준영의 말을 들었는지 최태훈도 인생 포기한 사람마냥 넋을 놓고 유격 훈련장 안을 향해 걷고 있다.

유격장에는 평소 TV를 통해 보아왔던 각종 장애물들이 널려 있었다. 국군 위문 TV 방송을 볼 때는 재미있게 보였던 각종 장애물들이 지금은 끔찍한 괴물들처럼 보인다.

"저것들이 지금 우리를 잡아먹으려고 기다리고 있네! 아이구우!"

유격장 시설물을 둘러보며 넋두리를 내두르는 홍윤진. 그는 박준영과 같은 소대로서 키가 165센티미터 정도에 체중이 46kg 조금 넘는 체형이었다. 그런데 온몸에 근육이라고는 하나도 없는 친구이다. 그래서 동기들은 그를 키가 186센티미터인데 체중이 52kg인 문규현과 한 세트로 취급한다. 문규현은 빼빼로, 홍윤진은 끝이 부러진 빼빼로. 그래서 그들은 빼빼로 종합 세트로 불린다.

홍윤진은 여기저기 유격장 시설들을 둘러보더니 절망적인 음성으로 절규하듯이 말한다.

"어찌 된 게 전부 줄타기냐?"

그는 근육이라고는 찾아보려 해도 찾아볼 수 없는 몸이므로 당연히 줄을 타고 오르는 것에 대해서는 아예 포기해 놓고 있는 인생이었다.

"자, 귀관들 중에서 오늘 몸이 안 좋아 훈련을 받기 어려운 사람 있으면 앞으로 나와! 여기 열외한다."

미친 멧돼지 정일선 해병 훈련관이 유격장에 도열해 서 있는 해군과 해병 사관후보생들을 향해 온화한 음성으로 말해왔다.

"야! 이거 너 위해서 하는 말 같다."

박준영은 자신의 앞에 서 있는 홍윤진을 장난스레 슬쩍 앞으로 민다.

"야야야야! 미쳤니? 누구 죽는 꼴 보고 싶어서 그래?"

"왜? 훈련에서 열외 시켜 준다잖아!"

“믿을 사람을 믿어야지! 미친 멧돼지 말을 누가 믿냐?”

“혹시 알아?”

“관둬라! 난 죽더라도 훈련받다 죽지 멧돼지에게 받혀서 죽긴 싫다!”

홍윤진은 고개를 절레절레 흔든다. 이때 최태훈이 설레발을 치며 나선다.

“엇? 이거 웬 반가운 소리냐?”

그리고는 누가 말리기도 전에 최태훈은 손을 번쩍 들며 대열 밖으로 나간다.

“아이쿠 저 미련한 녀석!”

박준영이 답답하다는 듯이 최태훈의 뒤통수를 바라본다.

“무덤을 파라! 무덤을 파!”

홍윤진이 한마디 거든다.

“어? 저 녀석 미쳤나봐?”

김현태가 어이없다는 듯이 말한다. 그러나 그들의 우려와 상관없이 최태훈은 쉴 수 있다는 기대를 한 아름 안고 씩씩하게 정일선 해병 훈련관 앞으로 걸어 나갔다. 그런데 모두가 박준영이나 홍윤진 또는 김현태와 같이 생각하지는 않은 것 같았다. 정일선 해병 훈련관의 앞에는 최태훈 외에도 다른 소대에서 나온 사관후보생들이 8명이나 더 있었다. 하지만 해병 사관후보생들은 단 한 명도 없었다. 모두 해군 사관후보생들이었다.

“어이구! 귀관들 많이 아파?”

정일선 해병 훈련관이 측은하다는 듯이 그들을 둘러보았다.

“예! 그렇습니다!”

최태훈을 비롯한 9명은 모두 부동자세로 소리 높여 대답했다.

"그래 어디가 그렇게 아픈가? 귀관이 말해 봐!"

정일선 해병 훈련관은 노로 만든 몽둥이를 최태훈의 배에 대고 꾹 눌렀다.

"사관후보생 최태훈! 열이 납니다!"

"오! 열이 나?"

"예! 그렇습니다."

"그럼, 열이 안 나는 건강한 사관후보생은 여기서 열외 해!"

정일선 해병 훈련관은 자신의 앞에 일렬로 펼쳐 늘어서 있는 그들을 둘러보며 말했다. 열외 하는 자는 아무도 없었다.

"모두 열이 나는 거야?"

정일선 해병 훈련관은 몰랐다는 듯이 묻는다.

"예! 그렇습니다!"

9명 전원은 일제히 큰소리로 대답했다.

"그럼 안 되지. 열은 식혀야지. 그렇지 않은가 귀관?"

"예! 맞습니다!"

"내가 열을 식혀주지!"

"감사합니다!"

"감사는 무슨! 훈련관으로 당연한 거지."

정일선 해병 훈련관은 이유 모를 웃음을 흘렸다.

"모두 3초 내로 웅덩이로 뛰어 갓!"

유격 훈련장에는 도강 훈련을 위한 물웅덩이가 곳곳에 있었다. 그 중에는 제법 깊어서 수심이 170센티미터인 곳도 있었다. 정일선 해병 훈련관이 가리킨 곳은 바로 수심 170센티미터 짜리인 물웅덩이었다.

최태훈을 비롯한 9명은 허겁지겁 물웅덩이로 뛰어갔다. 그리고는 그 앞에서 머뭇거리며 섰다.

"열을 식혀야지! 입수!"

그들의 뒤에서 노로 만든 몽둥이가 '붕붕' 소리를 내면서 다가온다.

"풍덩! 풍덩! 풍덩!……."

9명은 뒤도 안 돌아보고 물웅덩이로 뛰어들었다. 그들의 코에는 썩은 물 냄새가 확 풍겨들어 왔다. 웅덩이의 물은 풀장의 물과는 다르다. 웅덩이의 물은 갈아주지 않는다. 1년 12달 그대로 방치해둔 물이다. 그렇다고 새로운 물이 흘러들어오지도 않는다. 오직 빗물만이 자연적으로 채워줄 뿐이다. 그리고 이 물은 빠져나가지도 않는다. 자연 이 물은 썩을 대로 썩었다. 때문에 개구리도 여기에는 알을 낳지 않는다. 그런 물에 지금 이들이 몸을 담그고 있는 것이다.

"어때 몸에서 열이 식는 게 느껴지지?"

웅덩이 앞에 다가와 선 정일선 해병 훈련관은 물속에서 머리만 내밀고 있는 9명을 바라보고는 좋은 처방을 내린 듯이 묻는다.

"예! 열이 내렸습니다!"

9명은 일제히 큰소리로 대답했다. 그들에게는 다른 대답이 있을 수 없다. 자칫 부정적으로 말하거나 다른 것으로 아프다고 말했다가는 어떤 봉변이 또 떨어질지 알 수 없다. 무조건 좋아졌다고 해야지 이 고난에서 한시 바삐 벗어날 수 있을 것이다.

"정말 좋아?"

"예! 그렇습니다!"

"그래? 그럼 머리에 난 열도 식혀야지. 모두 5분간 잠수!"

그들 9명의 머리는 썩은 웅덩이의 물에서 사라졌다. 그리고 유격 훈련장의 동기들은 썩은 물 냄새가 물씬 물씬 나는 곳에서 그들의 머리를 오랜 시간동안 보지 못했다.

그들은 이후에도 계속해서 썩은 물속으로 사라져야 했다. 그렇게 8차례를 반복하고 그 물을 저마다 지겹도록 맛을 본 후에야 웅덩이 밖으로 나올 수 있었다.

"아직도 몸에 열이 나고 아픈 사람?"

물에 빠진 생쥐 꼴이 된 9명을 일렬로 세워 놓고 정일선 해병 훈련관이 걱정스럽게 물어온다.

"없습니다!"

9명 전원은 죽기 살기로 소리친다.

"없어?"

"예, 없습니다!"

"정말 없어?"

"예! 정말 없습니다."

"그럼 훈련 받아야지!"

"예! 그렇습니다!"

"각자 소대로 헤쳐!"

"헤쳐!"

9명의 환자들은 정일선 해병 훈련관이 혹시라도 마음을 바꿔 다시 부를세라 그야 말로 발이 보이지 않게 자기 소대 속으로 사라져 들어갔다.

"이 미련 곰퉁아, 그러기에 왜 나갔어?"

몸에서 썩은 물 냄새를 풀풀 풍기며 물에 푹 절어 돌아온 최태훈을
바라보며 박준영이 측은하다는 듯이 말한다.

"에구 냄새야!"

김재훈이 코를 막으며 핀잔을 준다.

"야! 너무 그러지 마라! 쟨들 뭐 알고 나갔겠냐!"

김현태가 김재훈을 나무란다. 최태훈은 동기들이 뭐라고 떠들든 대꾸도
않고 풀이 푹 죽어 있다. 이때 김영호 해군 훈련관의 명령이 들려왔다.

"주목! 모두 장벽 오르기 장애물로 이동한다!"

장벽 오르기 장애물은 높이 5미터로 된 장벽을 외줄 하나만 잡고 올
라가는 훈련이다. 모두들 말없이 이동을 하는데 끝이 부러진 빼빼로 홍
윤진만 마치 도살장으로 끌려가는 소마냥 비실대며 힘없이 이동을 한다.

"야! 홍윤진! 너 왜 그래?"

소대장 박준영이 소대원들을 이끌고 이동하다가 홍윤진에게 다가와
귓속말로 묻는다.

"이씨! 몰라서 묻냐?"

"왜?"

"나 줄타기 못 해!"

"그래도 어떡해? 힘껏 해 봐!"

"몰라! 씨!"

홍윤진은 거의 울상이 다 되었다. 그러나 홍윤진의 심정과는 상관없이
해군 1중대 1소대는 장벽 오르기 장애물에 도착하고 있었다.

소대원들이 모두 장애물 앞에 도열하자 김영호 해군 훈련관은 차례대
로 소대원들을 장애물 앞에 세워 장벽 타기 훈련을 시켰다. 모두들 그럭

저력 잘 해내고 있었다. 특히 동기들이 우려했던 문규현도 그렇게 크게 고생하지 않고 장벽을 타 넘었다. 문규현이 체력은 약했지만 키가 컸기 때문에 장벽을 어떻게 넘을 수 있었던 것이다. 문규현은 자신의 큰 키를 최대한 이용하자는 전략을 세웠다. 그는 줄을 잡고 장벽에 발을 갖다 댈 때에 최대한 높이 갖다 대었다. 그래서 첫 발부터 지면에서 높이 올라가는 것으로 하였다. 그리고 도중에 발이 미끄러져 줄에 매달리게 되면 재빨리 손을 위로 최대한 뻗쳐 장벽의 윗단을 잡은 후 힘껏 몸을 올려 넘어가기로 하였다. 그의 이런 전략은 적중했다. 다소 위태하기는 했지만 그는 무사히 장애물을 넘어갈 수 있었다.

그런데 문제는 홍윤진이었다. 그는 키가 크지도 않았고 힘도 없었다. 결국 자신은 물론 모두의 우려대로 그는 타고 넘어갈 때 이용하라는 줄을 엉뚱하게 이용하고 있었다.

"귀관! 귀관은 오래 매달리기 기네스북에라도 도전하는가?"

지켜보다 못한 김영호 해군 훈련관이 호통을 친다. 그러나 홍유진은 막무가내로 매달려 있을 뿐이다. 하긴 그로서도 달리 어찌할 방도가 없을 것이다. 얼마간 그렇게 매달려 있다가 손에 힘이 빠졌는지 쭈르륵 미끄러져 떨어진다. 그러나 얼른 일어나 다시 시도한다. 그렇지만 역시 그는 땅바닥으로 힘없이 미끄러져 떨어질 뿐이다. 그렇게 하기를 다섯 차례. 김영호 해군 훈련관은 더는 못 봐주겠는지 다시 호통을 친다. 그런데 이번 호통에는 강호진보다 그를 지켜보던 소대원들이 더 놀랜다.

"동기들을 웅덩이 물속에 거꾸로 처박아야 올라가겠나?"

그의 동기들은 가슴이 뛰기 시작했다.

'아이구 이놈아야! 제발 우리 좀 살려다고!'

순간 모두들 한마음으로 기도 드리기 시작한다.

'제발! 제발 좀 올라라! 이 웬수야!'

그런데 기적이 일어났다. 그렇게 나약하던 홍윤진이 날아 오른 것이다. 그야말로 순식간에 벌어진 일이었다. 그는 동기들이 다음 기원을 하기도 전에 그 높디높은 장벽을 넘어가 버린 것이다. 아무래도 썩은 물속에 담겨졌다 나올 동기들의 후환이 무서웠던 것일 것이다.

"우와!"

일제히 동기들은 환호성을 질러댄다.

"응? 뭐야? 왜들 그래?"

하지만 김영호 해군 훈련관은 딴청이다.

"무슨 일 났어? 왜들 호들갑이야?"

이때 다른 동기들과 함께 앉아서 대기하고 있던 최태훈이 벌떡 일어나며 말한다.

"홍윤진이 성공했습니다!"

"성공? 무슨 성공?"

"장애물을 넘었습니다."

"언제? 난 못 봤는데?"

"예?"

사실 김영호 해군 훈련관이 그들을 물웅덩이에 처박겠다고 말하면서 소대원들을 향해 몸을 돌렸을 때 그 찰나에 그의 뒤에서 홍윤진이 장벽을 넘어갔던 것이다.

'아-아악! 미쳐 홍윤진 저 늠아는 넘어가도 도움이 안 돼!'

모두들 속으로 절규한다.

그러나 실제로는 김영호 해군 훈련관도 곁눈으로 홍윤진이 장벽을 넘는 것을 보았다. 하지만 그는 여전히 못 보았다고 딱 잡아뗀다.

"누가 넘어? 안 넘었어!"

"어? 저 넘었습니다!"

장벽 반대편에서 돌아 온 홍윤진이 숨을 헐떡거리며 항의한다.

"뭐야? 내가 못 보았으면 안 넘은 거야! 다시 실시!"

'헉!'

홍윤진의 얼굴이 노래진다. 더불어 그의 동기들도 노래졌다.

"이젠 재 못 넘을 거야!"

최태훈이 인생을 포기한 듯한 음성으로 넋두리를 한다.

"아이고! 아이고!"

김재훈은 아예 곡을 해댄다.

역시 그들의 예측대로 홍윤진은 재차 시도에서는 장벽을 오르지 못했다. 아니 먼저 보다도 더 오르지 못하고 있었다. 이를 김영호 해군 훈련관은 팔짱을 낀 채 가만히 쳐다보고 있다. 그러다 한마디 툭 내던진다.

"저 똥물을 홍윤진부터 먹여야겠다."

순간, 기적은 다시 일어났다. 그야말로 바람과 같이 그는 또 다시 그 높디높은 장벽을 넘어가 버린 것이다. 이번에는 동기들도 너무 놀랬는지 아니면 너무 감격했는지 아무 말도 못하고 멍하니 앉아만 있다.

그렇게 장벽 타기 훈련은 끝나갔다. 그러나 장벽 타기 훈련이 끝이 아니다. 아직도 다양한 종목의 유격훈련이 그들을 기다리고 있었다. 그야말로 다양하고 다양한 장애물들을 두루 거치면서 그들은 녹초가 되어가고 있었다.

"귀관! 줄 안 놔!"

벽력같이 들려오는 걸걸한 음성의 호통소리. 정일선 해병 훈련관이다. 그에게 걸린 가엾은 희생양은 또 최태훈이었다. 외줄을 잡고 얕은 웅덩이를 건너가는 훈련에서 최태훈이 걸린 것이다. 이 유격훈련은 마치 타잔이 외줄을 타고 숲 속을 헤쳐 나가듯이 외줄을 잡고 웅덩이를 넘어 건너편에 안착하는 것이다. 그런데 최태훈이 줄을 놓아야 할 순간을 놓쳐 그만 건너편에 안착하지 못하고 줄에 매달린 채 시계추마냥 웅덩이 위를 왔다 갔다 하게 된 것이다.

"귀관! 줄 놔! 물 안 깊어!"

사실 그러했다. 여기 웅덩이의 물은 깊지 않았다. 무릎 정도의 깊이 밖에는 되지 않았다. 그런데 문제는 이 물도 지독히 썩었다는 것이다.

"고집 피우지 말고 떨어져!"

조용히 타이르듯이 말하는 정일선 해병 훈련관. 지금 줄에 매달린 채 왔다 갔다 하는 상대가 아까 웅덩이의 썩은 물은 양껏 마셨던 최태훈인지라 정일선 해병 훈련관도 그가 불쌍했던지 호통 대신 타이른다.

"텅버덩!"

별 도리가 없다. 물에 떨어지지 않고는 그곳을 벗어날 방법이 없으니 최태훈은 또 물에 빠져야 했다.

'아이구 불쌍한 녀석!'

그를 바라보는 동기들은 일제히 속으로 위로를 보낸다. 그런데 그들에게 닥친 정작 큰 문제는 이것이 아니었다. 그물도강 훈련 후에는 외줄도강 훈련을 해야 하는데 이 외줄은 전신주처럼 생긴 양 기둥 사이에 매여져 있다. 그리고 이 기둥의 높이는 실제 전신주의 높이보다 높다. 게

다가 줄은 양 기둥의 끝부분에 각각 매여져 있다. 이러한 외줄에 매달린 채 이편에서 저편 기둥까지 이동해야 하는 것이다. 이것은 그야말로 외줄타기 곡예라고 해야 맞을 것이다. 만일 줄을 타고 이동하다 떨어지면 죽음이다. 그러나 실제로는 죽지 않는다. 기둥 사이에는 큰 연못이 있기 때문이다. 다만, 문제는 좋게 말해서 연못이지 이곳도 썩을 대로 썩은 거대한 물웅덩이라는 것이다. 깊이는 180센티미터를 가볍게 넘는다. 따라서 키가 180센티미터 이하인 사람은 죽기 아니면 까무러치기로 이 줄을 건너야 한다. 아니 무조건 건너야 한다. 만일 떨어지기라도 한다면 그리고 자신이 수영을 못한다면 누군가가 구해주기 전까지는 물속에서 원없이 그리고 한없이 이 똥물을 마셔야 하기 때문이다.

이에 모두들 점차 이 훈련에 다가오자 긴장을 하기 시작했다. 그런데 해군 1중대 1소대원들은 이 걱정에다가 다른 소대에는 없는 걱정을 더 해야 했다. 그것은 바로 문규현이다. 이 기둥의 높이도 10미터에 필적하는 높이였기 때문이다. 게다가 그 아래는 물이다. 이 훈련을 문규현도 해야 한다. 그래서 걱정인 것이다. 이번에도 또 전투 수영장에서와 같은 불상사가 발생한다면 이제는 끝이다. 그를 더 이상 붙들어줄 수가 없다.

"야, 문규현 쟤 어떡하지?"

해군 1중대 1소대원 중에서 가장 마음이 여린 김현태가 박준영에게 다가와 걱정스럽게 말한다.

"나도 걱정이야."

박준영도 별 뾰족한 대안이 없다. 그들은 수심이 가득한 눈으로 문규현을 쳐다보았다. 문규현도 동기들의 우려를 아는지 침울하면서도 굳은 표정이다. 그런데 최태훈이 싱글거리면서 다가오더니 박준영을 툭 친다.

“소대장! 걱정 마! 너희들 문규현 때문에 지금 이러고 있지?”

최태훈은 그동안 어느 정도 마른 옷을 매만지며 박준영과 김현태를 쳐다본다.

“응, 맞아. 그런데 너는 걱정도 안 되냐?”

“걱정? 그런 것은 왜 해?”

“걱정이 안 돼?

“걱정 마라! 이 형님이 다 수를 써 놨느니라!”

최태훈은 빙긋 웃는다.

“수? 무슨 수?”

“아, 글쎄 두고만 봐! 차차 알게 될 테니!”

최태훈은 의미심장한 미소를 짓고는 자기 자리로 돌아갔다.

잠시 후 해군 1중대 1소대원들은 그물도강 훈련 장애물 앞에 도열하였다. 그물도강 장애물은 펼쳐진 그물 위를 기어서 반대편으로 건너가는 것인데 문제는 그물이 지면이 아닌 공중에 설치되어 있다는 것이다. 즉, 그물의 각 귀퉁이가 4개의 기둥에 저마다 각각 매여진 채 공중에 들려 있는 것이다. 그리고 그물의 높이가 5미터 이상이 되어 그 높이도 만만찮다. 또 한편 다른 문제는 그물의 눈이 매우 크다는 것이다. 어느 정도이냐 하면 사람의 몸이 쏙 빠질 정도이다. 때문에 어느 유격훈련도 만만한 것은 없지만 이 그물도강 훈련도 어지간히 사람을 긴장시키고 있는 것이 아니었다.

박준영은 공중에 매달린 그물이 흔들거렸지만 다행히 중심을 잃지 않고 재빨리 건너 반대편에 무사히 도착했다. 그는 그물눈 사이로 빠지지 않고 무사히 도착하자 안도의 한숨을 내쉬고 기둥을 타고 내려왔다. 그리고는 자기 자리로 돌아가 앉았다. 그물 위에는 언제 올라갔는지 문규현이 건너고 있었다. 그의 옆에는 최태훈이 바짝 따라붙고 있었다. 그리고 최태훈의 뒤에는 별명이 400인분인 거대한 크기의 배영남이 쫓아가고 있었다. 배영남은 키가 188센티미터에다가 체중이 120kg이다. 큰 키 때문에 그렇게 비대해 보이지는 않지만 그래도 몸무게가 0.12톤이다. 셋 다 키가 180센티미터를 훌쩍 넘는 것들이 그물 위에 올라가 움직이니 그물이 그야말로 춤추듯이 마구 울렁거린다. 그런데 최태훈이 하는 짓이 영 이상했다. 충분히 문규현을 앞질러 갈 수 있는 데도 그러지 않고 그의 옆에서 마치 시비 걸 듯이 그물을 마구 흔드는 것이었다.

"어어어? 야 임마 나 떨어져!"

문규현이 그물에서 안 떨어지려고 온몸에 힘을 꽉 준 채 다급하게 말한다. 그의 얼굴은 긴장으로 인해 빨갛게 변해 있다.

"응? 그래? 나는 너 떨어지라고 그러는데?"

"뭐?"

문규현이 깜짝 놀라 최태훈을 쳐다보았다. 그때 최태훈이 그의 방심을 기다렸다는 듯이 양 손으로 그물을 팡 치며 일격을 가한다.

"잘 가라!"

"으-으악"

그물눈 사이로 속절없이 떨어져 내리는 문규현. 그는 외마디 비명소리와 함께 그물망 아래의 맨 바닥으로 썩은 배 떨어지듯이 뚝 떨어졌다. 정신이 하나도 없는 문규현. 그는 무의식적으로 일어나려고 허우적거렸다. 이때 그물 위에서 문규현을 가만히 내려다보던 최태훈이 자기 뒤에서 오고 있던 400인분 배영남에게 눈짓을 보냈다. 그러자 지금까지 잘

오던 배영남이 갑자기 비틀비틀한다.

"어어? 쟤 왜 저래?"

동기들이 그물 위에서 갈팡질팡하는 배영남을 바라보고는 의아해 하면서 서로를 쳐다본다. 그때였다. 마치 거대한 바윗돌이 떨어지듯이 배영남은 그대로 문규현의 몸 위로 떨어졌다.

"퍽!"

동기들은 그들과 멀리 떨어져 앉아 있었지만 그 거리에까지 문규현이 배영남에게 깔리는 소리가 들려왔다.

"어이쿠! 규현이 떡 됐다!"

김현태가 경악을 한다.

"쟤 주-죽었다!"

김재훈은 아예 말을 더듬는다.

"쟤들 왜 저래?"

박준영이 자리에서 벌떡 일어선다. 멀리서 배영남에게 깔린 문규현이 손만 부들거리는 것이 보인다. 다행히 죽지는 않았다. 김영호 해군 훈련관은 배영남의 추락에 충격을 받았는지 허겁지겁 문규현에게 달려가고 있었다.

"이봐! 문규현! 문규현!"

"으으으!"

눈도 제대로 뜨지 못한다.

"문규현! 이런! 의무병! 의무병!"

김영호 해군 훈련관은 유격 훈련장에서 대기하고 있던 의무병을 불렀다.

“예!”

의무대에서 파견 나온 강병호 병장이 뛰어 왔다. 그리고는 신속하게 문규현의 상태를 살펴보았다.

“어때? 괜찮나?”

김영호 해군 훈련관이 걱정스레 묻는다.

“예, 맥박 정상이고 의식도 있는 것 같습니다.”

“그래? 그럼…….”

김영호 해군 훈련관은 바닥에 뻗어 있는 문규현을 잠시 내려다보았다. 그리고는 문규현의 몸에서 떨어져 비껴 누워 있는 배영남의 엉덩이를 갑자기 걷어찼다.

“귀관은 떨어지려면 잘 떨어질 것이지 동기를 혼절 상태로 만들어!”

엉덩이를 걷어 채인 배영남은 잠깐 꿈틀거리다가 뒷머리를 긁으며 일어섰다.

“정신을 어디다 둔 거야! 엎드려뻗쳐!”

김영호 해군 훈련관은 비실거리며 일어선 배영남에게 호통을 치며 명령을 내린다. 이에 배영남은 명령을 복창하며 얼른 엎드려뻗친다. 배영남이 엎드려뻗치자 김영호 해군 훈련관은 강병호 병장에게 더 이상 안 되겠다는 표정을 지으며 명령한다.

“문규현 사관후보생은 기절해서 더 이상 훈련이 안 되니 그늘진 곳에 데려가 훈련이 끝날 때까지 안정시키도록!”

“예? 기절이요? 아……! 예! 알겠습니다!”

강병호 병장이 웃음 띤 얼굴로 얼른 경례를 하고는 그 사이 바닥에 내려온 최태훈과 함께 힘을 합쳐 문규현을 끌고 유격 훈련장의 그늘진

구석으로 옮기기 시작했다. 그런데 이때 저 멀리서 정일선 해병 훈련관이 강병호 병장을 보고 손짓하며 큰소리로 불렀다.

"이봐! 의무병!"

"예!"

"그거 뭐야?"

"예! 추락으로 인해 혼절했습니다!"

"뭐야? 이리 끌고 와 봐!"

"예에? 아…… 예!"

순간 강병호 의무병은 당황하며 얼른 김영호 해군 훈련관을 쳐다보았다.

"아! 훈련관님! 제가 확인했습니다. 혼절한 것 맞습니다."

김영호 해군 훈련관이 정일선 해병 훈련관에게 다가가며 말했다.

"예? 그렇습니까?"

정일선 해병 훈련관은 문규현에게 오려다가 멈추고 멀리서 그들을 잠시 쳐다보았다. 그러자 김영호 해군 훈련관이 갑자기 배영남을 바라보며 그에게 버럭 소리를 지른다.

"귀관! 뒤로 취침!"

"뒤로 취침!"

"앞으로 취침!"

"앞으로 취침!"

"좌로 굴러!"

"좌로 굴러!"

배영남은 김영호 해군 훈련관의 명령을 복창하며 정신없이 눕기와 구르기를 반복해대기 시작했다. 정일선 해병 훈련관은 그러한 모습을 잠시 지켜보더니 더 이상 다른 말하지 않고 돌아서서 해병 사관후보생들이 모여 있는 곳으로 걸어갔다.

이때, 강병호 병장과 최태훈에게 질질 끌려가던 문규현이 실눈을 살며시 떴다. 그리고는 저 앞에서 좌로 구르고 있는 배영남과 눈이 마주치자 손가락으로 살짝 OK 표시를 해 보인다. 순간 배영남의 하얀 이가 태양 아래에서 반짝였다.

제4장

위문편지와 가스훈련

남쪽 진해의 4월 봄날은 따뜻하고 화창했다. 더구나 오늘은 4월 첫 주일을 시작하는 월요일이라서 그런지 세상은 더욱 활기차 보인다. 하지만 아침 식사를 끝내고 숙소로 돌아오는 박준영은 영 기운이 없었다. 심지어 울적하기까지 했다. 토요일에 받았던 편지 때문이다. 토요일인 그저께 오후에 모두들 숙소에서 쉬고 있을 때 위문편지가 배달되었다. 토요일 전날인 금요일에 그 힘든 유격훈련을 마쳤기 때문에 토요일 오전에는 소양 교육장에서 정신수양 교육을 받는 것으로 하여 훈련을 쉬었다. 하지만 여전히 다들 심신이 피곤하고 지쳐 있었다. 그런데 이러한 때에 그들에게 오후에 배달된 위문편지는 생명에 활력을 불어넣어주는 단비와 같았다.

토요일 오후 점심 식사 후에 모든 사관후보생들은 복도에 집합하여 각자 자기에게 배달된 위문편지를 받았다. 그들은 이번으로 해서 두 번째 위문편지를 받는 것이다. 학교 다닐 때에 자칭타칭 카사노바라고 불렸다는 배영남은 무려 14통이나 여자 편지를 받았다. 그리고 조용한 성품의 김현태도 여자에게서 편지를 3통이나 받았다. 소대 내에서 유일한 유부남인 이영진 역시 여자로부터 3통이나 되는 편지를 받았다. 물론 세 통의 편지는 모두 같은 여자에게서 온 것이었다. 바로 아내이다. 이영진은 지난 토요일에 아내의 두 번째 위문편지를 받은 뒤로부터는 월요일인 지금까지 계속 입이 찢어져 있었다. 그의 아내가 드디어 해산을 했다는 것이다. 아들이라고 한다. 덕분에 그는 동기들에게 수없이 축하 인사를 받았고 심지어 훈련관들로부터도 축하를 받았다.

한편, 박준영은 이번에도 편지를 달랑 한 통 받았을 뿐이다. 하지만 그래도 연속해서 여자에게서 받기는 받았다. 바로 자신의 유일한 여자친구인 김아연으로부터 받은 것이다. 박준영은 이번으로 해서 두 번째로 김아연의 편지를 받아 들었다. 그가 처음으로 김아연의 편지를 받아 보았을 때 김아연이 보낸 편지는 분홍빛 꽃무늬가 박힌 편지지에 쓰여 있었다. 내용은 아무 탈 없이 훈련을 잘 받기 바라며 건강을 조심하라는 기원과 당부였다. 그리고 사랑한다는 말이 무려 일곱 번이나 반복되어 있었다. 그녀의 편지는 또박또박 예쁘게 글을 쓴 것으로 보아 한 자 한 자 정성을 다해 쓴 것이 역력했다. 김아연의 두 번째 편지 역시 첫 번째 편지와 다를 바 없이 깊은 사모와 연정이 글귀마다 배어 있었다. 다만, 다른 점은 첫 번째 편지와는 달리 두 번째 편지에는 추신이 덧붙었다는 것이다.

홍윤진 또한 편지는 한 통만 받았다. 그가 수시로 동기들에게 천상에서 내려온 조선시대의 순결한 여인이라고 찬사를 보내던 애인 정미연이 위문편지를 보내온 것이다. 이번이 그녀의 두 번째 편지이지만 홍윤진은 그녀가 보내온 편지로 동기들에게 또 한바탕 자랑하고 다닐 것이다. 비록 사귄지는 이제 달수로 5개월이 되었을 뿐이지만 그에게 그녀는 그만큼 자랑이자 긍지였다.

한편, 편지를 받은 해군 1중대 1소대원들 중에서 어느 누구도 예상치 못했던 위문편지를 받은 자가 있었다. 바로 조민형이었다. 항공 병과인 그는 왠지 얼굴이 불쌍하게 보이는 인물이다. 게다가 별명도 영화 '빠삐용'의 '드가'이다. '빠삐용'에서 '드가'는 돈을 항문 속에다 숨긴 채 감옥으로 온다. 그래서 죄수 중에서 가장 돈이 많은 죄수가 된다. 그런데 조민형 역시 교육생들은 금전 소유가 금지되어 있음에도 불구하고 돈이 가장 많았다. 무려 15만원이 넘었다. 어떻게 그 많은 돈을 훈련관들에게 들키지 않고 숨겨 들여왔는지 동기들 사이에서는 절대 풀 수 없는 불가사의한 일이었다. 그래서 동기들이 생각해낸 것이 바로 '빠삐용'의 '드가'가 행한 방법이다. 그래서 아마 조민형도 항문에다 돈을 숨겼을 것이라고 추정하였다. 그런데 처음에는 추정이었지만 나중에는 정설이 되었고 지금은 사실로 둔갑했다. 때문에 졸지에 그의 별명은 '드가'가 되었다. 더구나 얼굴도 가만히 보면 은근히 불쌍해 보이는 형상이다. 덕분에 그는 별명과 실제가 완벽히 일치하는 인물이 되었다. 하지만 막대한 돈에 대한 진실은 여전히 조민형 당사자만 알고 있을 뿐 여전히 미스터리로 남아 있었다. 그런데 애인도 없는 그러한 조민형이 여인에게서 편지를 받은 것이다. 물론 그에게 여자 애인이 있다면 그것은 또 하나의 미스터리한 일이 되었을 것이다. 동기들은 내가 여자가 되었더라도 조민형 같은 얼굴의 사내하고는 사귀지 않겠다고 말할 정도로 그는 불쌍해 보이는 얼굴이었다. 만일 그와 사귀면 자기의 인생도 왠지 불쌍해질 것 같은 불길한 예감이 든다는 것이 동기들의 설명이다. 그런데 동기들에게 그러한 평가를 받는 조민형이 여자에게서 편지를 받은 것이다. 그것도 해군 1중대 1소대원들에게 빵을 40개나 자비로 사서 던져 넣어준 묘령의 여인으로부터 받은 것이다.

지난주 목요일 해군 1중대 1소대는 새벽에 있었던 얼음물 빵빠레에 가장 늦게 집합한 소대가 되었다는 이유로 아침을 굶었다. 그리고 훈련 기간 중에는 흡연이 금지되어 있는데도 해군 1중대 1소대의 침실 복도에 담배꽁초가 버려져 있다는 이유로 또 점심을 굶어야 했다. 그러나 그들 중 누구 하나 담배를 피운 자는 정녕코 없었다. 해군 1중대 1소대원들은 억울했다. 하지만 그대로 당해야 했다. 그들은 이 모함에 대해 별명이 '싸이코'인 해병 1중대 1소대 권석일 훈련관 아니면 별명이 '미친 멧돼지'인 해병 2중대 3소대 정일선 해병 훈련관이 저지른 소행으로 믿었다. 훈련관 중에서 이들 아니면 할 사람이 없었기 때문이다. 그래서 잡으려면 자기 소대원들이나 잡지 왜 남의 중대에 와서 엉뚱하게 우리 소대를 잡느냐며 원성을 쏟아냈다. 그런데 실은 그것은 김영호 해군 훈련관이 자기의 소대원들을 잡기 위해 몰래 버린 것이었다. 결국 이런저런 이유로 해서 그날 해군 1중대 1소대원들은 아침과 점심을 내리 굶은 채 오후 훈련에 들어가게 되었다.

오후 훈련은 각개전투 훈련이다. 이에 해군과 해병 사관후보생 모두는 각개전투 훈련장으로 이동하기 시작했다. 각개전투 훈련장은 교육대 밖에 위치해 있기 때문에 교육대 바깥으로 나가야 한다. 그런데 교육대의 담장을 따라 나아가던 행렬이 잠시 멈추었다. 정문 쪽에서 차량의 진입으로 인해 행렬의 진행이 정지된 것이다. 정문에서 차량이 잘못 빠지고 있는지 예상 외로 행렬의 정체는 계속되고 있었다. 그러자 전원 앉아서 대기하라는 명령이 떨어졌다. 그런데 얼마간 무료하게 앉아있던 조민형이 김현태의 옆구리를 쿡쿡 찌르며 말을 걸어왔다.

"야! 저기 좀 봐! 철문의 아래 틈새가 꽤 크다!"

조민형이 가리킨 철문은 폐쇄된 철문으로서 그 철문의 바로 바깥은 시내의 대로변이었다.

"그래 꽤 크네. 그런데 왜?"

김현태는 조민형이 왜 철문 밑의 틈새를 보라는지 영문을 몰라 하며 그를 바라보았다.

"저 아래 틈새로 잘하면 얼굴은 들이밀 수 있겠다! 그지?"

"……?"

김현태는 더더욱 영문을 몰라라 하며 그를 보았다.

"아이 바보야! 틈새가 저렇게 넓으니까 우리가 빵을 구해볼 수 있잖아!"

"너 드뎌 미쳤구나! 아무리 배고프더라도 이렇게 한 방에 혹 가버리다니?"

김현태는 기가 막혔다.

"야, 조민형! 저 틈새로 얼굴만 겨우 삐져나갈 수 있겠구만 그래가지고 어떻게 빵을 구해?"

김현태는 정신 좀 차리라는 듯이 말했다.

"이구 이 멍청아! 누가 저 틈새로 나간대? 저 틈새로 머리만 들이밀고서 지나가는 아무 행인에게나 빵 좀 사달라고 부탁하자는 것이지!"

"어? ……!"

제법 그럴 듯한 이야기였다.

"그런데 그게 가능할까? 만일 철문 밖 인도에 사람이 아무도 없으면 어떡해?"

"그럼 할 수 없지만 밖은 대로변이니까 한 사람이라도 지나가는 사람이 반드시 있을 거야."

"그럴까? 그런데 그 사람이 우리에게 어떻게 빵을 사줘?"

"대로변이니까 근처에 상점이 많이 있을 거야."

"글쎄, 그렇다 쳐도 그 사람이 우리에게 빵을 사줄까?"

"내가 돈을 좀 풍족히 주면 사주겠지."

"그래 돈을 심부름 값으로 좀 떼어 먹는다 쳐도 양심이 있으면 빵은 사주겠지. 그런데 빵은 어떻게 받냐?"

"담장 위로 넘겨달라고 하면 될 거야."

"흠! 일단 아이디어는 좋다. 그런데 돈은 네가 낸다 하고 부탁은 누가 하냐?"

"그것도 내가 해 볼 테니까. 너는 망 좀 봐줘! 그리고 혹시 빵이 넘어오면 먼저 보는 사람이 가져오기로 하자."

"그래 네 얼굴로 부탁하는데 아무리 몰인정한 사람이라도 어떻게 너의 그 불쌍한 얼굴을 외면할 수 있겠냐! 한 번 해봐라!"

김현태는 낄낄 웃으며 망을 보기 시작했다. 조민형은 잠시 주변을 살피더니 마치 다람쥐처럼 재빨리 철문의 아래쪽으로 달려가 몸을 땅바닥에 착 붙였다. 그리고는 곧바로 머리를 철문의 아래 틈새로 마구 밀어넣었다. 그렇게 하니 머리만 거의 절반 이상이 바깥으로 빠져나갔다. 머리가 어느 정도 바깥으로 나가자 조민형은 누군가를 다급하게 불러대기 시작했다. 그의 예상대로 철문쪽 인도에 행인이 있었던 것이다.

“저, 아가씨! 아가씨!”

“어머나!”

화들짝 놀라는 여인의 음성이 들려왔다. 인도의 행인은 남자가 아닌 아가씨였다.

“저는 해군 1중대 1소대 사관후보생 조민형입니다. 훈련 때문에 아침 점심 다 굶었습니다. 배고파요! 제발 빵 좀 사다 주세요. 여기 돈 드릴 테니 제발!”

조민형은 돈 5만원을 든 손을 철문 아래 틈새로 내밀어 흔들어 대었다. 하지만 철문 밖에서는 아무런 대답도 없었다.

“저 이상한 사람 아닙니다. 저는 해군 1중대 1소대 사관후보생 조민형입니다. 여기 돈 드릴 테니 제발 빵 좀 사다 주세요. 우리 모두 배고픕니다!”

조민형의 말은 애절하다 못해 처절했다. 그러나 철문 밖에서는 여전히 아무 말도 들려오지 않았고 조민형은 힘없이 철문에서 돌아섰다. 그의 손에는 돈 5만원이 그대로 들려 있었다.

“야! 실패했구나! 이구, 괜찮아! 이따 저녁이나 잘 먹으면 되지.”

김현태는 조민형이 그토록 애썼는데도 성공하지 못하고 돌아오자 측은한 마음이 생겨 그의 어깨를 다독거려준다.

“응, 그러지 뭐.”

조민형 역시 풀이 푹 죽어 있다.

“그런데 네가 그렇게 부탁하는데도 그 아가씨는 그냥 가버리든?”

“응, 그런데 그 아가씨 순간 눈시울이 빨개진 것 같더라.”

“뭐? 왜?”

“몰라.”

“······.”

“······.”

둘은 순간 허무한 해프닝으로 끝나버린 계획에 대해 허탈해 하면서 아무 말 없이 앉아 있었다. 그런데 그때였다. 무엇인가 엄청 커다란 하얀 비닐봉투가 담장 너머로부터 이쪽으로 툭 던져지고 있었다. 김현태는 그 비닐봉투를 향해 반사적으로 뛰어갔다. 빵이었다.

그 비닐봉투 안에는 무려 빵이 40개나 들어 있었다. 그런데 빵은 모조리 겉봉지가 벗겨져 있었다. 아마도 빵을 먹고 나면 자연히 빵봉지도 40개가 나올 것이기 때문에 그 아가씨가 미리 그 빵봉지를 일일이 다 벗겨낸 것 같았다. 이들이 훈련관의 허락 하에 먹는 것이 아니라는 것이 뻔한 이상 이들에게 빈 빵봉지가 남겨지게 한다는 것은 이들에게 기합을 내려주라는 것과 같은 말이 된다. 그러나 빵을 담은 커다란 하얀 비닐봉투만 잘 처리한다면 완전범죄가 이루어진다.

동기들에게 빵을 나누어주던 김현태는 비닐봉투 속에서 조그맣게 접은 쪽지 하나를 보았다.

“어? 민형아! 여기 쪽지 하나 있다!”

김현태는 비닐봉투에서 예쁘게 접은 쪽지 하나를 꺼내들었다.

“뭐? 어디 보자!”

빵을 먹던 조민형이 다가와 김현태로부터 쪽지를 받아 폈다. 쪽지에는 아주 짤막한 글이 적혀 있었다.

‘음료수도 넣어드리고 싶었지만 그러면 빈 통이 남기 때문에 부득
이 빵만 사서 드립니다. 부디 모두 훌륭하고 멋진 해군이 되세요.’

조민형은 그 쪽지의 글을 읽고 또 읽었다.

"와! 속도 깊고 마음도 이쁘고 거기다가 글씨마저도 이뻐!"

조민형은 쪽지를 가슴에 품고 바닥에서 딩굴딩굴 굴렀다.

"임마! 얼굴은 어땠어? 너 그 아가씨 얼굴 봤지?"

김재훈이 그녀의 얼굴이 무척 궁금한지 조민형의 옆에 바짝 다가와 묻는다.

"아흐흐흑! 얼굴도 이뻐! 선녀야! 선녀!"

조민형은 좋아죽겠다는 듯이 데굴거린다.

"하하하! 에라 녀석! 그래 계속 굴러라!"

김재훈이 피식 웃고는 빵을 들고 자기 자리로 돌아갔다. 그렇게 예쁜 아가씨가 손수 봉지를 까서 준 것이라니 왠지 그 빵이 더욱 맛있어 보인다.

"야! 이것 봐라! 이거 제과점 빵이다!"

김현태로부터 빵을 건네받은 문규현이 감격해서 소리를 지른다.

"난 소라빵이다! 우하하하 내가 젤 좋아하는 거야!"

배영남은 행복에 겨운 소리를 내지른다.

"야! 야! 난 카스텔라다!"

유부남인 이영진은 어른임에도 불구하고 애들과 같이 좋아서 앉은 채 팔짝팔짝 뛰어댄다. 순간 해군 1중대 1소대 전체에서는 기쁨과 환희의 술렁임이 너울거렸다. 한편 이와 동시에 다른 소대에서는 부러움과 질시의 눈초리를 해군 1중대 1소대를 향해 쏟아 붓고 있었다.

빵이 40개뿐이므로 해군 1중대 1소대원들은 빵을 서로 잘 나누어 먹었다. 비록 이것으로 배를 채우지는 못 했지만 그래도 허기는 면할 수 있었다. 하지만 그들은 모두 마음에 있어서는 배가 불렀다. 심성 예쁜 아가씨의 마음도 아울러 먹었기 때문이다. 그리고 그들은 그동안 도무지 용도를 몰랐던 조민형의 불쌍한 얼굴에 대한 용도도 비로소 깨닫고 있었다.

하지만 그들에게 있어 행복은 반드시 대가를 치러야 하는 비싼 사치였다. 해군 1중대 1소대가 유난히 소란스럽자 정일선 해병 훈련관이 온 것이다. 일순 모든 소대에 적막이 찾아왔다. 그러나 그 적막이 김현태에게만은 찾아오지 않았다. 불행히도 그는 품속에다 하얀 비닐봉투를 숨기느라고 정일선 해병 훈련관이 다가오고 있는 것을 몰랐던 것이다.

"야! 오늘 아주 끝내준다! 그지!"

김현태는 자기 앞에 앉아있는 홍윤진에게 즐겁고 행복한 음성으로 크게 말했다. 그런데 홍윤진은 대답은 않고 얼굴만 창백해져 갈 뿐이었다. 대신 굵고 걸걸한 음성이 김현태의 뒤에서 들려오고 있었다.

"끝내주기는 뭐가 끝내줘?"

정일선 해병 훈련관이 양 팔을 허리에 댄 채 김현태를 내려다보고 있었다.

"에에? 아-아닙니다!"

"아니기는 뭐가 아니야!"

"아닙니다!"

"귀관! 도대체 뭐가 아니란 말이야?"

"예! 저-!"

"귀관 일어나 봐!"

"예!"

김현태는 벌떡 일어섰다.

"응? 이게 무슨 소리야?"

정일선 해병 훈련관이 고개를 갸우뚱거렸다. 순간 해군 1중대 1소대원들은 모두 얼어붙고 있었다. 그들도 들었던 것이다. 김현태의 상의 안쪽에서 부스럭거리는 비닐봉지 소리를 똑똑히 들었던 것이다.

"귀관! 상의 탈의. 실시!"

"실시!"

하지만 김현태는 상의를 굳이 벗을 필요도 없었다. 그가 윗옷의 단추 두 개를 따자 곧바로 하얀 비닐봉투가 땅바닥으로 툭 떨어졌다. 정일선 해병 훈련관은 그 비닐봉투를 집어 올리지도 않았다. 굳이 그렇게 하지 않아도 그 비닐봉투의 용도를 알 수 있었기 때문이다. 그 비닐봉투에는 백장미 제과점이라는 글자가 크고도 분명하게 인쇄되어 있었다.

"귀관! 이것이 무엇인가?"

정일선 해병 훈련관이 군화로 땅 바닥에 있는 비닐봉투를 툭 걷어찼다.

"예! 비닐봉투입니다!"

"삑!"

예외 없이 정일선 해병 훈련관의 노를 깎아 만든 몽둥이가 김현태의 헬멧으로 날아들었다.

"무엇이라고?"

"예! 비닐봉투입니다!"

"삑!"

귀가 멍멍했다. 김현태는 정신마저 아득해졌다. 하지만 그의 대답이 틀린 말은 아니다. 그러나 정일선 해병 훈련관이 듣고 싶은 대답이 아니기에 틀린 말이 된다.

"이게 뭐라고?"

"예! 빠-빵봉투입니다!"

또 다시 정일선 해병 훈련관의 노를 깎아 만든 몽둥이가 공중에서 원을 그린다.

"뻑!"

"그걸 이제 말하나?"

"……."

"누가 먹었어?"

"제-제가 먹었습니다!"

"누구?"

"옛! 제가 먹었습니다!"

김현태는 부동자세로 크게 소리 질렀다.

"누가 먹었다고? 혼자서?"

"옛! 제가 혼자 먹었습니다!"

"뻑! 뻑! 뻑! 뻑!"

정일선 해병 훈련관의 몽둥이가 김현태의 헬멧을 향해 정신없이 날아들었다.

"혼자 먹었어?"

"옛! 혼자 먹었습니다!"

"뻑!"

이번에는 땅바닥에 김현태의 헬멧이 굴렀다. 김현태는 정일선 해병 훈련관의 몽둥이를 못 이기고 땅바닥에 떨어진 헬멧을 얼른 주워 다시 쓰고는 부동자세를 취했다.

"누가 사왔어?"

"옛! 제가 사왔습니다!"

"뻑! 뻑! 뻑!"

김현태가 비록 헬멧은 썼지만 정일선 해병 훈련관의 헬멧에 대한 몽둥이질 위력이 엄청나서 김현태는 머리가 이리저리 획획 돌아갔다.

"누가 사왔어!"

"예! 제가 사왔습니다!"

"뻑!"

김현태의 헬멧이 또 날아가 떨어졌다.

"누가 사왔다고?"

"제가 사왔습니다!"

정일선 해병 훈련관은 김현태를 무섭게 노려보다가 고개를 돌려 조민형을 보았다. 이번 대답은 김현태가 아닌 조민형이 한 것이다.

"귀관! 이리 앞으로 나와!"

정일선 해병 훈련관은 대열에서 벌떡 일어선 조민형을 향해 손가락을 까닥거렸다.

"뻑!"

또 헬멧이 날아갔다. 정일선 해병 훈련관의 앞에 선 조민형의 헬멧이다.

"너희 둘 내 앞에 똑바로 서!"

정일선 해병 훈련관의 입에서는 거친 숨소리가 들리고 있었다. 이에 소대장인 박준영을 비롯한 몇몇의 동기들이 김현태와 조민형에 동참할 양으로 몸을 움찔거렸다. 그러나 김현태와 조민형이 눈을 찔끔거리며 그러지 말라는 신호를 보내왔다. 조금만 더 있으며 행렬이 이동을 할 것이기 때문에 가만히 있으면 자기 두 명만 곤욕을 치르면 되지만 지금 괜히 나서면 자칫 소대 전원이 곤욕을 치르게 되므로 가만히 있으라는 신호였다. 옳은 판단이다. 김현태와 조민형에게는 안타깝고 미안하지만 소대 전체를 위해서는 김현태와 조민형의 뜻대로 따르는 것이 옳았다. 이에 일어서려고 움찔거리던 박준영과 몇몇 동기들은 다시 조용히 앉아 있었다. 역시 김현태와 조민형의 생각이 옳았다. 저 멀리 대열의 앞에서 김영호 해군 훈련관이 모두 일어서라며 고함지르며 오고 있었다. 마침내 정문에서의 정체가 뚫린 것이다. 이에 모두 일어서서 이동을 하기 시작했다. 그러나 김현태와 조민형만은 이동을 하지 못했다. 이들 둘은 각개 전투 훈련이 거의 다 끝날 갈 무렵에서야 훈련장에 나타났다. 그런데 이들의 행색은 차마 눈뜨고 봐줄 수 없을 정도로 참혹했다. 머리부터 발끝까지 온통 흙투성이가 된 이들의 옷에서 남아있는 단추란 단 두 개뿐이었다.

그렇지만 김현태와 조민형으로서는 비록 모진 시련을 겪었지만 이는 문제가 되지 않았다. 그들은 여전히 아가씨가 넣어준 빵을 생각하기만 하면 왠지 모를 행복에 젖어들었다. 아마도 그 행복감은 사회에서 자신들은 잊혀진 존재가 아니라 소중히 지켜보고 감싸 안아주는 존재였다는 확인에서 오는 것일지도 모른다.

그런데 9일 전에 김현태와 조민형에게 시련과 고난을 안겨준 반면 또한 이를 말끔히 잊게 해주는 즐겁고 행복한 추억거리인 빵을 사서 던져준 그 아가씨로부터 토요일인 오늘 편지가 온 것이다. 그녀의 편지 내용은 간단했다. 요즘은 훈련관들이 식사를 충분히 하게끔 해주느냐, 지금은 건강이 어떠냐, 몸조심해서 꼭 해군 장교로 임관하기를 바란다는 내용이 다였다. 불과 네 줄도 안 되는 편지였지만 조민형은 그 편지를 종일 품속에 넣고 지냈다. 그녀가 보내온 편지는 한 장뿐이었지만, 조민형의 답장은 열 장이 넘었다. 그 답장은 나를 잊지 말아 달라, 장교로 임관하면 꼭 만나서 사례를 하고 싶다, 제발 이름이라도 가르쳐 달라, 그리고 뻔뻔스런 부탁이지만 난 애인이 없어 여인으로부터 위문편지도 없으니, 다음에도 아무 내용이라도 좋으니 부디 편지를 또 보내달라는 등의 애원으로 채워져 있었다.

그런데 위문편지를 받은 자가 있으면 못 받은 자도 있기 마련이다. 해군 1중대 1소대원 중에서 여자로부터 지금까지 편지를 한 통도 못 받은 자는 문규현과 김재훈 그리고 최태훈뿐이었다. 문규현은 자신이 짝사랑했던 여인 양수빈마저 입대 전에 결혼했으므로 위문편지를 보낼 여인이 없는 것은 당연했다. 그러나 김재훈은 위문편지가 와야만 했다. 그에게는 커플 반지를 끼고 있는 채미란이란 여인이 있기 때문이다. 그런데 무슨 까닭인지 그녀는 지금까지 단 한 통도 김재훈에게 위문편지를 보내지 않고 있었다. 김재훈은 그 이유를 도저히 알 수가 없었다. 때문에 김재훈은 매번 위문편지 배부시간이 끝날 적마다 항상 풀이 죽어 지냈다. 그리고 그녀가 편지를 안 쓰는 이유가 궁금해서 미치려고 하였다. 그렇게 그에게 그 후유증은 위문편지 배부 때마다 대략 5일씩 갔다.

여인에게서 아무 편지도 못 받기는 최태훈도 마찬가지였다. 그는 입대하기 전에 사귀던 여자를 이미 정리한데다가 새로이 여자를 만들기도 전에 이곳으로 들어왔기 때문에 여인에게서 위문편지가 올 리가 만무한 상태이다. 그래서 최태훈은 여인에게서 편지를 받는 것은 아예 생각지도 않고 있었기 때문에 그동안 자신에게 여자의 편지가 없다는 사실에 대해 아무런 감정도 가지지 않고 있었다. 그런데 이번에는 웬일인지 이상하게도 그는 여인으로부터의 편지를 기대하고 있었다.

"어? 그럴 리 없는데?"

최태훈이 고개를 갸웃거린다.

"편지 다 나눠줬으니 이제 해산!"

김영호 해군 훈련관이 편지 나눠주는 것을 다 마치자 해산을 명령하고는 돌아섰다.

"저! 훈련관님!"

"뭐야?"

"저에게 편지 온 것 없습니까?"

"없어! 지금 나눠 준 게 다야!"

"그럴 리 없는데……."

"그럴 리 없기는 뭐가 없어! 빨리 돌아 가!"

김영호 해군 훈련관은 핀잔을 주고는 훈련관실로 야속하게도 총총히 사라져 갔다. 최태훈은 잠시 그를 바라보고는 못 믿겠다는 표정을 지으며 이내 풀이 죽는다. 그리고는 기운 없이 자기의 침실로 걸어갔다.

"야! 태현아! 넌 여자에게서 올 편지가 없잖아! 그런데 무슨 편지 타령이야?"

여인들로부터 무려 14통이나 편지를 받은 배영남이 남 속 긁는 소리를 해댄다.

"임마! 나도 여자에게서 올 편지가 있다고!"

"어? 너 여자 없잖아!"

"임마! 없긴 왜 없어! 나 여자 많다구!"

"그래? 정말이야? 야! 대단한데! 그런데 편지는 어디 있어?"

"우씨 이상해! 왜 안 왔지?"

"하하하! 보낼 여자가 정말로 있기는 있는 거야?"

"있다니까 그러네!"

"그래! 그래! 뭐 어떻게 잊었나 보지. 다음에는 꼭 보내겠지."

"……."

시무룩한 최태훈은 아무 말도 없다.

"그러지 말고 우리 같이 영진이 와이프 사진 보러 안 갈래?"

배영남은 맥없이 서 있는 최태훈이 딱하게 보였는지 어떻게 해서든지 그의 기분을 돌려 보려고 이영진의 와이프 얼굴까지 들먹이며 슬쩍 화제를 바꾼다. 지금 이영진의 침실에서는 그의 아내 사진을 보려고 동기들이 한바탕 아우성을 치고 있었다. 이영진의 아내가 슈퍼모델 출신이기 때문이다. 이영진이 동기들에게 자랑하기 위해 아내에게 사진을 동봉해줄 것을 부탁했는데 이번 편지에 그녀가 자신의 사진을 동봉해서 보낸 것이다. 그래서 그동안 미모에 대해 소문만 무성했던 여인의 실체를 확인하려고 동기들이 지금 아우성치며 이영진에게서 사진을 빼앗아 들여다보고 있는 중이다. 그녀의 사진을 본 동기들의 소감은 저마다 대단한 미인이라는 칭송일색이었다. 실제로 그녀의 얼굴은 대단한 미모였다. 덕분에 이영진은 동기들로부터 시샘어린 가벼운 구타를 당하고 있었다. 동기들은 저마다 예쁘다는 감탄사를 내뱉으면서 고의적으로 한 대씩 이영진을 때리고 있었다. 그리고 이영진은 아내에 대한 자랑스러움으로 인해 입이 귀밑까지 걸린 상태로 동기들의 시샘어린 구타를 즐기고 있었다. 그런데 최태훈은 이영진 아내의 사진 소동에 관심이 없는지 아니면 질투가 나는지 그 사진을 보러 가자는 배영남의 제안에 퉁명스러울 뿐이다.

"싫어!"

그래도 배영남은 물러서지 않는다.

"야! 굉장히 이쁘대! 우리도 가서 보자!"

"싫다니까!"

최태훈은 역정을 내며 돌아선다. 그리고는 자기 침실로 그냥 걸어가 버린다.

"야! 도대체 너 왜 그래?"

배영남이 최태훈의 등 뒤에 대고 큰소리로 묻는다. 그러자 최태훈이 휙 돌아선다.

"뭐가?"

"너 무슨 일 있냐?"

"아니!"

"아니긴 뭐가 아냐! 혹시……?"

"……?"

"너, 니가 기다리던 위문편지 못 받아서 그런 거냐?"

"이상해! 안 올 리가 없는데……!"

최태훈은 다시 고개를 갸웃거린다. 사실 그랬다. 그도 동기들에게 자신의 여자 친구 편지를 자랑하고 싶었던 것이다. 그는 그동안 여자 친구로부터의 편지는 아예 생각도 안 하고 동기들의 여자 친구 편지에 대해서도 별반 반응을 보이지 않아 왔었다. 그렇지만 속으로는 그렇지 못했다. 여자 친구로부터 위문편지를 받는 동기들을 엄청 부러워하고 있었던 것이다. 그런데 어떻게 된 사연인지는 몰라도 드디어 최태훈에게도 여자 친구의 위문편지가 오게 된 것이다. 다만 와야 하는데 안 왔다는 것이 문제였다.

최태훈은 침울해진 상태로 자기 침실로 향해 다시 걸어갔다. 배영남은 더 이상 그의 기분을 돌리지 못할 것임을 알고 이영진의 침실로 발길을 돌렸다. 그런데 얼마 안 있어 이영진의 침실로 최태훈이 뛰어 들어왔다.

"으하하하! 봐라! 나도 여자 편지 받았다!"

최태훈이 편지 한 통을 들고는 동기들에게 큰소리로 자랑하며 이영진의 침실 안에서 깡충깡충 뛰어다녔다.

좀 전에 최태훈은 어깨를 축 늘어뜨리고 자기 침실을 향해 기다란 복도를 힘없이 터덜터덜 걸어가고 있었다. 그때 그의 뒤에서 누군가가 카랑카랑한 음성으로 그의 이름을 부르고 있었다.

"최태훈! 최태훈! 여기 혹시 최태훈이 있나?"

해병 1중대 1소대 훈련관 대위 권석일이었다.

"필승! 제가 최태훈입니다!"

최태훈은 침실로 걸어가다가 즉시 되돌아오면서 경례를 붙였다.

"네 애인에게 소속 좀 제대로 쓰라고 해라!"

권석일 해병 훈련관이 편지 한 통을 들고 최태훈의 머리를 톡톡 친다.

"예! 알겠습니다! 감사합니다!"

최태훈이 고래고래 고함을 지른다.

"녀석! 좋아하기는! 다음에 또 우리 해병 소대로 편지 오면 네 애인은 우리 해병이 접수한다! 알간?"

"예? 예에!"

순간 대답을 제대로 못 하는 최태훈.

"그만 가봐!"

권석일 해병 훈련관이 그의 모습이 재미있었는지 씩 웃는다.

"예! 필승!"

최태훈은 큰소리로 경례를 붙이고는 자기 소대원들을 찾아 이영진의 침실로 뛰어갔다.

"야아! 봐라! 자슥들아! 나도 여자에게서 편지가 왔다!"

"어디?"

"정말? 좀 보자!"

"하하! 축하한다."

"이야! 웬일이야?"

동기들이 최태훈의 말에 하나 둘 모여들기 시작했다.

"자! 봐라! 짜잔!"

최태훈은 편지 봉투에서 편지를 꺼내들었다. 그리고는 미리 알고 있었다는 듯이 편지지를 쫙 펼쳐보였다.

"우와!"

동기들은 일제히 함성을 질렀다. 편지지에는 빨간 연지의 여자 입술이 3개나 선명하게 찍혀 있었다.

"부럽지! 부럽지! 으하하하!"

최태훈은 연신 입이 찢어져라 자랑해 댔다.

"너희들 이런 거 못 받았지? 그지? 그지?"

최태훈은 기가 살아서 연신 방방 뛴다. 그런데 갑자기 김재훈이 고개를 갸웃거리며 최태훈에게서 편지 봉투를 쑥 빼낸다.

“응? 뭐야 이거?”

김재훈이 이상하다는 듯이 최태훈을 바라본다.

“야! 네 애인 이름이 최명희야?”

“어? 뭐?”

최태훈이 갑자기 당황하며 편지 봉투를 김재훈으로부터 낚아채듯이 빼앗고 들여다본다. 순간 그의 얼굴이 빨개졌다.

“뭐야? 최태훈! 네 여동생이었어?”

“어-! 아-아냐!”

최태훈이 말을 더듬는다.

“자식 맞구만 아니라고 그래!”

김재훈이 낄낄거리며 웃는다.

“아니라니까 그래!”

최태훈이 얼굴이 벌게 진 채 큰소리로 말한다.

“그래! 그래! 네 말 믿을게. 에그 기왕이면 김명희나 이명희로 보냈으면 더 확실히 믿을 건데.”

김재훈이 여전히 실실 웃으며 말한다.

“아! 정말! 자식들! 에이 씨! 그래 맞다 맞아! 내 여동생이다!”

최태훈은 씩씩거리며 편지지를 꾸깃꾸깃 접어 주머니에 넣어 버린다. 그런데 최태훈의 고해성사에도 동기들은 전혀 실망하지 않는다. 아니 오히려 동기들은 최태훈에게 친근하게 달려들었다. 특히 배영남이 더욱 그러했다.

“어? 뭐야 너희들?”

최태훈은 움찔거리며 한걸음 뒤로 물러섰다.

“소개시켜주라!”

동기들의 합창이다.

“이것들이 미쳤나! 야는 이제 중3짜리다!”

최태훈은 어이없다는 듯이 소리쳤다. 그러나 동기들은 그렇지가 않은 모양이었다.

“우와! 딱 맞다!”

“뭐야? 뭐가 딱 맞아?”

“우리가 3년 근무하고 나가면 네 여동생은 고3 아니냐?”

“응? 그렇지.”

“그리고 우리가 취직할 때쯤 되면 네 여동생은 여대생 아니냐?”

“어? 어! 그래!”

“그럼 딱 맞지! 안 그러냐?”

“……..”

최태훈은 잠시 말이 없었다. 뭔가 나이를 한참 계산하고 있는 듯 했다. 그러다 곧 그는 동기들을 향해 발끈했다.

“에라이! 이 순 도둑놈들아!”

최태훈은 씩씩거리며 자기 침실을 향해 복도를 걸어갔다. 그리고 그의 뒤로는 동기들이 줄줄이 따라가고 있었다. 이렇게 또 하나의 토요일 오후는 저물어가고 있었다.

그 다음날 일요일. 박준영은 어제 김아연으로부터 두 번째 편지를 받았지만 마음이 심란했다. 김아연이 보내 온 편지의 말미에 쓰인 추신에 ‘내 편지는 이제 더 이상 기다리지 말라’는 말이 적혀 있었기 때문이다.

‘왜 그랬을까? 도대체 무슨 생각으로?’

박준영은 일요일 내내 김아연의 편지 내용을 생각하며 보냈다. 그리고 그 생각은 일요일 밤을 지나 월요일 새벽까지 계속 되었다. 박준영은 아무리 생각해 보아도 도대체 그녀가 왜 그런 말을 적어 보냈는지 이해가 가지 않았다. 토요일 밤에 이어 일요일 밤에도 박준영은 밤새 그녀의 말에 대해 생각하느라고 잠을 제대로 못 이뤘다. 그렇게 그는 꼬박 이틀 밤을 설쳤다. 그리고 지금 그 상태로 월요일 아침을 맞이한 것이다. 아침 식사를 마친 그는 맥없이 숙소로 돌아와 화생방 훈련을 받으러 나가기 위해 츄리닝을 벗고 군복으로 옷을 갈아입기 시작했다.

잠시 후 연병장에는 화생방 훈련을 받으러 가기 위해 해군과 해병 사관후보생들이 도열하고 있었다. 얼마 후 마침내 도열이 끝나자 권석일 해병 훈련관이 단상에 올라와 한마디 말을 해준다.

"특히 해군에서의 화생방 훈련은 타군보다 한참 길다! 즉, 그만큼 견디기 힘들다. 따라서 화생방 훈련을 받는 날에는 바람이 많이 불어야 좋다. 그런데 오늘 바람이 별로 불지 않는다. 이것도 귀관들의 복이니 받아들여야지."

해군과 해병 사관후보생들은 권석일 해병 훈련관의 말을 듣자 벌써부터 긴장하기 시작했다. 가스를 맡으면 우선 숨부터 막혀 온다. 그리고 눈에서는 눈물이, 코에서는 콧물이, 입에서 침이 줄줄 흘러나온다. 여기에 땀구멍이란 땀구멍에서는 죄다 땀이 쏟아져 나온다. 마치 인체에 나있는 구멍이란 구멍에서는 모조리 물이 흘러나오는 것 같다. 뿐만 아니다 피부의 따가움이란 말로 형용할 수가 없을 정도로 고통스럽다. 피부뿐만 아니다. 눈과 코의 점막도 마치 불로 지져대는 듯한 고통이 엄습한다. 그래서 심하면 피부에 화상성 수포가 생기기까지 한다. 가스실에서 나오면 온몸이 이러한 가스로 뒤덮여 있다. 때문에 몸에 스며든 가스를 최대한 빨리 바람에 날려 보내야지 고통이 줄어든다. 그래서 바람이 많이 불면 불수록 그만큼 가스를 많이 날려 보내게 되고 이에 반비례하여 고통이 줄어들게 된다. 그런데 오늘은 바람이 시들하더니 종국에는 아예 불지를 않는다.

박준영은 가스실 앞에서 대기하면서 혹시나 하면서 바람이 불기를 기대했다. 그러나 바람은커녕 그나마 살살 불던 바람마저 뚝 그쳤다.

'에그 참 운도 없어! 하필 이런 날에 가스훈련이냐?'

박준영은 운을 탓하며 하늘을 본다. 구름 한 점 없다. 그래서인지 바람이 더더욱 없는 것 같다. 그런데 동기들도 모두 하늘을 보고 있다. 그들도 박준영과 같은 심정인 것이다.

"방독면 착용"

김영호 해군 훈련관의 명령이 들려온다.

박준영과 그의 동기들은 일제히 방독면을 썼다. 숨이 턱 막힌다. 그동안 박준영과 그의 소대원들은 가스훈련장의 연병장을 세 바퀴 돌고 숨을 헐떡거리는 상태였다. 이런 때에 방독면을 쓴 것이다.

'어이구 답답해!'

'그냥 쓰지 말고 가스실로 들어갈까?'

'가스실 들어가기 전에 숨 막혀 죽겠다. 쌍!'

모두들 속으로 불만이 가득한 채 방독면을 썼다.

"입장!"

김영호 해군 훈련관도 방독면을 쓰고는 소대원들을 인솔하여 가스실로 들어갔다. 가스실 안은 회색빛 연기로 가득했다. 가스실로 모두 들어서자 김영호 해군 훈련관이 가스실의 문을 닫았다. 가스실의 안은 비좁고 어두웠다. 가스실 안에는 권석일 해병 훈련관과 정일선 해병 훈련관이 방독면을 쓴 채 이미 들어와 있었다. 원래 이들 해병 훈련관은 해병 사관후보생들만 담당해서 훈련시키기로 되어 있었으나 사관후보생 모두를 보다 강하게 훈련시키기 위해 계속 가스실에 남아 있었던 것이다. 박준영과 그의 소대원들은 해병 훈련관들이 가스실에 있는 것을 보자 더욱 긴장했다. 과장된 얘기지만 해병 훈련관들은 가스실의 가스를 해병 사관후보생들이 다 마셔버리기 전에는 절대로 내보내지 않는다는 소문을 들었기 때문이다.

가스실에 들어온 박준영과 그의 소대원들은 긴장된 마음으로 도열한 채 부동자세로 섰다. 그런데 그때였다. 최태훈이 몸을 건들거렸다. 해병 훈련관들이 바로 앞에 있는데 사관후보생이 부동자세를 유지 못하고 몸을 흔들거린다는 것은 곧 사관후보생들에게 해병 훈련관들의 무자비한 기합이 떨어지리라는 것을 예고하는 것이었다. 박준영은 옆에 서 있는 김현태를 쿡 찔렀다. 그러자 김현태가 눈치를 채고는 자기 앞에 서 있는 최태훈에게 바로 서라는 신호를 보내려고 손을 살짝 들었다. 하지만 김현태는 그에게 신호를 보낼 필요가 없었다.

"어어억!"

최태훈이 신음 소리를 내뱉으면서 몸을 비틀며 앞으로 뛰쳐나갔기 때문이다. 최태훈은 방독면을 벗어 제꼈다. 그리고는 출입문을 향해 정신없이 뛰어갔다. 최태훈이 방독면을 제대로 쓰지 못해 가스가 스며들었던 것이다. 처음에는 참으려고 했지만 눈과 코와 피부가 따갑다 못해 아려오는데 도저히 참을 수가 없었다. 거기다가 숨까지 턱턱 막혀왔다. 최태훈은 자신도 모르게 몸을 비틀었다. 꽉 막힌 사방은 어둡고 희뿌옇다. 순간 최태훈은 이성을 잃었다.

"비켜 이 새끼들아! 나 나갈 거야!"

방독면을 벗어 바닥에 던져 버린 최태훈은 자신을 가로 막은 채 붙잡은 권석일 해병 훈련관과 정일선 해병 훈련관에게 몸부림을 쳤다.

"최태훈! 넌 훈련이 끝나기 전에는 여기서 나갈 수 없어!"

김영호 해군 훈련관이 고함을 질렀다.

"비켜! 비켜! 썅 비키란 말이야!"

이미 이성을 잃은 최태훈은 눈물과 콧물과 땀을 비 오듯 흘리면서 마구 몸부림을 쳤다.

"이 자식!"

권석일 해병 훈련관이 순식간에 최태훈을 들어 내동댕이쳤다. 그러자 최태훈은 다시 벌떡 일어나 출입문 쪽으로 달려갔다. 그러나 이번에는 정일선 해병 훈련관이 내민 다리에 걸려 넘어졌다.

"으아아!"

최태훈은 가스의 고통과 새삼스레 덮친 밀실 공포에 의해 완전히 이성을 잃은 채 바닥에서 몸부림을 쳤다.

"최태훈! 정신 차려! 날 봐! 나도 벗었다!"

문규현이었다. 어느새 자신도 방독면을 벗어버리고 최태훈을 끌어안은 것이다.

"으아아!"

최태훈은 문규현의 품 안에서 더욱 발버둥쳤다. 그러나 그렇게 할수록 문규현은 최태훈을 더욱 꼭 끌어안으며 외쳤다.

"임마! 나도 벗었어! 괜찮아! 괜찮아!"

최태훈의 얼굴에 자신의 얼굴을 꼭 갖다 댄 문규현의 시뻘게진 눈에서는 눈물이 흘러내리고 있었다. 가스에 의한 것인지 다른 것에 의한 것인지 모를 눈물이었다. 최태훈은 문규현의 말을 들었는지 아니면 그와의 피부 감촉을 느꼈는지 조금 수그러들었다.

"최태훈 우리도 벗었다!"

박준영이 방독면을 바닥에 내던지며 최태훈에게 고함을 질렀다.

"나도 벗었다!"

"나도 벗었다!"

"나도 벗었다!"

동기들은 일제히 방독면을 벗어 바닥에 내던지며 외쳤다.

"동기야 우리가 있다!"

김재훈이 주먹을 불끈 쥐고 외치기 시작했다.

"동기야 우리가 있다!"

"동기야 우리가 있다!"

모두들 주먹을 흔들며 외쳐 댔다.

가스실 안은 계속해서 피어오른 가스 때문에 더욱 희뿌옇게 탁해져 갔다. 그리고 그와 더불어 가스에 의한 고통은 배로 증가해갔다. 그러나 그들은 아무도 대열을 이탈하지 않고 계속해서 최태훈을 향해 외쳐 댔다.

"동기야 우리가 있다!"

최태훈이 갑자기 문규현을 꼭 끌어안았다.

"일으켜줘!"

짧막하지만 결연한 음성이었다. 문규현은 가스 때문에 눈도 제대로 뜰 수 없었지만 최태훈을 부둥켜안고 같이 비틀거리며 일어섰다. 최태훈이 일어서자 박준영이 선창하기 시작했다.

"내 얼굴이 검다고 깔보지 마라! 이래 뵈도 바다에선 멋진 사나이!"

그러자 모두들 박준영에 이어서 군가를 불러대기 시작했다.

"커다란 군함타고 한 달 삼심일! 넘실대는 파도에 청춘을 바쳤다! 야 야야! 야야야! 야야야 야야야! 갈매가 잘 안다! 두둑한 배짱! 사나이 태어나 두 번 죽느냐!"

어느덧 최태훈도 동기들과 함께 군가를 힘차게 부르고 있었다. 하지만 이들의 군가는 더 이상 노래가 아니었다. 그것은 악으로 깡으로 외치는 소리였다.

제5장

사격훈련과 캔 맥주

아침에 일어나자 박준영은 세면실에서 거울을 보았다. 눈이 여전히 벌겋게 충혈 되어 있었다. 가스실에 다녀온 지 벌써 열하루나 지났는데 그때 가스에 의해 충혈된 눈이 아직도 계속 같은 상태였다. 박준영은 눈을 껌벅였다. 마치 이물이라도 눈에 들어가 있는 양 느낌이 거북했다. 잠시 눈의 상태를 바라보던 박준영은 이를 닦고는 자기 침실로 돌아왔다. 박준영은 은근히 걱정이 되었다. 오늘 훈련은 사격이기 때문이다. 게다가 저녁에는 야간 사격까지 해야 한다. 하지만 다행히 시력에는 큰 영향을 끼치지 않은 것 같았다. 박준영은 츄리닝을 벗고 군복으로 갈아입었다. 그리고는 완전 군장을 갖추고 M-16 소총을 들었다. 그는 그새 다시 눈곱이 끼기 시작한 눈을 껌벅거리면서 화장지로 눈에 낀 묽은 눈곱을 닦아내며 숙소를 나와 연병장으로 뛰어갔다.

진해시의 대로변에는 어느새 벚꽃이 흐드러지게 피어 있었다. 시내 곳곳에는 진해 벚꽃 축제인 군항제를 알리는 현수막이 쳐져 있었다. 하지만 박준영은 이러한 것들을 감상할 심적인 여유가 없었다. 1시간 후 벌어질 사격훈련 때문에 긴장되고 걱정되기 때문이다. 이는 박준영 뿐만 아니라 사격장을 향해 부대를 나선 해군 사관후보생과 해병 사관후보생들에게도 마찬가지였다. 그들은 사관 교육대로부터 빠른 구보로 2시간 반 이상 떨어진 사격장으로 이동하기 위해 지금 1시간 반이 넘게 진해시를 가로질러 뛰어가고 있었다.

온몸에 땀이 비 오듯이 쏟아져 내렸다. 침은 말라비틀어져서 입 안 가득히 먼지와 모래가 들어와도 이를 뱉어 낼 침이라고는 아예 존재 자체가 없다. 그냥 온 입안이 먼지와 모래로 서걱거리는 상태로 계속 뛸 뿐이다.

"이어질 군가는 바다의 왕자! 군가 시작! 하나, 둘, 셋, 넷!"

"태양이 솟아나는 수평선! 저 멀리 거친 파도 헤치면서 오대양 육대주로 나간다!"

해군 1중대 1소대원들은 김영호 해군 훈련관의 구령에 맞춰서 일제히 군가를 부르기 시작했다. 1시간 반이 넘도록 군가를 부르고 있다. 이 군가도 지금 몇 번째 불러대는지 이제는 기억조차 없다. 그런데 말이 군가지 이제는 그야말로 악쓰는 소리일 뿐이다. 군화 속의 발바닥은 물론 발가락 사이도 미끈거린다. 발바닥에 급속히 잡힌 물집이 터져서 피가 흐른 것이다. 마찬가지로 발가락 사이의 마찰로 인해 벗겨져 버린 피부에서 피가 흘러내린 것이다. 그래도 그들의 구보는 멈추지 않았다.

"헉! 헉! 헉!"

해군과 해병 사관후보생들의 거칠고도 메마른 호흡소리가 고통스럽게 길가를 따라 울려왔다. 마침내 체력이 다한 사관후보생들이 곳곳에서 쓰러지기 시작했다. 그러나 그들의 노고는 쓰러짐으로써 끝나는 것이 아니었다. 낙오하거나 쓰러지면 주로 권석일 해병 훈련관과 정일선 해병 훈련관에 의해 그들은 길가에 나있는 넓고 시커먼 하수도로 내동댕이쳐졌다. 그때마다 들려오는 여인들의 짧은 비명소리. 길가에는 그들의 행군을 지켜보기 위해 많은 여인들이 나와 있었다. 대부분 중년 이상의 여인들과 젊은 아가씨들이었다.

"아이구 그렇게 하지 말아요!"

사관후보생들을 휘몰아쳐대는 훈련관들을 향해 여인들은 간곡히 만류해본다. 그들 여인 중에는 눈물을 훔치는 중년 부인과 젊은 아가씨들도 종종 눈에 띈다. 이때 가끔 중년 부인들이 물 양동이에 차가운 물을 한 가득 담아다가 사관후보생들을 향해 뿌려 댔다.

그 부인들의 도움으로 온몸에서 뿜어져 나오던 열기가 잠시 주춤거린다. 그리고 말라비틀어진 혀를 축여주는 물도 얼굴을 타고 입 안으로 흘러 들어온다. 비록 흙먼지로 뒤범벅이 된 물이지만 입 안에서는 달콤하기 그지없다.

박준영을 비롯한 해군 1중대 1소대원들은 문규현 때문에 일전에 무려 9시간 반 동안 연병장을 뛴 적이 있었다. 그리고 역시 문규현 때문에 해병 2중대 3소대원들은 6시간 반 동안 연병장을 뛰었었다. 그러나 똑같은 구보라도 그때와 지금은 그 정도가 다르다. 문규현 때문에 뛸 때는 자율적으로 뛰는 것이었기 때문에 천천히 무리가 가지 않게 뛰었다. 게다가 차가운 밤이었기 때문에 몸에 열이 나도 그렇게 심하게 열이 오르지 않았다. 그러나 지금은 사정이 다르다. 훈련관들이 마구잡이로 몰아대면서 거의 전력 질주 시키다시피 하고 있다. 더구나 해가 중천에 떠 있는 한

낮에 딱딱한 아스팔트 위를 2시간이 넘게 뛰고 있다. 박준영과 해군 1중대 1소대원 그리고 해병 2중대 3소대원들은 몽롱한 정신에서 그냥 기계적으로 발을 내딛고 있었다.

"으흐! 으흐!"

체력이 약한 홍윤진의 숨소리가 이상하게 들려오기 시작했다. 그의 앞에서 뛰던 김재훈이 홍윤진의 숨소리를 듣자 뒤로 고개를 돌렸다. 홍윤진은 이미 눈동자가 풀려 있었다. 김재훈은 얼른 뒤로 손을 뻗어 홍윤진의 총을 낚아챘다. 그리고는 자신의 총과 홍윤진의 총을 어깨에 한데 둘러메고 뛰기 시작했다. 얼마 후 총 없이 맨몸으로 뛰는 홍윤진의 호흡이 차츰 다른 사람들처럼 돌아오기 시작했다. 그런데 김재훈도 체력이 이미 바닥 난 상태였다. 어느덧 김재훈의 걸음걸이가 다른 사람들에 비해 자꾸 엇박자가 나기 시작했다. 다리가 풀린 것이다. 하지만 김재훈은 홍윤진의 총을 다시 그에게 돌려주지 않았다. 그저 이를 악물고 자신의 총과 함께 홍윤진의 총까지 들고 뛰었다.

"야! 김재훈! 발맞춰!"

소대장인 박준영이 대오를 살펴보며 행렬의 전후로 오가면서 앞으로 뛰어가다가 다리가 자꾸 엉기는 김재훈을 본 것이다.

"허윽! 허윽!"

김재훈은 박준영의 말을 듣고 다른 사람과 발을 맞추려고 계속 시도했지만 번번이 어긋났다.

"김재훈! 정신 차려!"

박준영은 얼른 김재훈의 총 두 자루를 그에게서 빼내 자신이 들고 뛰기 시작했다.

“아니야! 나 괜찮아! 총 도로 줘!”

김재훈은 다시 박준영에게서 총을 빼앗으려 했다.

“괜찮아!”

박준영은 도로 총을 낚아챘다.

“그러지 말고 어서 줘!”

김재훈이 숨을 헉헉거리며 박준영에게 손을 내밀었다.

“그래! 그럼 네 총만 받아라! 나머지 하나는 내가 들고 가마!”

박준영은 김재훈에게 그의 총을 건네주고는 재빨리 선두로 뛰어가 버렸다.

선두로 나선 박준영은 몸을 뒤로 돌려 뒷걸음질치면서 대원들을 향해 구령을 붙이기 시작했다.

“하나! 둘! 하나! 둘!”

그런데 선두에서 뛰던 배영남이 갑자기 손을 쑥 내밀더니 박준영의 총 한 자루를 낚아챘다.

“어?”

박준영이 흠칫 놀라며 배영남을 보았다.

“넌 소대장이라서 우리 대열 앞뒤로 뛰어다녀야 하잖아!”

배영남은 눈을 찡긋 하고는 왼쪽 어깨에 총 두 자루를 함께 둘러메고는 아무렇지도 않다는 듯이 뛰어간다.

“야! 야!”

박준영이 도로 총을 빼앗으려고 손을 내민다. 그때 대열 중간쯤에서 김영호 해군 훈련관의 말이 들려왔다.

“소대장! 이리 와서 군가 시켜!”

“예! 알겠습니다!”

박준영이 큰소리로 대답하고는 배영남을 바라보았다.

“거봐! 어서 가봐! 계속 내 옆에서 알짱거리면 네 총마저 뺏는다!”

배영남은 다시 눈을 찡긋거리고는 앞으로 내달렸다.

4월의 태양은 그들에게 잔인했다. 8월의 폭염이 무색할 지경으로 그들을 뜨거운 열기 속으로 몰아넣고 있었다. 모두들 숨이 턱 끝에서만 들락거리고 있었다.

“끄윽! 끄윽!”

숨이 제대로 안 쉬어지는지 배영남의 옆에서 뛰고 있던 문규현이 끅끅대기 시작했다. 그러자 배영남은 재빨리 문규현에게서 총을 낚아챘다. 문규현은 배영남에게 총을 빼앗기자 그에게서 다시 총을 찾으려고 손을 내밀었다. 그러나 그뿐이었다. 비틀거리며 뛰던 문규현은 얼마 안 가 배영남으로부터 뒤로 멀어져가고 있었다. 낙오하기 시작한 것이다. 문규현은 낙오되기 시작하자 순식간에 대열의 끝으로 밀려났다. 그리고는 마침내 대열에서 떨어지고 말았다. 하지만 문규현은 비틀대면서도 뛰는 것을 멈추지 않았다. 이제 그에게 남은 것은 해병 훈련관으로부터의 끔직한 처벌만이 있을 뿐이었다. 그는 하수도의 시궁창에 비참하게 처박혀 굴러야 할 것이다.

그런데 비틀대는 문규현에게 누군가가 갑자기 그의 오른편으로 팔짱을 껴왔다. 그리고는 거의 그를 끌어 올리다시피 하여 부축한 채 뛰기 시작했다. 김상억 해병 사관후보생이었다. 해군 1중대 1소대 바로 뒤에 해병 2중대 3소대가 뛰고 있었던 것이다. 이번 구보에서 해군 1중대 1소대가 먼저 뛰지 않고 뒤에서 뛰었다. 따라서 선두는 해군의 끝 소대인 2

중대 5소대였다. 때문에 해병도 끝의 소대인 2중대 3소대가 선두 되고 해병 1중대 1소대는 제일 뒤에서 뛰고 있었다.

문규현은 비록 자신의 해군 대열에서는 낙오했지만 김상억 덕분에 전체 대열에서는 전혀 낙오하지 않은 채 무사히 따라갈 수 있었다. 그런데 대열의 끝에서 뛰고 있는 해병 1중대 1소대를 둘러보고 있던 미친 멧돼지 정일선 해병 훈련관이 자기 소대의 선두 대열이 이상하게 보였던지 해병 대열의 선두로 뛰어왔다. 오 한 줄당 다섯 명이어야 하는데 선두의 오에서는 지금 문규현 때문에 다섯이 아닌 여섯이 뛰고 있었으니 멀리서 보면 이상할 수밖에 없었다.

정일선 해병 훈련관은 자신의 소대에서 해병의 빨간 명찰이 아닌 해군의 하얀 명찰을 보았다. 그리고 해병의 팔각모가 하닌 해군의 군청색 모자를 보았다. 그는 입술을 굳게 다물고 김상억에게 다가갔다. 김상억은 아무 말도 않고 거친 숨을 내쉬며 뛰고 있을 뿐이었다. 이때 김상억은 누군가가 자신의 어깨를 툭치는 느낌을 받았다. 정일선 해병 훈련관이었다. 김상억은 얼른 뒤돌아보았다. 그러나 정일선 해병 훈련관은 이미 그 자리에 없었다. 그는 어느새 다시 해병 1중대 1소대 쪽으로 내려가고 있었다.

숙소에서 출발한 지 두 시간하고 반. 해군과 해병 사관후보생들은 마침내 사격 훈련장에 도착하고 있었다. 그들은 모두 자동으로 다리가 척척 내딛어지고 있었다. 다리의 근육들이 수의근이 아닌 불수의근으로 전원 개조되어버린 것이다. 사격 훈련장에 도착한 그들에게는 30분간의 달콤한 휴식이 주어졌다. 그리고 꿀보다도 달콤한 점심 식사. 그러나 그들의 행복은 그것으로 다였다. 오후부터 시작되는 사격은 그들을 다시 지옥으로 안내하고 있었다.

　박준영은 사격을 위한 영점 조정을 무사히 잘 끝내었다. 단번에 영점 조정을 해낸 박준영은 영점 조정을 성공한 다른 동기들과 함께 대열에서 열외한 채 따로 나와 앉았다. 하지만 영점 조정을 실패한 동기들은 계속해서 영점 조정을 위한 사격을 해 댔다. 그런데 이때 영점 조정용 표적지에 단 한 발도 맞히지 못한 사관후보생은 바닥을 기어야 했다. 때문에 기합을 받지 않기 위해서라면 한 발이라도 표적지에 맞혀야 했다. 그러나 그렇다고 하여 너무 많이 맞혀도 안 되었다. 영점 조정은 모두 세 발을 쏘는데 종종 표적지에 네 발 이상이 맞는 경우가 있었다. 총알이 증식을 한 것이다. 이러한 기적을 보인 경우 표적지에 네 발 이상 총알이 맞은 사관후보생은 물론 그 사관후보생과 함께 사격을 했던 다른 사관후보생들도 전부 사격장의 연병장을 기어 다녀야 했다. 맞추라는 자기 표적은 안 맞추고 엉뚱하게 남의 표적을 맞춘 죄를 연대로 물어서이다. 만일 이것이 실제 전투상황이라면 적군이 아닌 아군을 맞춘 것이 되기 때문이다. 결국 사관후보생들은 표적을 전혀 못 맞춰도 구르고 또 너무 많이 맞춰도 굴렀다. 그렇게 그들은 이래저래 구르고 또 굴렀다.

　영점 조정을 단번에 통과하여 대열에서 열외 한 박준영은 영점 조정을 실패한 동기들이 기합 받고 있는 것을 멀뚱히 지켜보고 있었다. 영점 조정 사격에 실패하여 기합 받고 있는 동기들이 불쌍했지만 그로서는 어떻게 도와줄 수 있는 일이 아니었다. 그는 기합 받는 동기들에게 미안한 심정으로 자기 자리에 앉아 있었다. 그런데 그때였다. 박준영의 옆으로 해병 사관후보생 한 명이 머리에 헬멧을 쓴 채 앞으로 머리를 땅에 박고는 그 상태로 헬멧을 땅에 밀면서 오고 있었다. 두 손은 뒷짐 지고 엉덩이는 치켜 든 상태로 오직 두 다리로써만 그렇게 땅을 밀고 있었다. 해병 2중대 3소대의 김영균이었다. 이전에 이미 다른 기합을 많이 받았는지 온몸이 흙투성이였다. 박준영은 김영균을 보자 깜짝 놀랐다. 박준영은 그를 쳐다보다가 김영균의 뒤쪽 멀리에서 해병 훈련관 정일선이 노를 깎아 만든 몽둥이를 손바닥에 탁탁 쳐대면서 천천히 뒤따라오고 있는 것을 보았다. 박준영은 굳이 추리를 하지 않아도 이 상황을 알 수 있었다.

"영점 조정도 못하는 해병은 수치다!"

김영균은 피가 거꾸로 몰려 새빨개진 얼굴로 목에 핏대를 세우며 외쳤다. 그는 열 걸음마다 한 번씩 이렇게 외쳐대고 있었다.

그러나 박준영처럼 김영균도 단 한 번 만에 영점 조정을 성공했다. 영점 조정에 성공한 표적지를 흐뭇한 마음으로 바라보며 해병 훈련관 정일선에게 보이기 위해 걸어가던 그에게 뒤에서 누군가가 이름을 불렀다.

"김영균 사관후보생!"

뒤를 돌아다보니 권석일 해병 훈련관이었다.

"예! 사관후보생 김영균!"

김영균은 얼른 뛰어가서는 경례와 함께 크게 대답하였다.

"영점 조정 잘 했습니까?"

"예! 잘 했습니다!"

"한 번 볼 수 있습니까?"

"예! 여기 있습니다!"

김영균은 손에 들고 있던 표적지를 권석일 해병 훈련관에게 건네주었다. 그는 김영균의 영점 조정 표적지를 슬쩍 살펴보았다. 아주 잘 맞춘 영점 조정이었다. 권석일 해병 훈련관은 고개를 끄덕이고는 표적지를 반으로 접더니 자기의 바지주머니에 쑥 집어넣었다. 그리고는 자신이 들고 있던 M-16 소총을 김영균에게 내주면서 은근히 물어왔다.

"귀관은 이 총도 영점 조정할 수 있겠습니까?"

"예! 할 수 있습니다!"

김영균은 큰 목소리로 대답하고는 얼른 권석일 해병 훈련관의 M-16 소총을 받았다. 그러자 권석일 해병 훈련관은 김영균의 어깨에서 M-16 소총을 벗겨내었다. 그리고는 김영균의 소총을 자신의 어깨에 메었다.

"지금 저 사로에 가서 영점 조정해오도록!"

권석일 해병 훈련관은 지금 막 영점 조정 사격을 위해 사로로 들어서고 있는 일단의 무리를 가리켰다. 4번 사로였다.

"예! 알겠습니다! 필승!"

김영균은 우렁차게 대답하고는 즉시 4번 사로로 뛰어갔다. 그리고는 4번 사로의 무리 중에서 맨 끝에 서 있는 해병 동기에게 권석일 해병 훈련관의 지시를 말하고는 자리를 바꾸었다. 그가 자리를 바꾸자 곧이어 영점 조정을 위한 사격이 시작되었다.

"탕! 탕! 탕!"

"탕! 탕! 탕!"

"탕! 탕! 탕!"

순간, 사선에서는 매캐한 냄새의 화약 연기가 피어올랐다. 그리고 잠시 후 4번 사로에서는 정일선 해병 훈련관이 고래고래 질러대는 고함소리가 들려왔다.

"표적지도 못 맞추는 것들이 무슨 해병이야!"

노를 깎아 만든 정일선 해병 훈련관만의 몽둥이가 방금 사격을 마친 4번 사로의 해병 사관후보생들 헬멧 위로 차례대로 내리꽂혀대고 있었다. 이들 사관후보생들은 모두 표적지가 깨끗한 자들이었다. 그런데 이들 중에 김영균도 끼어 있었다. 그는 묵묵히 자신의 헬멧 위로 떨어지는 몽둥이 세례를 받고 있었다. 몽둥이의 헬멧 세례는 이곳이 사격장이기 때문에 주어질 수 있는 기합이다. 따라서 이 기합은 오직 사격장에서만의 기합이 된다.

“다시 실시!”

“실시!”

영점 조정 사격을 실패한 해병 사관후보생들은 다시 사로에 들어서서 일제히 사격을 하기 시작했다. 그리고 잠시 후 또 다시 이어지는 정일선 해병 훈련관의 몽둥이 세례. 이번에도 김영균은 끼어 있었다.

“다시 실시!”

“실시!”

세 번째 이어지는 영점 조정 사격. 그러나 역시 정일선 해병 훈련관의 몽둥이 세례는 여전히 행해졌다. 다만 달라진 것은 몽둥이 세례의 수혜자가 처음의 8명보다 많이 줄어들어 지금은 단 3명뿐이라는 것이었다.

“이 놈들! 아주 죽으려고 환장을 했구나! 다시 실시!”

정일선 해병 훈련관은 이들이 계속해서 표적지를 깨끗하게 제출하자 분기탱천하여 고함을 질러 댔다.

“실시!”

3명의 해병 사관후보생은 사로에 다시 섰다. 그런데 이들 중 한 명은 김영균이었다. 그의 얼굴은 잔뜩 굳은 채 좌절된 표정이었다.

이들 3명의 해병 사관후보생 사격이 끝난 후 단 한 명의 해병 사관후보생만이 정일선 해병 훈련관의 몽둥이 세례를 무수히 맞고 있었다. 어찌나 세게 맞아댔던지 헬멧의 머리끈이 세 번이나 벗겨졌다. 정일선 해병 훈련관은 그래도 분이 안 가셨는지 앞으로 구르기, 뒤로 구르기, 앞으로 취침, 뒤로 취침 등 온갖 기합을 다 내렸다. 하지만 이것이 끝이 아니었다.

"일어서!"

"일어서!"

땅바닥을 한참 구르던 해병 사관후보생은 복창하면서 비틀거리며 자리에서 일어섰다. 그러자 정일선 해병 훈련관은 온몸이 흙투성이가 된 해병 사관후보생에게 열중쉬어를 시켰다.

"열중 섯!"

해병 사관후보생은 몹시 지쳐보였지만 그래도 절도 있게 열중쉬어 자세를 취했다.

"그대로 꼬라박아!"

"픽!"

땅바닥에서 둔탁한 소리가 들려왔다. 정일선 해병 훈련관의 명령이 떨어지자 해병 사관후보생이 열중쉬어 자세에서 그대로 앞으로 고꾸라지며 머리를 땅바닥에 박은 것이다.

"그 상태에서 앞으로 전진한다! 10보 전진마다 영점 조정도 못하는 해병은 수치다를 외친다! 실시!"

"실시!"

그 해병 사관후보생은 그렇게 10보마다 정일선 해병 훈련관이 지시한 말을 외치며 머리에 쓴 헬멧을 땅바닥에 대고 끌면서 박준영의 옆으로 지나갔다. 김영균이었다.

그를 바라보던 박준영은 자신도 모르게 손이 들어 올려졌다. 그 손에는 표적지가 들려 있었다. 박준영은 영점 조정이 잘 맞춰진 자신의 표적지를 둘둘 말면서 힐끗 정일선 해병 훈련관을 쳐다보았다. 정일선 해병 훈련관은 김영균의 뒤를 멀찍이 따라오다가 잠시 멈추고는 권석일 해병 훈련관과 무엇인가 이야기를 나누고 있었다. 순간 박준영은 김영균에게 자신의 영점 조정 표적지를 살짝 보여주고는 김영균의 바지 뒷주머니에다가 자신의 영점 조정 표적지를 재빨리 집어넣어 주었다. 그리고는 얼른 자신의 자리로 돌아와 앉았다. 김영균은 헬멧 쓴 머리를 땅바닥에 박은 채 끌고 가면서 박준영을 거꾸로 바라보았다. 안타까워하는 박준영의 얼굴이 눈에 들어왔다.

얼마 후 김영균은 다시 영점 조정을 위한 사격을 하고 있었다. 하지만 역시 표적지는 깨끗했다. 그는 사격을 끝낸 후 표적지 앞에서 잠깐 서 있었다. 그리고는 몸을 돌려 사선으로 돌아왔다. 사선에서는 정일선 해병 훈련관이 그를 기다리고 있었다. 김영선이 표적에서 돌아오자 정일선 해병 훈련관은 아무 말도 않고 손을 내밀었다. 김영균은 잠시 주춤하다가 곧 그에게 표적지를 내밀었다. 깨끗했다.

"퍽!"

몽둥이가 김영균의 헬멧에 내리꽂혔다. 순간 김영균은 비틀거렸다. 그러나 이내 자세를 바로 하고 똑바로 섰다.

"퍽! 퍽! 퍽! 퍽!"

몽둥이가 김영균의 헬멧에 정신없이 내리쳐졌다. 일순 해군 및 해병 사관후보생들은 모두 찬물을 끼얹은 듯 조용히 그를 바라보고 있었다.

"뭐야 이거? 똑바로 서봐!"

김영균의 헬멧에 몽둥이를 휘두르던 정일선 해병 훈련관은 멈칫하며 몽둥이질을 멈췄다. 그리고는 김영균의 바지 뒷주머니에서 무엇인가 둘둘 말린 종이를 뽑아냈다. 박준영이 아까 사격 전에 넣어주었던 영점 조정이 된 표적지였다.

"이게 뭐야?"

정일선 해병 훈련관은 박준영의 영점 조정 표적지를 김영균의 눈앞에 펼쳐보였다.

"모릅니다!"

"몰라?"

순간 김영균은 눈이 번쩍했다. 어떻게 맞았는지 헬멧이 땅바닥에 나뒹굴고 있었다.

"누구야! 누가 이걸 줬어?"

정일선 해병 훈련관은 땅바닥에 쓰러진 김영균에게 표적지를 흔들어대며 고함을 쳤다. 김영균은 얼른 헬멧을 주워 다시 머리에 쓰고는 벌떡 일어섰다.

"모릅니다!"

"몰라?"

또 다시 눈에 불이 번쩍했다. 그리고 헬멧은 다시 땅바닥에서 맴을 돌고 있었다. 김영균은 재차 땅바닥에서 일어서면서 헬멧을 머리에 썼다.

"누구야!"

"모릅니다!"

공중에서 몽둥이가 공기를 가르는 소리가 들려왔다.

"뻑!"

헬멧이 두 조각으로 갈라지는 듯한 충격이 전해져왔다. 순간 정신이 몽롱해졌다. 잠깐 정신을 잃고 쓰려졌던 김영균은 시야에 사물이 다시 잡히자 얼른 땅바닥에서 헬멧을 주웠다. 그리고는 비틀거리며 다시 일어섰다.

"누구야!"

"모릅니다!"

김영균은 다시 헬멧이 터져버리는 듯한 소리를 들으며 순간 시야가 하얘졌다. 땅바닥에서는 헬멧이 뱅그르르 맴을 돌았다. 김영균이 비틀거리며 땅바닥에서 다시 일어설 때 박준영의 다급한 음성이 들려왔다.

"제가 줬습니다!"

해병 사관후보생들은 해군 사관후보생들과는 동떨어진 사로에서 사격을 하고 있었기 때문에 박준영은 김영균이 그토록 기합을 받고 있다는 것을 모르고 있었다. 그런데 어느 틈엔지 해군 사관후보생들이 수군거리기 시작했다. 그 이야기는 한 해병 사관후보생이 누군가가 몰래 준 표적지 때문에 지금 거의 죽을 정도로 기합을 받고 있다는 것이었다. 그 말을 듣는 순간 박준영은 아무 정신도 없었다. 벌떡 자리에서 일어선 박준영은 어떻게 뛰어왔는지도 모른 채 달려와 정일선 해병 훈련관 앞에 섰다. 이때 박준영의 등장에 꽤나 당황해하는 김영균의 모습이 박준영의 눈에 들어왔다. 그리고 아울러 공연한 짓을 한다는 듯한 표정을 짓는 김영균의 얼굴도 이어서 눈에 들어왔다.

"뻑!"

순간 앞이 하나도 보이지 않았다. 온통 하얄 뿐이다. 사물이 다시 시야에 들어오기 시작했을 때 땅바닥에 나동그라진 헬멧이 보였다. 박준영은 얼른 그 헬멧을 집어 들고 땅바닥에서 일어섰다. 그러나 그는 다시 땅바닥에 쓰러졌다. 그리고 헬멧 역시 다시 땅바닥에서 나뒹굴었다. 그런데 이번에는 박준영 뿐만 아니었다. 언제 맞았는지 김영균도 같이 땅바닥에서 뒹굴고 있었다. 박준영과 김영균은 허겁지겁 헬멧을 주워 쓰고는 곧바로 일어섰다.

"뻑!"

"뻑!"

그들은 또 다시 땅바닥에 나뒹굴고 있었다.

본래 영점 조정 표적지에는 소속과 이름을 적어 넣게 되어 있다. 하지만 박준영은 자신의 표적지에 소속과 이름을 적어 넣지 못했다. 박준영이 자기보다 앞선 순서로 영점 조정 사격에 나선 김재훈에게 볼펜을 빌려주었는데 그만 김재훈이 표적을 하나도 맞추지 못해 기합을 받는 바람에 볼펜을 돌려받지 못했던 것이다. 거기에다가 다른 동기에게 볼펜을 빌리기도 전에 사로에 들어서라는 명령이 떨어졌다. 결국 박준영은 사격이 끝난 후에 적어 넣기로 하고 사격부터 먼저 하였다. 그런데 김영호 해군 훈련관이 이 영점 조정 사격에서 박준영이 소속과 이름을 제대로 적었는지는 확인하지 않고 표적지의 영점 조정 상태만 확인하고 그를 열외시키는 바람에 박준영은 자신의 표적지에 소속과 이름을 적어놓지 못했다. 때문에 박준영은 영점 조정 사격 실패로 인해 고초를 겪고 있는 김영균에게 자신의 영점 조정 표적지를 줄 수 있었던 것이다.

그러나 이는 부질없는 짓이었다. 김영균은 애초부터 영점 조정이 불가

능한 M-16 소총을 권석일 해병 훈련관으로부터 건네받았던 것이다. 영점 조정 사격을 위해 사로에 들어선 김영균은 먼저 한 발을 쏜 후 영점 조정을 위해 가늠자를 움직여 보았다. 꿈쩍도 하지 않았다. 다시 움직여 보았다. 역시 가늠자는 전혀 미동도 하지 않는다. 그렇다고 김영균이 힘이 약해서 가늠자를 못 움직이는 것은 아니었다. 그는 지난주에 해병 중대 전체에서 팔씨름 1위를 한 전력이 있다. 때문에 힘이 약해서 가늠자를 조절하지 못하는 것은 아니었다. 가늠자는 마치 용접이라도 해놓은 듯 전혀 꿈쩍도 하지 않았다. 권석일 해병 훈련관이 김영균에게 건네준 M-16 소총의 가늠자는 작동되지 않도록 미리 교묘하게 망가져 있었던 것이다. 그렇다고 어떻게 탄도를 대충 감안해서 쏠 수도 없었다. 이 가늠자는 영점 조정이 형편없이 되어 있었기 때문이다. 순간 김영균은 머릿속이 하얘지는 것 같았다.

'당했다!'

그랬었다. 권석일 해병 훈련관과 정일선 해병 훈련관은 사격장의 군기를 세우고 사격에 대한 중요성을 각인시키기 위해 일부러 이러한 함정을 만들었던 것이다. 그리고 그 희생양으로 김영균을 잡았다. 그가 2중대 3소대 소대장인데다가 모든 훈련을 모범적으로 받고 있었기 때문이다. 훈련을 제대로 못 받는 것으로 낙인찍힌 자를 대상으로 기합을 줘 봤자 으레 저 녀석은 기합을 받거니 하며 별반 큰 반응이 없을 것이다. 그러나 항상 훈련을 잘 받아 단체 기합이 아닌 개인적 기합에서는 예외 없이 열외가 되는 자에게 모진 기합을 주게 되면 그 충격적 효과는 대단히 클 것이다. 결국 훈련을 너무 잘 받아 김영균이 찍힌 것이다.

김영균과 박준영은 저녁 식사 때까지 계속해서 연병장을 낮은 포복으로 기고 있었다. 영점 조정 표적지에 대한 기합은 끝났지만 김영균이 자신의 소총을 남에게 즉, 권석일 해병 훈련관에게 넘긴 것에 대한 처벌로서 이어서 계속 기합을 받고 있는 것이다. 자신의 소총은 어떠한 일이 있더라도 남에게 주어서는 안 된다. 그런데 김영균의 소총은 현재 그가 아닌 다른 사람인 권석일 해병 훈련관이 가지고 있다. 비록 김영균이 제 손으로 넘겨준 것이 아니라 권석일 해병 훈련관이 자기 손으로 벗겨 간 것이지만 어쨌든 지금 김영균의 소총은 다른 사람이 가지고 있다. 그 사실 자체만으로는 변명의 여지가 없다. 결국 김영균으로서는 억울하지만 소총을 남에게 넘긴 것에 대해서는 책임을 져야 했다. 물론 박준영은 자신의 소총을 남에게 넘겨주지는 않았지만 김영균과 연대하여 같이 기합이 주어졌다.

김영균과 박준영은 어찌나 연병장 바닥을 기어 다녔는지 군복섬유의 조직이란 조직에는 죄다 흙이 끼어들어서 마치 흙으로 빚은 옷을 입고 있는 것과 같았다. 그들의 기합은 다른 사관후보생들이 모두 저녁 식사를 끝낸 다음에서야 비로소 끝이 났다.

기합은 끝이 났으나 김영균과 박준영에게 저녁 식사가 주어진 것은 아니었다. 그들은 단 둘이서 바로 사격장으로 가서 사격을 해야 했다. 기합을 받느라고 사격을 못했기 때문이다. 그들은 이 사격훈련을 무사히 통과해내면 저녁 식사를 기대해 볼 수 있지만 만일 표적을 어느 것이라도 세 개 이상 맞추지 못한다면 저녁 식사는커녕 다시 연병장에서 기어 다녀야 할 것이다. 그리고 심하면 헬멧이 또 다시 땅바닥에 뒹굴게 될지도 모른다. 그러나 이는 기우였다. 박준영은 자신의 총을 되찾은 김영균과 함께 마치 기다렸다는 듯이 주어진 탄알 모두를 250m와 200m 그리고 100m 표적에 각각 정확히 명중시켰다. 그러나 다른 사관후보생의 경우는 표적 중 아무거나 3개만 맞춰도 이것은 인생 성공과 다름없었다. 심지어 어떤 사관후보생들은 도대체 총알이 어디로 갔는지 그 행방조차도 알 수 없었다. 그들의 표적은 마치 말뚝처럼 견고하게 서 있었다. 표적을 말뚝으로 보이게 한 사관후보생들은 군복이 만신창이가 되도록 사격장의 연병장을 구르고 구르고 또 굴렀다. 덕분에 연병장은 그들의 온몸으로 인해 평평하게 잘 다져져 있었다.

김영균과 박준영은 사격훈련에서 M-16 소총 사격에 이어 M1911A1 콜트 권총 사격까지 만점 사격으로 무사히 통과했다. 그러나 저녁은 먹지 못했다. 그들이 사격을 마쳤을 때 이미 사방은 급속히 어두워져 갔고 곧이어 야간 사격훈련이 시작되었기 때문이다. 사격장에 어느덧 해는 지고 깜깜한 밤이 찾아왔다.

사격장에는 죽음과 같은 캄캄한 적막이 잠시 동안 흘렀다.

"빵!"

갑자기 어둠을 깨며 총소리의 굉음과 함께 불꽃이 번쩍였다. 그러자 순간 사방에서 불꽃이 번쩍이며 마치 콩 볶는 듯한 총소리들이 여기저기서 정신없이 들려오기 시작했다.

"빠바바방!"

"빵!"

"빵!"

"빠바바바방!"

하지만 결과는 참담했다. 그 많은 사관후보생들이 그토록 많은 총질을 해댔지만 쓰러진 표적은 단 두 개뿐이었다. 이런 사격을 해댄 사관후보

생들은 물어볼 것도 없이 깜깜한 밤하늘을 이불삼아 뒤로 누운 채 연병
장을 비벼대야 했다. 그리고 잠시 후 그들의 뒤로 또 다른 무리들이 그
들과 마찬가지로 밤하늘을 이불삼아 뒤로 누운 채 연병장을 비벼대면
쫓아왔다. 이러한 무리들은 그 후에도 매번 사격이 끝날 때마다 계속 이
어져 들어왔다. 그러나 이번에는 김영균과 박준영의 모습이 이들의 무리
에서 보이지 않았다. 대신 그들은 사격장 옆의 잔디밭에서 김영호 해군
훈련관이 갖다 준 빵과 우유 그리고 정일선 해병 훈련관이 던져주고 간
통닭 한 마리를 맛있게 뜯고 있었다. 그들은 야간 사격에서도 모든 표적
을 다 쓰러뜨리는 기적을 선 보였던 것이다.

"캬! 이 맛에 죽지 못한다!"

"으흐!"

어둠 속에서 이해 못할 소리가 들려왔다. 죽지 못하겠다며 치를 떠는
이는 김영균이었다. 그리고 말을 미처 내뱉지 못한 채 치를 떨어대는 이
는 박준영이었다. 이들의 이상한 소리는 권석일 해병 훈련관이 좀 전에
와서 그들의 손에 슬며시 쥐어주고 간 시원한 캔 맥주를 마시며 내는
소리였다.

제6장

눈물 속의 진해 군항제

아침 식사를 마치고 식당을 나서는 박준영은 콧노래를 흥얼거리고 있었다. 그에게는 오늘따라 아침 햇살이 유난히 밝은 것 같았다. 그는 콧노래를 부르다가 문득 아쉬운 듯이 입맛을 다셨다. 어젯밤에 사격장에서 마셨던 시원한 캔 맥주가 생각나서이다. 훈련 중에는 절대 금기로 되어 있는 알코올 음료인 맥주를 마신다는 것은 대통령도 결코 부럽지 않을 행복이자 행운이다. 게다가 꿈도 꾸지 못할 통닭으로 맥주 안주까지 삼았으니 자연 콧노래가 나올 수밖에 없는 것이다. 더구나 오늘은 토요일이다. 군사훈련은 없고 소양교육만 있다. 그것도 오전만 하면 끝이다. 오후는 휴식이다. 그러니 박준영으로서는 콧노래가 아니 나오려야 아니 나올 수가 없다.

박준영은 연신 싱글거리는 표정으로 카키색 근무복을 입고는 자신의 소대원들을 인솔하여 숙소로부터 두 블록 떨어진 소양 교육장으로 향했다. 오늘은 군사훈련이 없으므로 얼룩무늬 군복을 입지 않는다. 뿐만 아니라 군화가 아니라 단화를 신는다. 때문에 마음뿐만 아니라 복장마저 산뜻하고 가볍다. 박준영은 유쾌한 마음으로 대원들을 이끌고 소양 교육장으로 들어섰다. 소양 교육장은 매우 넓고 서늘했다. 해군과 해병 사관후보생들은 각자 접이식 간이 철제 의자를 소양 교육장의 입구에 있는 창고에서 하나씩 가지고 와 소양 교육장 안에 내려놓고 앉았다.

교육장에는 단상이 설치되어 있었다. 잠시 후 초빙 인사가 김영호 해군 훈련관에 의해 소개되었다. 짤막한 소개가 끝나자 초빙 인사는 단상에 올라와 충무공 이순신에 대해 강의하기 시작했다. 노련한 초빙 인사는 지루하지 않게 강의를 이끌어 가고 있었다. 그리고 가끔은 재미있는 이야기를 해서 사관후보생들을 웃기기도 했다. 그런데 박준영의 옆에 앉아 있는 김현태가 갑자기 박준영에게 팔꿈치로 툭 친다.

"야! 준영아!"

김현태가 조그마하게 말해온다.

"으-응?"

박준영이 영문을 모르며 김현태를 바라보았다.

"임마! 너 죽고 싶어?"

"무슨 소리야?"

"졸면 어떡해! 아까부터 정일선 해병 훈련관이 너 쳐다보고 있었어!"

"뭐?"

순간 박준영은 정신이 번쩍 들었다. 자신도 모르게 졸고 있었던 것이다. 잠이 확 달아났다. 박준영은 앉은 자세를 낮추면서 조심스레 주변을 둘러보았다.

"아이고! 이거 큰일 나겠다!"

박준영은 긴장된 음성으로 나지막하게 김현태에게 말했다.

"그지? 애들 다 졸고 있다."

김현태가 거의 절망적으로 말해왔다.

"이거 아무래도 우리 초상 치를 것 같다!"

박준영과 김현태는 강사의 강의가 전혀 귀에 들어오지 않았다. 오직 언제 닥칠지 모르는 정일선 해병 훈련관의 기합만이 걱정이었다.

"아이구 이놈들아! 잠 좀 깨라! 토요일에 소양 교육받다 죽게 생겼다 이놈들아!"

그러나 박준영의 오금 저려오는 걱정에도 불구하고 사관후보생들은 거의 전원이 깊은 수면 상태에 빠져들고 있었다. 물론 그들도 졸면 안 된다는 것을 알고 있었다. 그리고 졸게 되면 해병 훈련관들에 의해 아예 자리에 길게 누워 졸도해버리게 될 것이라는 것도 잘 알고 있었다. 그러나 그들의 눈꺼풀은 이러한 사정을 봐주지 않았다. 떠도 떠도 자꾸만 내려오는 눈꺼풀이었다. 눈을 비비고 얼굴을 꼬집고 심지어 혀를 빼물어도 눈꺼풀은 전혀 개의치 않고 내려왔다. 그들은 신체 부분 중에서 가장 무거운 것이 눈꺼풀이라는 것을 새로이 깨달았다. 이제는 자신이 졸았다는 사실도 못 느낀 채 졸기 시작했다. 심지어 코까지 고는 사관후보생도 나왔다. 순간 코를 곤 사관후보생 주위에서 웃음소리가 터져 나왔다. 그런데 웃음을 웃은 사관후보생들도 사실은 자신도 졸다가 남이 코고는 소리에 깜짝 놀라 잠이 깬 자들이었다.

"이것들아 웃음이 나오냐? 응? 이제 곡소리 해야 할 판인데!"

박준영은 거의 울상이었다.

'아이고 강사님 제발 내려가지 마시고 오래오래 아주 영원히 강의해

주세요!'

박준영은 속으로 빌고 또 빌었다. 지금 해병 훈련관들이 초빙 인사의 체면을 봐서 참고 있는 것이다. 초빙 인사의 강의가 끝나고 그가 소양 교육장을 나가면 그 즉시 해병 훈련관들은 소양 교육장 안을 날아다닐 것이다. 저 멀리 단상에서 초빙 인사가 작별인사를 하고 있었다. 박준영의 간절한 기도에도 불구하고 초빙 인사는 그만 야속하게도 강의를 끝내고 단상에서 내려오고 말았다.

'하나님! 살려주세요!'

박준영은 눈을 질끈 감았다. 그렇게 얼마나 있었을까? 초빙 인사가 소양 교육장을 완전히 떠나는데 걸린 시간은 채 1분도 되지 않았다. 그러나 초빙 인사가 소양 교육장을 나서는 사이에 잠깐 흐른 적막감은 박준영에게 무척 길고도 길게 느껴졌다.

"이 새끼들아!"

드디어 올 것이 왔다. 박준영은 눈을 번쩍 떴다. 다음 강의는 정일선 해병 훈련관 차례였다. 그는 해상 검문에 대한 수칙과 방법을 강의하게 되어 있었다. 그러나 그 강의는 없었다. 대신 소양 교육장 안을 날아다 니는 것으로 정일선 해병 훈련관은 대체하고 있었다.

"코를 골아? 이 자식들!"

정일선 해병 훈련관의 노를 깎아 만든 몽둥이가 날아들었다.

"꽝!"

철제 의자의 등받이가 찌그러졌다. 해군과 해병 사관후보생들은 모두 혼비백산해서 자리에서 일어섰다.

"총원 뒤로 취침!"

정일선 해병 훈련관은 마치 성난 짐승처럼 소리를 질렀다.

"뒤로 취침!"

모든 사관후보생들은 명령을 복창하며 소양 교육장의 시멘트 바닥에 반듯이 누웠다.

"철제 의자를 접어서 얼굴과 가슴을 가리게 해서 올린다! 실시!"

"실시!"

해군과 해병 사관후보생들은 모두 일사불란하게 철제 의자를 접어서 자신의 머리와 가슴이 가리게끔 해서 들어올렸다. 이제 그들에게 남은 것은 죽기 아니면 까무러치기이다.

"이 새끼들!"

정일선 해병 훈련관의 고함이다.

"이 자슥들!"

권석일 해병 훈련관이다. 그가 여기에 빠지면 섭섭할 것이다. 이외에도 다른 해병 및 해군 훈련관들의 호통소리가 뒤섞인 채 사방에서 마구 들려왔다.

"꽝!"

철제 의자의 등받이가 우그러들었다. 권석일 해병 훈련관이 언제 가져왔는지 알루미늄 야구 방망이로 내리친 것이다. 해군 및 해병 사관후보생들은 접혀진 철제 의자를 마치 방패처럼 머리와 가슴을 가리고는 정일선 해병 훈련관의 노로 만든 몽둥이와 권석일 해병 훈련관의 알루미늄 야구 방망이를 막아내고 있었다.

"등으로 기어서 철제 의자 창고까지 간다! 철제 의자를 창고에 들이고 선착순 연병장 집합! 실시!"

순간 소양 교육장 안은 난리가 일어났다. 저마다 이 지옥을 빨리 벗어나려고 온몸을 비틀면서 아우성을 치며 창고를 향해 등으로 기어가기 시작했다.

"이 새끼들! 빨리 빨리 안 가!"

곳곳에서 해군과 해병 훈련관들의 고함소리가 들린다. 그리고 온 사방을 날아다니는 정일선 해병 훈련관과 권석일 해병 훈련관이 휘둘러대는 몽둥이와 방망이질이 여기저기서 행해지고 있었다.

"꽝!"

"깡!"

박준영을 비롯한 모든 사관후보생들은 또 다시 새로운 경험을 하고 있었다. 그것은 사람의 등에도 다리가 달렸다는 것이다. 걸어도 1분 넘게 걸리는 그 넓고 넓은 소양 교육장을 불과 20여 초 만에 오직 등짝으로써만 주파하여 창고에 다다른 것이다. 창고에 절제 의자를 넣은 사관후보생들은 걸음아 제발 나 좀 살려다오 하는 심정으로 연병장으로 내뺐다.

하지만 선착순은 단 두 명이었다. 그 외는 다시 소양 교육장의 연병장을 도는 것이었다. 결국 달리기에 소질이 없었던 홍윤진은 300바퀴 넘게 아주 원없이 연병장을 돌고 나서야 숙소로 겨우 돌아올 수 있었다.

즐거운 토요일 오전에도 어김없이 정일선 해병 훈련관과 권석일 해병 훈련관에게 홍역을 치르고 온 박준영은 점심 식사를 마친 오후 휴식 시간에도 도무지 긴장이 풀리지 않는다. 그런데 이는 비단 박준영만 그런 것은 아니었다. 모두들 절반 정도 넋이 나간 채 기진해 있었다. 하지만 훈련관들은 그들에게 넋이 나간 채 그렇게 무한정 있게 내버려두지 않았다. 오후에는 비록 군사훈련이 없었지만 청소는 있었다. 그것도 화장실 청소였다. 각 소대별로 청소해야 할 화장실이 배당되었다. 다만 화장실 청소는 사관후보생들의 개인적인 청소와 빨래 그리고 위문편지 전달이 모두 끝나는 오후 4시 이후였다.

박준영은 지난번에 김아연이 밝혔듯이 더 이상 위문편지를 받지 못했다. 따라서 박준영이 혹시나 하고 기다렸던 김아연으로부터의 위문편지는 끝끝내 없었다. 덕분에 박준영은 문규현과 김재훈 그리고 최태훈이 멤버로 있는 '위문편지 없는 슬픈 사나이 클럽'에 가입되었다. 하지만 카사노바 배영남은 여전히 편지를 무더기로 받았다. 그런데 이번에는 무려 21통이나 받아 종전 기록을 갱신했다. 김현태는 변함없이 이번에도 편지를 3통 받았다. 이영진은 역시 아내한테서만 편지를 받았다. 이번에 그의 아내는 아기의 모습도 함께 동봉하여 보내왔다. 홍윤진의 자랑인 천상의 여인 정미연 또한 잊지 않고 그에게 편지를 보내주었다. 이에 홍윤진은 매번 그러했듯이 또 자기 여자 친구에 대한 자랑을 10여 분간 동기들에게 늘어놓았다. 한편, '빠삐용'의 '드가' 조민형은 빵을 사서 던져주었던 묘령의 아가씨로부터 또 편지를 받았다. 이제 그녀의 편지는 해군 1중대 1소대 전원의 편지였고 모두가 기다리는 편지가 되었다. 다만 그녀의 편지는 항상 너무 짧다는 것이 하나 남는 아쉬움이었다. 이번 편지에는 다른 생각 말고 열심히 훈련받아 멋진 해군이 되기를 바란다는 내용으로 불과 한 줄에 그치고 있었다.

위문편지에 대한 소동이 한바탕 지나가자 박준영은 자신의 소대원들을 이끌고 화장실로 향했다. 화장실은 모두 수세식이었지만 문제는 변기가 죄다 막혀 있다는 것이다. 이는 매일 규칙적인 식사와 운동에 의하여

장의 활동이 활발해졌기 때문이다. 그들에게 주어진 화장실 청소 시간은 짧았다. 10분이었다. 단, 청소 조건은 기가 막혔다. 훈련관들이 화장실 점검 후에 변기에다 밥을 말아먹을 터이니 청소 상태를 변기에다 밥 말아먹을 정도로 하라는 것이었다.

박준영은 물론 그의 소대원들은 그야말로 손이 보이지 않게 변기들을 닦아대고 닦아대었다. 소변기는 깨끗하다 못해 아예 광이 번쩍번쩍 난다. 그런데 가장 큰 문제는 그대로였다. 그것은 좌변기였다. 아무리 뚫어도 별짓을 다 해도 좌변기의 내용물은 꿈쩍도 않고 제자리를 고수하고 있었다.

"우와! 미치겠다! 누구 나 좀 도와줘!"

좌변기를 뚫던 홍윤진이 비명을 질러 댔다. 그러나 누구하나 그의 절박한 요청에 도움을 내미는 자는 없었다. 사정은 저마다 홍윤진과 같았기 때문이다.

"내려가라! 내려가라! 내려가라!"

최태훈은 아예 염불하다시피 주문을 외우며 좌변기를 뚫고 있다.

"누구 고성능 뻥뚫어 없어?"

문규현이 다급하게 외쳐댄다.

"아욱 튀었다!"

변기 뚫는 고무 막대를 너무 급하게 변기 안에다 마구 찧어대다가 그만 그 안의 충만한 내용물이 홍윤진의 얼굴에 튄 것이다. 그러나 그렇다고 세수하러 갈 여유를 부릴 형편이 아니다. 지금 그들에게 남겨진 시간은 단 4분이다. 문규현은 얼굴에 묻은 찌꺼기를 손등으로 대충 닦아내어 바지에다 문지르고는 다시 열심히 뚫는다. 그러다 문득 고개를 들며 소대장인 박준영에게 묻는다.

"소대장! 그런데 만일 우리가 깨끗이 못 닦으면 어떻게 되지?"

"글쎄? 무사하지야 못하겠지?"

사실 훈련관들이 변기가 깨끗하면 그곳에다 밥을 말아먹겠다고는 했지만 변기가 더러우면 어떻게 하겠다는 말은 없었다. 박준영은 잠시 일손을 멈추고 고개를 갸웃거렸다. 그때 최태훈이 울상이 다 된 음성으로 말해왔다.

"임마! 어떻게 되긴? 우리가 그 변기에다 머리를 감게 된다고 하더라!"

"으허헉!"

순간 경악에 떠는 비명 소리가 화장실 안에서 울려 퍼졌다.

"야! 최태훈 정말이야?"

평소 깔끔하고 조용한 성품의 김현태가 거의 실신하다시피해서 묻는다.

"응! 아마 그럴 거야! 우리학교 대학원 선배가 그렇다고 하더라!"

"너네 학교 선배가 우리 OCS 선배되시냐?"

"아냐! 그 선배는 면제야."

"면제?"

"자기가 아는 사람이 군에서는 그렇게 한다고 그랬대!"

"……!"

모두들 잠시 말이 없었다. 그러다 김현태가 침묵을 깨며 다시 묻는다.

"정말 그럴까?"

"이씨! 내가 어떻게 알아! 나도 들었을 뿐인데!"

최태훈은 김현태를 쳐다보지도 않고 자신이 맡은 변기를 향해 열심히 작업을 해댄다. 그를 잠시 바라보던 다른 동기들은 다시 일제히 변기를 뚫기 시작했다. 물론 아까보다 더욱 열심히 거의 광적으로 뚫어대기 시작했다. 그런데 지성이면 감천이라고 했듯이 마침내 여기저기서 물이 내려가는 소리가 들리기 시작했다.

"우와! 난 살았다!"

"아오! 나도 살았다!"

불과 청소 종료시간 2분을 남겨두고 들려오는 탄성소리들이다. 그러나 모두 탄성을 내지르는 것은 아니었다. 최태훈과 문규현 그리고 배영남은 그들과 반대로 비통의 통곡 소리를 내질러대고 있었다.

"아악! 좀 내려가 다오!"

"제발! 제발!"

최태훈과 문규현은 거의 실성한 사람처럼 변기를 쑤셔 댔다.

"어떤 놈이야! 이거 싼 놈 걸리면 죽는다!"

배영남은 아예 누구인지 모를 배설자를 향해 공갈까지 쳐댄다. 이제 남은 시간은 1분 20초. 절망감에 절은 최태훈과 문규현 그리고 배영남의 눈동자에서는 초점이 흐려져 가고 있었다. 최태훈은 아예 넋이 나갔는지 침까지 흘러내리고 있었다. 그런데 이들에게 들려오는 다급한 소리가 있었다.

"비켜! 비켜!"

김재훈이었다. 그는 일찌감치 자신의 변기를 뚫다 못해 진짜로 밥을 말아먹어도 될 만큼 닦아놓은 상태였다. 그런 그가 소매를 어깨까지 걷어붙이고 나타난 것이다. 김재훈은 먼저 최태훈의 변기에 다가갔다. 그리고는 한 치의 망설임도 없이 변기 속으로 손을 쑥 밀어 넣었다. 그리고는 그 속에서 손으로 무엇인가를 주물럭거리듯 팔을 움직였다. 그러자 기적같이 변기가 비워졌다.

"다음! 다음!"

김재훈은 최태훈이 대야로 뿌려주는 물로 대충 손을 씻고는 문규현이 담당한 변기로 달려갔다. 그리고는 역시 손을 변기 안에다 깊이 밀어 넣고는 무엇인가를 계속 주물주물거렸다. 그렇게 하기 수 초 후 기적은 여기서도 일어났다. 변기의 물이 싹 내려간 것이다. 이번에는 최태훈과 문규현이 대야로 뿌려주는 물로 손을 씻고는 배영남의 변기로 뛰어갔다. 이제 남은 시간은 20초도 되지 않는다. 김재훈은 변기 안에 넘어지듯이 손을 집어넣었다. 그리고는 변기의 물이 얼굴에 튈 정도로 손을 급하게 움직여 댔다. 4초 전 드디어 여기서도 물이 내려갔다. 그러자 이번에는 최태훈과 문규현 그리고 배영남이 김재훈의 손을 미친 듯이 씻어주기 시작했다.

"점검!"

1초의 오차도 없이 화장실의 복도에서는 김영호 해군 훈련관이 외치는 소리가 들려왔다. 김재훈은 채 씻다 만 손을 얼른 바지에다 문지르고는 자신이 담당한 변기 앞으로 뛰어가 섰다. 문규현은 김재훈을 씻긴 대야를 구석에다 재빨리 집어 던지고는 역시 자기가 맡은 변기 앞으로 달려갔다. 마찬가지로 다른 대원들도 순식간에 자기 자리로 찾아가 부동자세로 섰다.

그들이 부동자세를 취하는 동시에 김영호 해군 훈련관이 화장실 안으로 들이닥쳤다. 그리고 그 뒤를 이어 심술궂은 표정을 지으며 정일선 해병 훈련관과 권석일 해병 훈련관이 나타났다. 이때 다른 훈련관들은 동시에 다른 소대의 화장실을 점검하기 시작했다. 그런데 이곳 화장실 청소를 담당한 박준영과 그의 소대원들은 화장실로 들어서는 정일선 해병 훈련관과 권석일 해병 훈련관을 슬쩍 곁눈질로 바라보다가 그만 하얗게 안색이 변했다. 정일선 해병 훈련관과 권석일 해병 훈련관이 정말로 밥과 김치를 비닐봉지에 싸온 것이다.

'서-서-서-설-마!'

박준영을 비롯한 그의 소대원들은 얼굴색과 머릿속이 하얘졌다.

하지만 정일선 해병 훈련관과 권석일 해병 훈련관은 변기에다가 밥을 말아먹지는 않았다. 대신 박준영과 그의 소대원들은 연병장에서 낮은 포복으로 박박 기고 있었다. 변기를 깨끗이 청소해놓지 않아 훈련관들이 밥을 말아먹을 없도록 한 불경죄를 지었다는 것이 이유였다. 그런데 불경죄를 짓게 한 그 문제의 변기는 좌변기가 아닌 소변기였다. 소변기 위에 달린 물 내림 단추에 광이 나지 않았다는 것이 바로 그 이유였다.

연병장의 해는 벌써 기울어져 저녁때가 다 되어 있었다. 그러나 박준영과 함께 화장실 청소를 담당했던 자들은 저녁 햇살과는 아무 상관없이 한 시간째 연병장을 구르고 있을 뿐이다. 심지어 사관 훈련소 담장 밖에서 들려오는 군항제 향연의 흥겨운 음악 소리와 상관없이 구르고 있을 뿐이었다. 오늘이 바로 경상남도 진해시의 벚꽃 축제인 군항제의 전야제인 것이다. 사관 훈련소 담장 바깥의 인간 세계에서는 음악이 쿵짝쿵짝 하면서 연신 들려온다. 그래서인지 박준영과 그의 화장실 청소 동료들은 연병장을 온몸으로 누비면서도 한편으로는 은근히 마음이 들뜬다. 군항제 때 진해시에 쏟아져 나와 돌아다닐 아가씨들을 상상해서이다. 아마도 전국 각지의 아가씨들은 다 모였을 것이다. 박준영은 얼차려로 연병장을 왼편으로 구르면서 이영진에게 슬쩍 말을 건넨다.

"야! 사제 인간들은 좋겠다!"

"말 마! 난 저 음악 때문에 마누라와 아들 생각이 더 나서 죽겠다!"

이영진은 입소 전에는 아내만 있었지만 지금은 2개월짜리 아들을 둔 애기 아빠이다. 이영진은 아내를 여기 진해는 아니지만 서울 여의도의 윤중로 벚꽃놀이에서 처음 만났었다. 그리고 그것을 인연으로 하여 결혼까지 하였다. 때문에 이영진에게는 진해의 벚꽃축제에 어느 누구보다도 더 감정이 예민해 있었다.

"야! 임마 우니?"

박준영은 자기 옆에서 구르고 있는 이영진의 얼굴이 물기로 번들거리는 것을 보았다.

"……!"

이영진은 아무 말도 없었다.

"울지 마! 조금 있으면 불꽃놀이가 시작될 거야! 그거 보면서 네 아내와 아들 얼굴을 찾아봐! 분명 보일 거야!"

"……!"

박준영은 이 말 외에는 달리 그를 위로해줄 말이 없었다.

"정말 볼 수 있을까?"

이영진이 박준영의 등 뒤에서 물어온다.

"축포야 하늘에다 대고 쏘는 것이니까 우리도 볼 수 있겠지."

이번에는 반대로 박준영이 이영진의 등에 대고 대답한다.

"그래! 그렇겠다!"

비로소 표정이 밝아지는 이영진.

‘녀석, 애 같기는!’

박준영은 축포 이야기로써 겨우 이영진의 기분을 돌려놓을 수 있었다.

“그래! 축포는 볼 수 있을 거야!”

혼자서 중얼거리듯 말한 이영진은 빙긋이 웃는다. 그 모습을 몸을 굴리면서 얼핏 본 박준영도 같이 빙긋 미소를 지어 보인다. 그렇게 박준영과 이영진은 서로 미소를 교환하며 왼편으로 굴렀다가 다시 오른편으로 굴렀다가 하며 연병장을 데굴데굴 굴러다니고 있었다. 그러면서 한편으로는 박준영과 이영진은 어느덧 그 축포가 터지는 장관을 보고 싶은 생각이 간절해지고 있었다. 그런데 이러한 심정은 비단 박준영과 이영진만 가지는 것은 아니었다. 사방이 캄캄해지도록 계속해서 연병장을 이리저리 굴러다니고 있는 다른 동기들도 똑같이 바라는 마음이었다.

“쾅!”

마침내 축포가 터졌다.

“쾅! 쾅! 쾅!”

한 발의 축포를 신호로 화려하고 아름다운 축포가 연이어 하늘 높이 올라가며 터져대기 시작했다. 드디어 그들이 그토록 바라던 불꽃놀이가 시작된 것이다. 비록 저 멀리 저편 하늘에서 터지는 축포였지만 아름다웠다. 이때, 김영호 해군 훈련관의 고함소리가 들려왔다.

“동작 봐라!”

순간, 박준영을 비롯하여 그와 같이 화장실 청소를 했던 소대원들은 정신이 번쩍 들었다.

“빨리빨리 구르지 못 해!”

갑자기 여기저기서 충돌이 일어나기 시작했다. 옆에서 구르는 사람보다 더 빨리 구르거나 늦게 굴러서 서로 부딪쳐댄 것이다.

"얼씨구! 긴장이 안 되었다 이거지! 총원 일어섯!"

연병장에 홀로 나와 있던 김영호 해군 훈련관이 고함을 질렀다.

'에이씨, 축포 터지기 시작했는데……'

박준영은 속으로 투덜거리며 일어서면서 이영진을 슬쩍 쳐다보았다. 빙긋거리던 아까와는 달리 그도 역시 실망했는지 시무룩한 표정이다. 그런데 실망하기는 이들뿐만이 아니었다. 지금 연병장에서 기합을 받고 있는 박준영의 소대원 전원이 같은 심정이었다.

"너희들은 군인이야! 사제 인간들이 벌이는 축제 따위를 동경하고 있어!"

김영호 해군 훈련관은 그들의 푸념을 아는지 모르는지 질책을 해댄다.

'이 신세에 불꽃 구경은 무슨 얼어 죽을 놈의 불꽃 구경!'

박준영은 계속 속으로 구시렁거리면서 김영호 해군 훈련관의 말을 한쪽 귀로 듣고 한쪽 귀로 흘려보내고 있었다.

"모두 엎드려뻗쳐! 실시!"

"실시!"

박준영과 그의 소대원들은 곧바로 다시 엎드려뻗쳤다. 그런데 웬일인지 김영호 해군 훈련관이 갑자기 정감어린 음성으로 말해온다.

"어때? 귀관들도 축포 보고 싶지?"

'엥? 이거 어떻게 대답해야 되는 거야?'

박준영은 순간 자신의 귀를 의심했다. 그리고는 얼른 이영진을 쳐다보았다. 이영진도 어안이 벙벙한 모습이다. 이는 다른 소대원들도 마찬가지였다. 그들은 서로 머뭇거리며 선뜻 대답을 하지 못했다.

"뭐? 보기 싫다고? 그럼 할 수 없지 그대로 엎드려뻗쳐 있어!"

김영호 해군 훈련관은 퉁명스럽게 말하고는 뒤돌아선다.

'뭐이? 그럼 안 되지!'

순간, 박준영은 번쩍 고개를 치켜들었다. 그의 동기들도 고개를 번쩍 들었다. 그리고 그들은 일제히 고함을 질러대기 시작했다.

"아닙니다. 보고 싶습니다!"

"보고 싶습니다!"

"보게 해주십시오!"

결과가 어떻게 나오든 이럴 때는 하여튼 긍정적인 대답을 하고 보는 것이 상책이다. 나중에 이것이 또 책으로 잡혀 깨지더라도 일단은 김영호 해군 훈련관이 듣기를 원하는 대답을 해주어야 한다. 박준영과 그의 소대원들은 자신들이 불꽃놀이를 보여 달라고 한다고 해서 김영호 해군 훈련관이 선선히 보여줄 것이라고 믿지는 않았다. 그렇다고 그 가능성을 완전히 배제하지도 않았다. 확률은 반반이었다.

'에이구 불쌍한 우리 교육생 신세야!'

보여 달라고 힘차게 외쳐대는 박준영은 한편 속으로는 자신의 처량한 신세를 타령해댄다. 그때 김영호 해군 훈련관이 가던 길을 멈추고 다시 돌아와서는 엎드려뻗쳐 있는 그들을 향해 말해왔다.

"진작 그렇다고 얘기할 것이지. 모두 일어섯!"

'어? 이게 무슨 일?'

박준영은 믿기지 않는다는 듯한 표정으로 얼른 일어섰다. 이영진은 아까보다도 더 어안이 벙벙한 표정이다. 모두들 그렇게 이해가 안 간다는 듯한 표정을 지으며 일어섰다.

“일어서는 동작 봐라! 동작 봐! 총원 뒤로 취침!”

‘흑! 그럼 그렇지!’

박준영은 속았다는 생각과 함께 얼른 뒤로 벌렁 드러눕는다. 그의 동
기들도 한 순간이나마 훈련관의 말을 믿었던 순진한 자신을 탓하며 연
병장 바닥에 드러눕고 있었다. 그들은 다음으로 떨어질 기합이 앞으로
취침일까 옆으로 굴러일까만을 궁금하게 생각할 뿐 이제는 불꽃놀이 구
경 따위는 물 건너간 소망이었다. 그런데 그들의 추측과는 다르게 엉뚱
한 말이 김영호 해군 훈련관으로부터 나왔다.

“그 상태에서 축포가 터지는 것을 본다! 알았나!”

박준영과 그의 소대원들은 다시금 믿기지 않는 소리를 듣고 있었다.

“예! 알겠습니다!”

모두들 일제히 큰소리로 대답했다. 아마도 그들은 지금까지 대답한 것
중에서 가장 크게 대답했을 것이다.

“어때? 축포를 보려니까 즐겁지?”

“예! 즐겁습니다!”

박준영과 그의 소대원들은 역시 최대한 크게 대답을 했다. 그들은 대
답과 마찬가지로 진정 즐거웠다. 전혀 기대하지도 못했던 불꽃놀이를 이
렇게 편안하게 비록 잔디밭이 아닌 땅바닥이지만 누워서 구경을 할 수
있으니 그야말로 속칭 사제인간에 비해 부러울 바가 전혀 없었다.

“삐이이이이-!”

“삐이이이이이-!”

“삐이이이이이이-!”

잠깐 소강상태를 보였던 축포가 다시 캄캄한 밤하늘로 여기저기서 치

솟아 오르기 시작했다.

"야아! 불꽃 올라간다!"

"와! 많이도 올라가네!"

"저것은 엄청 올라간다!"

박준영을 비롯한 소대원들은 저마다 감탄사를 연발하며 곧 벌어질 불꽃의 향연을 기대하였다. 그런데 이때 갑자기 김영호 해군 훈련관의 명령이 들려왔다.

"앞으로 취침!"

'으잉? 뭐지 이 명령은?'

불꽃이 터지기까지는 1초도 안 남았는데 앞으로 취침이라는 명령에 박준영은 기가 막히다. 그리고 기가 막히기는 다른 사람들도 다 마찬가지다. 하지만 명령은 명령이다.

"앞으로 취침!"

그들은 일제히 김영호 해군 훈련관의 명령을 복창하며 일어섰다가 앞으로 엎어졌다. 이때 축포가 일제히 터지기 시작했다.

"쾅! 쾅! 쾅!"

"뻐뻥!"

"뻐버버벙!!"

정말 많이도 터지고 있었다. 아마도 무척 장관일 것이다. 그러나 박준영과 그의 소대원들은 폭죽 터지는 소리를 뒤통수로 들으며 불꽃의 장관을 그려대야만 했다.

"귀관들도 저 축포가 하늘로 올라가는 것이 보이는가?"

보이기는 무엇이 보인단 말인가. 그래도 훈련관의 질문에는 항상 긍정

적인 대답을 해야 한다. 그것이 교육생다운 자세이다. 아니 그렇게 해야
만 산다.

"예! 보입니다!"

그들은 땅바닥에 얼굴을 댄 채 외쳐 댔다.

"저 축포는 정말 장관이지?"

"예, 그렇습니다!"

"어때? 축포 잘 보이나?"

"예! 잘 보입니다!"

"감상 잘해라!"

"예! 잘하겠습니다!"

김영호 해군 훈련관은 잠시 동안 밤하늘을 쳐다보았다. 밤하늘 저편에
서는 아직 축포가 계속 하늘로 오르고 있었다. 그렇게 축포들이 얼마나
올랐다가 터졌을까. 또 다시 축포 쏘기가 소강상태로 들어갔다. 그러자
김영호 해군 훈련관이 다시 명령을 내린다.

"뒤로 취침!"

"뒤로 취침!"

박준영과 그의 소대원들은 복창과 함께 얼른 일어섰다가 이번에는 뒤
로 반듯이 누웠다.

'에궁! 뭐야? 불꽃이 다 꺼졌잖아?'

박준영은 밤하늘을 두리번거리며 살펴보았다. 자기가 땅바닥에 앞으로
누워있는 사이에 이미 불꽃은 다 타고 이제는 꺼진 뒤였다. 밤하늘에는
아직 몇몇 덜 탄 폭죽의 재만이 꼬리를 길게 남기며 여기저기서 떨어지
고 있었다. 그런데 이때 또 다시 폭죽이 날카로운 소리를 내며 별빛을

향해 마치 환희의 전령처럼 솟아오르기 시작했다.

"삐이이이-!"

"삐이이이이-!"

"삐이이이이이-!"

"어? 또 축포가 올라간다!"

김영호 해군 훈련관이 또 다시 폭죽이 요란한 소리를 내며 밤하늘로 올라가는 것을 보자 손으로 불꽃을 가리키며 소대원들에게 다 들리도록 큰소리로 말했다. 그리고는 이내 명령을 내렸다.

"앞으로 취침!"

"앞으로 취침!"

박준영과 그의 소대원들은 축포가 터지는 것을 보지 못한 채 또 다시 엎어져야 했다. 그런 상태로 시간이 얼마쯤 지났을까 김영호 해군 훈련관의 명령이 재차 들려왔다.

"뒤로 취침!"

"뒤로 취침!"

역시 밤하늘은 깜깜하고 추락하는 축포의 꼬리만이 보인다.

'아! 뭐야 정말!'

축포를 뒤통수로 감상한 박준영은 서러움이 다 생긴다. 그런데 불꽃이 밤하늘에서 완전히 사그라지기 전에 축포는 다시 쏘아 올려지기 시작했다. 이때 그와 같이하여 들려오는 김영호 해군 훈련관의 명령.

"앞으로 취침!"

"앞으로 취침!"

다시 땅바닥으로 엎어지는 박준영과 그의 소대원들.

"어때! 터지는 축포가 아름답지 않은가?"

"예! 아름답습니다!"

그렇게 박준영과 그의 소대원들은 군항제의 전야제 축포가 완전히 끝날 때까지 엎어지고 자빠지고를 계속해서 반복해대고 있었다. 그리고 그들 중 어느 누구도 활짝 퍼지는 축포를 보지 못했다. 오직 김영호 해군 훈련관만을 제외하고는 아무도 보지 못했다. 대신 그들은 가느다란 꼬리만을 흔들며 깜깜한 밤하늘로 올라가는 축포와 꺼져가며 지상으로 떨어지는 돼지 꼬리 같은 불씨만을 보았을 뿐이다.

그들의 연병장 기합은 군항제 축포 향연이 끝나는 시각에 끝났다. 박준영과 그의 소대원들은 허무했다. 불꽃놀이를 보지도 못한데다가 저녁마저도 굶었기 때문이다. 갑자기 서러움이 밀려온다. 모두들 허탈감과 서러움 속에 말없이 연병장에 앉아 있을 때 어디에선가 정일선 해병 훈련관의 음성이 들려왔다.

"이놈들아! 내기 이런 걸 들고 다녀야 하냐!"

어둠을 뚫고 나타난 정일선 해병 훈련관의 품 안에는 빵과 떡 그리고 우유가 가득 들어 있는 종이박스 세 개가 안겨 있었다. 그것을 보자 소대장인 박준영이 얼른 일어나 후다닥 정일선 해병 훈련관에게 달려가 그 박스를 대신 안았다. 두 개의 박스에는 빵과 떡이 각각 들어 있었고 나머지 박스 하나에는 우유가 가득 들어 있었다. 박스를 박준영이 소대원들 앞으로 가져오자 김영호 해군 훈련관과 정일선 해병 훈련관이 박스에서 빵과 떡 그리고 우유를 소대원들을 향해 집어던지기 시작했다.

"한 사람당 빵이나 떡 3개 그리고 우유는 하나씩이다!"

김영호 해군 훈련관이 소대 무리를 향해 소리쳤다. 잠깐 동안 그들 사이에는 소란이 일어났다. 그리고 잠시 후 이윽고 배당이 다 되었는지 조용해졌다.

"다들 받았으면 먹기 시작!"

"감사합니다!"

그들은 소리쳐 외치고는 허겁지겁 먹어대기 시작했다. 그런데 무작위로 떡과 빵을 집어던진 것이기 때문에 어떤 소대원은 빵과 우유를 고루 받았지만 어떤 소대원은 빵만 받든가 떡만 받았다.

"우씨! 난 떡이 먹고 싶은데!"

빵만 세 개를 받은 홍윤진이 투덜거리며 떡을 받아든 다른 동기들을 부러운 눈으로 쳐다본다.

"그래? 그럼 내 것 먹어!"

김재훈이 불쑥 자신의 떡을 내민다. 아직 한 입도 먹지 않은 새 것 그대로이다.

"으응? 아-아니 괘-괜찮아! 난 빵이 좋아!"

홍윤진이 슬그머니 뒷걸음치며 자리를 옮긴다. 김재훈이 영문을 모르겠다는 듯이 고개를 갸웃거린다. 그러다가 다시 이영진을 쳐다본다. 그의 손에는 빵만 두 개가 들려 있다.

"응? 아니 난 지금 먹고 있는데?"

우물거리며 씹고 있는 이영진은 입 안에서 튀어나오려는 떡을 가로막으며 말한다. 그러나 실은 떡이 아니라 빵이다.

"남 걱정 말고 어서 먹어!"

이영진은 김재훈에게 빨리 먹으라는 손짓을 해보이고는 슬쩍 등을 돌린다.

“응, 그래.”

김재훈은 떡을 주려던 손을 걷어 들이고는 자신의 떡을 베어 먹으려고 입을 벌렸다. 그때였다. 최태훈이 갑자기 손을 쑥 내밀더니 김재훈의 손에서 떡을 빼앗았다.

“어? 이거 웬 떡이야?”

최태훈은 김재훈의 떡을 빼앗자 떡에 굶주렸던 사람마냥 떡을 탐닉하며 먹어대기 시작했다. 그런데 최태훈은 이미 떡만 세 개를 받아 놓고 있는 상태였다. 하지만 김재훈의 떡마저 욕심을 내어 빼앗아 먹고 있었다.

“야! 나도 좀 줘!”

언제 왔는지 문규현이 최태훈의 손에서 떡을 뚝 떼어간다.

“어? 임마!”

최태훈이 문규현의 손에서 떡을 도로 탈취해간다.

“나도 떡 좋아한단 말이야!”

문규현이 다시 최태훈으로부터 떡을 빼앗는다. 그런데 그의 손에서 빼앗는 것이 아니라 입에서 빼앗는다. 최태훈의 입에 물린 떡을 떼어낸 것이다.

“이이이! 비겁하게 입에 있는 걸 떼 가다니!”

최태훈이 허를 찔렸다는 듯이 분개한다.

“그러기에 행동이 빨라야지!”

문규현이 놀리듯이 말하고는 얼른 떡을 입 안에 쏙 집어넣는다. 그는 자신의 입을 최태훈이 손으로 벌리고 떡을 빼앗을 새라 제대로 씹지도 않고 꿀꺽 삼킨다. 그러자 최태훈이 씩씩거리며 말한다.

“그래! 잘 먹고 잘 살아라!”

"오냐 잘 살마!"

문규현이 싱글거린다. 최태훈은 뒤도 안 돌아보고 제자리로 돌아가 버린다. 그러자 문규현은 뭔가 아쉬운 듯이 눈을 껌벅거리다가 다시 김재훈을 바라본다.

"재훈아! 떡 더 없니?"

"응? 없는데?"

"에이, 난 떡만 먹고 싶은데……."

입맛만 버렸다는 듯이 잠시 쩝쩝거리던 문규현은 자신이 들고 있던 빵 두 개를 김재훈에게 들이민다.

"이거 너 먹어라!"

"응? 너는?"

"난 빵 안 먹어! 다른 녀석들 떡이나 빼앗아 먹어야지."

문규현은 얼른 자리에서 일어나더니 두리번거리면서 긴 다리로 성큼성큼 걸어가 버렸다. 이때 어느 틈에 배영남이 슬쩍 다가와서는 너스레를 떤다.

"어 이거 빵 아니야?"

배영남은 새삼스레 발견했다는 듯이 김재훈의 손에서 그가 막 한 입 베어 먹은 빵을 떼어먹는다.

"난 떡만 두 개 받았는데."

배영남은 김재훈의 빵을 우물거리며 자신의 떡 두 개를 들어 보인다.

"이거 너 먹고 나 빵 주라."

배영남은 떡 두 개를 김재훈에게 내밀고는 김재훈이 먹던 빵을 손에서 마저 다 빼앗았다. 그리고는 아주 맛있다는 듯이 먹어 댔다. 이때 김현태가 슬그머니 김재훈에게 말을 걸어왔다.

"재훈아! 너 우유 먹지?"

"응? 우유야 당연히 먹지."

"그래? 나 우유 두 개나 받았다. 이거 하나 너 먹어라!"

김현태가 우유를 불쑥 내민다.

"으응? 고맙다!"

김재훈이 얼떨결에 우유를 받자 김현태는 이내 저쪽에 떨어져 있는 자기 자리로 돌아갔다. 사실 김현태도 우유는 하나만 받았다. 그런데 김재훈이 빵 3개에 떡 2개를 가졌지만 음료수인 우유가 달랑 하나뿐이자 자신의 우유를 갖다 준 것이다.

"어? 넌 팥고물이네? 난 콩고물인데?"

소대장 박준영이다. 빈 박스를 들고는 빵 봉지와 빈 우유곽 그리고 떡을 감쌌던 비닐랩을 수거하러 다니던 그가 김재훈을 보자 옆 자리에 털썩 앉는다. 그리고는 말없이 손을 뻗어 김재훈의 손에서 떡을 떼어다 먹는다.

"내 콩고물 떡도 맛 봐!"

박준영은 김재훈의 손에서 떼어낸 떡을 우물거리며 자신의 윗옷 주머니에서 떡을 하나 꺼내어 놓는다. 그렇게 박준영과 배영남은 각자 김재훈의 떡과 빵을 먹으며 김재훈과 함께 나란히 앉아있었다.

이때 김재훈의 팔과 손 그리고 바지에서는 형용할 수 없을 정도의 화장실 변기 냄새가 풍겨 나오고 있었다. 그런데 이 냄새를 오직 김재훈만 맡지 못하고 있었다. 이미 이 냄새에 익숙해진 탓이다.

빵과 떡 그리고 우유로 허기를 때운 저녁 식사가 끝나자 박준영과 그의 화장실 청소 동료들은 모두 연병장에서 숙소로 돌아왔다. 김재훈은 숙소로 돌아오자 곧바로 세면장으로 향했다. 그와 같은 침실을 쓰는 이 영진이 들어오면서 슬쩍 귀띔을 해주었기 때문이다. 그래서 다른 동료들은 흙 묻은 옷부터 갈아입기 위해 소란을 피워댔지만 김재훈은 비누와 수건을 들고 세면장으로 바삐 걸어갔다. 그때 누군가가 김재훈의 뒤에서 그를 불렀다.

"김재훈 사관후보생!"

김영호 해군 훈련관이었다. 그는 김재훈을 불러 세우자 바지주머니에서 무엇인가를 꺼냈다. 편지였다.

"아까 오후에 귀관 여자 친구가 다녀갔다."

김영호 해군 훈련관은 말없이 김재훈에게 편지를 건네주었다.

"귀관을 면회시켜달라고 했지만 규정상 교육생은 면회가 금지되어 있어서 돌려보냈다. 대신에 귀관 여자친구가 나에게 그것을 전해달라고 했다."

김재훈은 의아한 표정을 지으며 편지를 받아 쥐었다.

"오늘 편지를 나눠준 다음에 귀관 여자 친구로부터 편지를 전해 받아서 아까 주지 못하고 지금 주는 것이니 그리 알도록. 용무 끝났으니 가봐!"

"필승!"

김영호 해군 훈련관은 김재훈의 경례를 받고는 바로 돌아서서 총총히 사라졌다. 그녀의 편지는 밀봉되어 있었다. 사전 검열을 받지 않은 것이다. 훈련관들은 사관후보생들이 교육 받고 있는 동안에는 편지를 검열한다. 혹시 그들이 훈련 받는 데에 있어서 나쁜 영향을 끼칠 내용이 들어있나 보기 위해서이다. 그러나 이는 훈련 초반기의 일이고 중반 이후에 들어서면 개인의 프라이버시 존중 차원에서 더 이상 편지 검열을 하지 않는다. 이제 한 달하고 2주 정도만 더 있으면 임관을 하기 때문에 편지에 어떤 내용이 적혀 있든 지금은 그렇게 큰 영향을 끼치지 않아서이다.

김재훈은 그동안 편지 한 통 없다가 갑자기 보내온 채미란의 편지에 영문을 몰라 하며 편지를 봉투에서 천천히 꺼내었다. 이때 무엇인가 바닥에 자그마한 금속 소리를 내며 떨어져 굴렀다. 반지였다. 그런데 그 반지는 낯이 익었다. 그것은 바로 자기가 여자 친구 채미란에게 사주었던 커플 반지였다. 김재훈은 순간 얼굴이 굳어졌다. 그는 커플 반지를 주워 바지주머니에 넣고는 불안함 마음으로 편지를 읽기 시작했다. 편지의 내용은 그리 길지 않았다.

재훈! 나 미란이야.

잘 지내고 있어? 물론 재미있게 잘 지내고 있겠지.

난 너 떠나 있는 3개월 동안 고민 많이 했어.

사실 나 깊이 사귀는 아저씨가 있어. 그분이 이번에 미국으로 발령 났어.

나 미국 갈 거야. 벌써부터 기대돼.

학교는 휴학했어. 그러니 창피하게 나 찾지 마. 미국에서 결혼식 올리고 애기 낳은 후 1년쯤 있다가 돌아올 거야.

나 임신 2개월이래. 조심 많이 했는데…… 우리 아저씨는 기뻐서 어쩔 줄 몰라. 난 속상한데. 그래도 넌 축하해줘.

우리 아저씨가 커플링 빨리 돌려주래. 네 편지와 사진은 다 없앴어.

나 미워하지 않을 거지? 나 계속 사랑해줄 거지?

재미있게 지내다가 멋진 해군 장교가 되길 바래.

그럼 안녕.

김재훈은 손이 덜덜 떨려왔다. 고개를 번쩍 들었다. 그리고는 사방을 휘둘러보고는 정신없이 자기 침실로 뛰어갔다. 그의 숨소리는 몹시 거칠었다.

"죽이겠어! 다 죽이겠어!"

자기 침실에 들어온 김재훈은 군복과 군화를 벗고 복장을 츄리닝과 운동화로 바꾸었다.

"왜! 왜! 지금 이걸 나에게 전해주는 거야! 다 죽여 버릴 거야!"

김재훈은 자기 캐비닛을 두 주먹으로 마구 내질렀다.

"으흑! 으흑!"

그의 두 눈에서는 어느덧 굵은 눈물이 흘러내리고 있었다.

김영호 해군 훈련관은 김재훈을 찾아온 면회객이 있다는 면회소 당직 하사의 말을 듣고 김재훈 대신 면회소로 갔다. 교육생은 훈련이 다 끝나기 전에는 개인적인 면회가 금지되어 있어서이다. 그런데 김재훈의 면회객인 채미란은 다행히 김재훈을 굳이 만나려 하지는 않았다. 그렇지만 편지만은 꼭 전해달라고 부탁해왔다. 이에 김영호 해군 훈련관은 마지못해 그녀에게서 편지를 받았다. 하지만 처음에는 그녀의 편지를 받지 않을 생각이었다. 그러나 그녀가 굳이 진해까지 내려와서 편지를 전해달라고 부탁하고 있어서 그녀의 정성을 보아 편지를 받아 전해주기로 마음을 바꾸었다. 김영호 해군 훈련관은 채미란에게 편지를 부치면 나중에 내가 주말에 전해줄 테니 편지를 부치라고 하였다. 그리고 훈련관은 편지나 전해주는 사람이 아니므로 인편으로는 전해줄 수 없다고 단호히

거절하였다. 그러나 그녀는 막무가내였다. 나중에 우편으로 부칠 생각이 없으며 지금 받아주지 않는다면 이 편지를 찢어버리고 가겠다고 말해왔다. 결국 김영호 해군 훈련관은 김재훈에게 꼭 필요한 내용일지도 모른다는 생각에 할 수 없이 그녀에게서 편지를 건네받았다. 김영호 해군 훈련관은 설혹 그 편지에 좋지 않은 이야기가 쓰여 있더라도 지금 이 시각쯤이면 그녀가 비록 벚꽃 구경을 겸해 내려 왔어도 벌써 진해를 떠났을 것이므로 큰 문제는 없을 것으로 판단했다. 때문에 설사 편지의 내용 때문에 그녀를 당장 만나야겠다는 둥 지금 어디에 있느냐는 둥 난동은 부리지 못할 것이라고 생각했다. 그러나 그것은 그의 오산이었다. 채미란의 집은 진해였다.

"총원 기상!"

새벽 2시 모두가 깊은 잠에 빠진 시각에 난데없이 스피커에서 기상 명령이 떨어지고 있었다.

"총원 연병장 집합 5분전!"

스피커에서는 계속해서 명령이 떨어지고 있었다.

"뭐야?"

"무슨 일이야"

"뭐지?"

해군과 해병 사관후보생들은 영문을 몰라 하며 정신없이 군복으로 갈아입고는 연병장에 소대별로 집합했다.

연병장의 단상 위에서 광분에 찬 음성이 들려왔다. 정일선 해병 훈련관이었다. 단상 아래에서는 권석일 해병 훈련관이 야구 방망이를 붕붕 소리가 나게끔 휘두르고 있었다.

“어떤 새끼가 월담을 했다는 보고가 들어왔다!”

누군가 담을 넘은 것이다.

“각 소대는 인원 파악하고 소대장들은 인원보고를 하도록! 실시!”

순간 해군과 해병 각 소대에서는 기준을 외치는 소리와 인원을 세는 소리가 뒤엉키며 일대 난리가 났다.

해군 1중대 1소대 소대장인 박준영도 덩달아 소리를 질러가며 인원 파악에 나섰다.

“뒤로 번호!”

박준영이 자기 소대원들에게 외쳤다.

“하나!”

“둘!”

“셋!”

“넷!”

“다섯!”

“여섯!”

……

총 44명이었다.

“뭐야? 왜 한 명이 부족해?”

박준영은 일순 당황했다.

“야! 다시! 뒤로 번호!”

“하나!”

“둘!”

“셋!”

"넷!"

"다섯!"

"여섯!"

……

역시 총원은 44명이었다.

"야! 야! 도대체 누구야? 누가 빠졌어?"

박준영은 대열의 앞뒤를 뛰어다니며 소리쳤다. 그리고는 이영진을 불러 댔다.

"이영진! 이영진!"

그러자 대열 속 깊숙이에서 대답이 들려왔다.

"왜 그래? 소대장! 나 여기 있다!"

이영진이 손을 들어 흔들며 외쳤다.

"어? 있구나! 그래 됐어! 그럼 도대체 누구야!"

박준영은 속이 탔다.

"누구냐? 누구야?"

그때 김현태의 당황스런 음성이 들려왔다.

"야! 소대장! 김재훈이 안 보인다!"

"뭐? 김재훈이가?"

박준영은 깜짝 놀랐다. 김재훈이가 탈영하리라고는 전혀 생각지도 못했기 때문이다.

"재훈이가 없어?"

"뭐? 정말 재훈이가 없네!"

"걔가 왜?"

모두들 김재훈의 탈영에 대해서는 믿기지 않는 모습이었다.

"아니야! 재훈이는 탈영할 이유가 없어!"

문규현이 강하게 부정해왔다.

"맞아 어디 화장실에서 똥 누다가 미처 못나오고 있을 거야!"

최태훈이 맞장구를 쳐댄다.

"인원 점검 끝났으면 각 소대장은 단상으로 나와서 인원 보고를 한다!"

이때 정일선 해병 훈련관이 단상 위에서 소리쳤다. 이에 해군과 해병 각 소대는 차례대로 인원을 보고해왔다. 모두 인원에 이상이 없었다. 오직 해군 1중대 1소대만을 제외하고는 다들 이상이 없었다. 이제 분명히 확인이 되었다. 탈영자는 바로 김재훈이었다.

"귀관들은 그 놈이 잡혀 들어오기 전까지는 잠잘 생각을 마라!"

정일선 해병 훈련관의 음성은 흥분으로 떨리기까지 하고 있었다.

"이 새끼들! 쪼그려 앉아 뛰기 실시!"

권석일 해병 훈련관이 야구 방망이를 공중으로 휘둘러 대면서 대열 사이를 휘젓고 다니며 소리를 질러 댔다.

"귀관들은 그 자식이 잡혀오기 전까지 계속해서 쪼그려 앉아 뛰기를 실시한다!"

정일선 해병 훈련관이 단상 위에서 고래고래 고함을 질러 댔다. 그의 고함소리가 끝나자 한밤중에 연병장은 때 아닌 구령 소리와 더불어 쪼그려 앉아 뛰기를 하는 군상들로 가득 채워졌다.

해군 1중대 1소대원들은 도무지 이해가 가지 않았다. 도대체 김재훈이가 탈영할 이유가 없었다. 하지만 딱 한 사람 그와 같은 침실을 쓰는 이영진은 이유를 알 수 있을 것 같았다. 그는 아까 세면 시간 때에 김재훈이 잘 씻나 보기 위해 그의 뒤를 따라갔었다. 변 냄새에 익숙해져 자신의 팔과 손에서 나는 변 냄새를 잘못 맡게 된 김재훈이 만일 대충 씻으면 자신이 다시 잘 씻겨주기 위해서였다. 그런데 그는 김재훈이 씻는 것을 본 것이 아니라 김재훈이 침실에서 자기 캐비닛을 주먹으로 내리쳐대는 것을 보았다. 그리고는 츄리닝과 운동화로 복장을 바꾸고는 침실 밖으로 뛰어나가는 것을 지켜보았다. 이영진은 그의 갑작스런 이상 행동에 이상하게 생각하면서 그의 사물함으로 갔다. 그가 마구 벗어던진 군복의 바지주머니에는 구겨진 편지지가 반쯤 나와 있었다. 이영진은 아까 오후에 훈련관들이 위문편지를 나눠줄 때 이영진에게는 편지가 없었는데 갑자기 그에게 편지가 있기에 궁금해졌다.

‘뭐지? 갑자기 웬 난데없는 편지야?’

이영진은 김재훈의 바지주머니에서 편지를 살짝 꺼내 읽어보았다. 기가 막혔다.

‘아니 시집가려면 조용히 갈 것이지 그것을 꼭 이렇게 알려야 하나? 지금 이렇게 어렵고 힘들어 하는 시기에?’

이영진은 고개를 절레절레 흔들고는 김재훈이 돌아오기 전에 얼른 그의 바지주머니에다가 편지를 다시 집어넣었다.

“귀관들 중에서 누구 김재훈이 탈영한 이유 알고 있으면 말해!”

김영호 해군 훈련관이 자기 소대원들을 향해 소리쳤다.

“제가 알고 있습니다!”

이영진이 손을 번쩍 들며 외쳤다.

“뭐야! 말해봐!”

이영진은 쪼그려 앉아 뛰기를 하다가 멈추고는 일어서서 자신이 보았던 김재훈의 편지 내용을 큰소리로 말했다.

"이 바보 같은 자식!"

그의 말을 다 듣자 김영호 해군 훈련관은 신음 소리 비슷하게 내지르고는 어둠 속 어디론가 사라졌다.

벌써 한 시간이 넘었다. 그래도 연병장에서는 해군과 해병 사관후보생들은 계속해서 쪼그려 앉아 뛰기를 하고 있다. 그러나 말만 쪼그려 앉아 뛰기지 엉덩이만 잠깐 들썩이는 정도의 수준이다. 권석일 해병 훈련관이 옆에서 아무리 야구 방망이를 휘둘러 대도 엉덩이만 잠깐 들었다 내려놓는다. 그런데 그나마도 힘겹기 그지없다. 다들 그렇게 기진맥진해 있을 때 어둠 속에서 다시 나타난 김영호 해군 훈련관이 단상 위로 뛰어 올라갔다.

"다들 멈춰! 일어서!"

기합이 멈췄다. 김재훈이 잡힌 것이다.

"해군 1중대 1소대만 연병장에 남고 다른 소대는 총원 해산!"

순간 연병장에서는 웅성웅성거리는 소리가 사방에서 들려오기 시작했다.

"해산 안 해? 다시 쪼그려 앉아 뛸까?"

김영호 해군 훈련관이 갑자기 버럭 소리를 질렀다. 그러자 순식간에 해군 1중대 1소대만을 남겨놓고 사람들이 연병장에서 싹 사라져 버렸다.

"이리 와!"

연병장에 해군 1중대 1소대만 남고 조용해지자 김영호 해군 훈련관이 연병장 입구 쪽을 향해 화난 음성으로 소리쳤다. 그러자 연병장 입구 쪽에서 어둠을 헤치며 세 사람이 나타났다. 헌병이었다. 그런데 그중 한 사람은 김재훈이었다. 그는 고개를 푹 숙이고 있었다.

"이 자식아! 네 놈이 그 정도밖에 안 되는 놈이었어?"

김영호 해군 훈련관의 목소리는 격앙되어 있었다.

"이 자식아! 내가, 우리가 네 놈에게 아무 것도 아니었어?"

갑자기 김영호 해군 훈련관이 단상 위에서 뛰어 내려가 김재훈의 얼굴로 주먹을 날렸다. 순간 김재훈이 비틀거렸다. 김영호 해군 훈련관은 또 다시 주먹으로 김재훈의 얼굴로 주먹을 날렸다. 그리고 다시 또 다시 그렇게 그는 김재훈에게 주먹을 날려 댔다.

"훈련관님! 고정하십시오! 이러시면 안 됩니다!"

당황한 헌병이 김영호 해군 훈련관의 앞을 급히 가로막으며 그를 저지했다.

"아니야! 내버려둬!"

김재훈이 헌병을 제치며 김영호 해군 훈련관의 앞으로 나섰다. 그리고는 다시 고개를 푹 숙였다.

"훈련관님 죄송합니다! 죄송합니다!"

그의 음성은 젖어 있었다. 어깨가 심하게 들썩인다.

"이 자식아!"

김재훈을 와락 끌어안는 김영호 해군 훈련관.

"그렇게 괴로웠으면 나에게 말을 해야지! 탈영이 뭐냐! 응 탈영이!"

김영호 해군 훈련관은 김재훈의 뺨에다 자신의 뺨을 비벼 댔다. 끈적끈적한 눈물이 그들 사이의 뺨에 흐르고 있었다.

김재훈은 군복과 군화를 벗고 츄리닝과 운동화로 갈아 신고는 마치

밤공기나 마시러 나온 양으로 하여 취침 점호가 있기 전까지 교육대 담장 밑을 어슬렁거리며 돌아다녔다. 보초의 경계가 허술한 곳을 찾기 위해서이다. 그러다 마침내 보초의 경계가 허술한 곳을 찾자 새벽 2시에 침실을 살며시 빠져나와서는 경계 보초를 서고 있는 해군 동기에게 숨겨둔 담배나 한 대 피우고 오겠다고 속이고는 아까 보아두었던 곳으로 가 담장을 뛰어 넘었다. 그리고는 한달음에 채미란의 집으로 달려갔다.

"채미란!"

"채미란!"

김재훈은 채미란의 집 앞에서 미친 듯이 그녀의 이름을 불러 댔다.

"채미란! 나야 김재훈!"

"채미란! 제발 나와 봐! 나 김재훈이야!"

김재훈은 계속해서 그녀의 집 대문을 잡아 흔들고 두들기며 소리쳤다. 그러나 채미란의 단속을 단단히 받았는지 그녀의 집 사람들은 누구 한 명도 내다보지 않았다. 그러자 김재훈은 주변에서 커다란 돌을 두 손으로 들고 와 대문을 내리 찍기 시작했다. 그렇게 서너 번 찍어대자 그때서야 그녀의 집 안에서 불이 켜지며 날카로운 여자의 비명소리가 흘러나왔다.

"악! 누구세요? 누군데 한 밤중에 남의 집에 와서 소란이에요?"

신경질적인 여자의 고함소리다. 그녀의 언니였다.

"미란이! 미란이 어디 있어요?"

"누구신데 우리 미란이를 찾아요?"

채미란의 언니는 김재훈이 채미란을 따라 서울에서 진해에 놀러올 적마다 그들과 동행하면서 같이 놀았었다. 그리고 그때마다 그녀는 김재훈으로부터 목걸이나 귀걸이 또는 머리핀 등 제법 많은 선물을 얻었다. 하지만 지금 그녀는 김재훈이 누군지 모른다.

"저 김재훈입니다!"

"김재훈이 누구에요?"

"저 김재훈이에요! 그러지 마시고 미란이 좀 만나게 해주세요!"

김재훈은 엉엉 큰소리로 울면서 애원했다. 그러나 대문은 여전히 열리지 않았다. 대신 다소 낮은 음성으로 그녀의 언니가 말해왔다.

"미란이는 남자 친구와 함께 오늘 낮에 서울로 돌아갔어요. 그러니 소란 피우지 말고 어서 가세요!"

그녀의 집 안에서는 다시 불이 꺼졌다.

"어엉! 엉엉!"

김재훈은 그 자리에 주저앉은 채 큰소리로 펑펑 울었다.

잠시 후 그는 택시를 대절하고는 마진 터널을 향해 내달렸다. 서울로 올라가는 고속도로를 타기 위해서는 마산으로 가야 한다. 그런데 진해에서 마산으로 넘어가는 길에 마진 터널이 있다. 그 터널을 향해 지금 김재훈은 달리고 있는 것이다.

이때 마진 터널 입구에는 해병 헌병대가 설치한 바리케이드가 5중 6중으로 삼엄하게 쳐져 있었다. 때문에 마진 터널 부근은 해병 헌병의 차량 검문에 의해 차량들이 길게 늘어졌다. 마진 터널 입구의 헌병 파견대에서 나온 해병 헌병들은 매서운 눈매로 차량 안의 사람들을 한 명 한 명 자세히 들여다보며 검문을 했다. 그러다 마침내 김재훈이 탄 택시가 해병 헌병들에 이르렀다.

"필승! 수고하십니다. 잠시 검문이 있겠습니다!"

경례가 끝나자 해병 헌병이 차 안을 훑어보기 시작했다. 차안에 김재훈 혼자 앉아 있는 것을 확인하자 잠시 동안 그를 날카롭게 응시했다.

"실례합니다만 김재훈씨 되십니까?"

"……."

"신분증 좀 보여주시겠습니까?"

"……."

김재훈은 진해를 벗어나지 못했다. 마진 터널 입구에 있는 헌병에게 잡혔기 때문이다. 마진 터널 입구에 파견 나와 있는 헌병대는 교육대로부터 긴급 연락을 받고 그를 잡기 위해 대기하고 있던 중이었다. 결국 그는 해군본부의 헌병대에 들어가 간단히 조서를 받고 교육대로 넘겨졌다. 그리고 퇴교가 결정되었다.

"미안하다 동기들아! 미안하다 동기들아! 미안해!"

김재훈은 연신 미안하다를 되뇌며 울었다.

"임마! 동기들에게는 미안하다는 말을 하는 게 아니야 그냥 이해해주라 하면 되는 거야! 짜식아!"

최태훈이 버럭 소리를 질렀다. 그리고는 소매로 눈물을 훔쳤다. 모두 울고 있었던 것이다.

"나……! 나 말이야! 꼭 다시 돌아올게! 너희들 곁으로 다시 돌아올게!"

김재훈은 흐느껴 울면서 말해왔다.

"날 잊지 말아줘! 내년에…… 내년에 꼭 다시 돌아올게! 날…… 날……."

김재훈은 말을 맺지 못하고 있었다.

“임마! 기다린다. 우리 모두 기다린다! 꼭! 꼭! 다시 돌아와라!”

박준영이 눈물 섞인 음성으로 외쳤다. 그렇게 김재훈은 임관까지 불과 한 달하고 2주를 남겨둔 채 교육대를 떠나갔다.

　일요일 아침. 군영 내의 교회에서는 찬송가 소리가 울려 퍼지고 있었다. 그런데 박준영은 찬송가는 전혀 부르지도 않은 채 잠을 자고 있다. 하지만 박준영만 유독 깊은 잠에 빠져든 것은 아니었다. 해군과 해병 사관후보생들은 너 나 할 것 없이 모두 그렇게 단잠에 취해 있었다. 이번 주중에 있었던 세 번에 걸친 산행 때문에 다들 피곤하고 지쳐 있었기 때문이다. 이번 주에 있던 화요일에 해군과 해병 사관후보생들은 진해와 창원 사이에 놓인 안민고개를 낮과 밤 두 번에 걸쳐 행군하였고, 이어서 그 다음날에는 천자봉까지 등정을 하였다. 안민고개 행군은 말이 행군이지 사실은 거의 절반의 등산과 마찬가지이다. 안민도로가 있는 산 중턱까지 길이 아닌 숲을 헤쳐 올라가는 것이기 때문이다. 그런데 이 안민고개 행군이 5일장인 경화 장날에 이루어졌기 때문에 낮에 행한 안민고개 행군은 장날 인파와 아가씨들에 대한 구경에 모처럼 속으로 신이 났던 행군이었다. 이는 해군 훈련에 있어 예전부터 이어져 내려오는 오랜 전통이다. 때문에 이 사실을 아는 사관후보생들은 이 훈련을 은근히 기다린다. 그러나 밤에 행해진 안민고개 행군은 그냥 생고생이었다. 다만, 한 가지 위로는 산중턱의 안민도로에 앉아 군용 트럭들의 헤드라이트 불빛을 받으며 빵과 음료수를 먹었다는 것일 것이다. 그런데 그 다음날 해군 및 해병 사관후보생들은 또 등산에 나섰다. 이번에는 제대로 된 등산이다. 해발 506m인 천자봉 등정에 나서는 것이다. 그런데 그들은 천자봉에 올랐다기보다는 네 발로 기어올랐다. 편한 등산로가 있는데도 그 등산로를 철저히 피해서 거의 경사가 80도에 육박하는 곳만을 해병 훈련관들은 어떻게 용케도 찾아내어 사관후보생들을 그곳으로 몰았다. 그런데 그 곳에는 머리통만한 돌들이 있었다. 결국 최태훈을 비롯한 20여 명의 해군 및 해병 사관후보생들은 기껏 오른 곳에서부터 다시 20m 정도 도로 굴러 떨어진 후 재차 헉헉대며 기어올라 와야 했다. 그렇게 무릎과 손이 까지면서 오르면 산 정상에 돌들을 모아 써놓은 커다란 글자에 이르게 된다. 바로 '해병혼'이라는 하얀색 글자이다. 글자를 이루고 있는 커다란 돌들에는 하얀색 페인트가 칠해져 있다. 이 글자는 경화동에서도 보일 정도로 크게 쓰여진 글자이다. 이 글자가 쓰인 천자봉 정상까지 오르면 전신의 힘이 쏙 빠진 상태에 온몸은 땀으로 푹 절어있다. 이때 잠깐 동안의 휴식이 주어진다. 그리고 빵과 음료수가 제공된다. 박준영과 최태훈은 '해병혼'이라는 글자 중 '해'자를 이루는 한 돌에 각자 걸터앉아 빵과 음료수를 먹었다.

"우씨! 우리 해군이 산을 오를 일이 어딨어? 바다에 떠 있을 우리가 산에 오를 일이 있냐고!"

아까 연속해서 두 번이나 산 아래로 굴러 떨어졌던 최태훈은 이번 천자봉 등정이 여간 불만인 것이 아니다.

"헉! 헉! 맞아! 우리 해군이 왜 산을 오를까?"

아직도 숨이 제대로 돌아오지 않아서 숨을 헉헉대는 박준영도 최태훈의 불만에 맞장구를 친다.

"이건 해병혼을 키우는 게 아냐! 우리 해군에는 해군한을 키우는 거다! 씨-!"

최태훈은 바지를 걷어 올린 후 아까 돌무더기에서 구르다가 까진 무릎을 살펴보며 투덜댄다.

"그래도 경치는 좋네!"

숨이 어느 정도 돌아온 박준영이 산 아래에 펼쳐진 광경을 감상하며 씩 웃는다.

"응, 정말 경치 좋다!"

최태훈도 도로 바지를 내리면서 경치 구경에 빠져들었다.

"이것 때문에 산에 올라가게 한 걸까?"

"몰라! 그럴지도 모르지. 아냐 호연지기를 기르라고 그런 걸 거야!"

최태훈은 박준영의 질문에 고개를 갸웃거리며 자기 나름대로 의의를 찾아보고는 다시금 산 아래의 경치를 구경했다. 그렇게 그들은 각자 천자봉 등정에 대한 의의를 막연하게나마 이리저리 세워 보다가 하산 명령에 의해 자리를 털고 일어나 하산 길에 나섰다.

그리고 일요일인 오늘, 얼마나 잤을까 교회에서 달게 자던 해군과 해병 사관후보생들은 일제히 눈을 번쩍 떴다. 그리고는 벌게진 눈을 굴려 대면서 무엇인가를 간절히 기다렸다. 그것은 바로 예배가 끝난 후 해군과 해병 사관후보생들에게 나눠주는 초코파이였다. 그들이 받는 초코파이는 무려 두 개나 되었다. 그들은 초코파이를 받자마자 게 눈 감추듯이 순식간에 먹어치웠다. 그리고는 초코파이 봉지에 떨어져 있는 부스러기도 탈탈 털어서 입안에 부어 넣었다. 하지만 양이 찰 리가 없다. 아쉬운 마음에 초코파이 봉지를 손에서 놓지를 못한다. 그렇게 주일 교회에서의 경건한 시간은 끝났다.

기독교 신자인 박준영은 자신의 신앙이 초코파이 하나보다 못하다는 것을 매번 주일마다 깨닫는다. 이번에도 초코파이만한 자신의 신앙을 한심하게 생각하면서 한편으로는 그래도 초코파이를 먹었다는 즐거움에 만족스럽다. 박준영은 방금 먹어치워 없어진 초코파이를 아쉬워하면서 교회를 나섰다. 그러다 문득 걸음을 멈추었다. 최태훈을 본 것이다.

"야! 최태훈!"

"어? 소대장! 왜?"

"너 임마! 넌 불교신자잖아!"

"어 맞어!"

"그런데 여기 교회에는 왜 왔어?"

"에이씨 나 지난주에 망했었어! 쫄딱 망했었어!"

"망하다니? 뭘 망해?"

"나 지난주에 절에 갔다가 떡 못 먹었어!"

"뭐?"

"절에서 돈이 없대! 그래서 떡을 못 준대!"

"허억!"

결국 최태훈은 떡을 못 얻어먹은 설움 때문에 개종을 한 것이었다.

"그럼 지난 지난주에는 절에서 떡 먹었니?"

“아니! 몰라!”

“모르다니?”

“나 지난 지난주에는 천주교 갔었어!”

“으잉?”

“천주교는 왜 또?”

“천주교에서는 빵 준댔어!”

“그럼 빵은 먹었니?”

“응!”

“임마! 그럼 계속 천주교 갈 것이지 갑자기 절은 왜 가?”

“기린 빵을 하나만 줬어!”

“뭐?”

“절에서는 떡을 두 개나 준다고 해서 지난주에는 절로 간 거야!”

“인간아! 왜 사냐?”

그래도 최태훈은 박준영의 핀잔에도 불구하고 비통한 표정을 짓는다. 지난주에 못 얻어먹은 떡이 못내 아쉬운 것이다.

“그래! 너 잘났다 임마! 에이! 불교는 왜 떡도 못 해주는 거야!”

최태훈은 주일에 불교를 선택해서 절로 갔다가 그만 아무 것도 얻어먹지 못했던 지난 한 주 동안 내내 종교를 잘못 선택한 것에 대해 후회를 하며 지냈다. 그는 간식으로 종교를 선택하고 있었던 것이다. 그런데 이렇게 종교를 선택하는 사람은 최태훈뿐만 아니었다. 대부분의 사관후보생들은 간식에 따라 종교를 선택하고 있었다.

“태훈아! 그럼 다음 마지막 주에도 교회 갈 거야?”

“응, 역시 기독교가 최고야!”

“얼씨구! 빵이 최고지, 기독교가 최고냐?”

최태훈은 박준영으로부터 연신 핀잔을 들으며 교회에서 숙소로 돌아왔다. 숙소에는 절에 갔던 동기들이 벌써 돌아와 있었다.

“야! 나 오늘 교회에서 초코파이 두 개나 먹었다!”

최태훈은 절에 갔던 이영진에게 자랑하며 큰소리를 쳤다.

“그래? 좋았겠다!”

“너는 못 먹었지? 그지? 으하하하!”

“아냐 먹었어!”

“뭐?”

“지난주에 떡을 못해 줘서 미안하다고 이번에는 떡을 네 덩어리나 주더라. 지난주 것까지 합해서라면서!”

“뭐?”

순간 최태훈은 얼어버린 듯 그 자리에서 굳어버렸다.

“나! 나! 다음 주에는 무조건 절에 간다! 나 말리지 마라! 나 절에 갈 거야!”

최태훈은 거의 이성을 잃어가고 있었다. 그는 교회에서 나온 지 불과 30분 만에 또 다시 개종을 단행하고 있었다.

종교 활동을 마친 후 해군과 해병 사관후보생들은 군종별로 편을 짜서 축구를 하거나 개인적으로 밀린 빨래를 하거나 편지를 쓰거나 하면서 시간을 보냈다. 지금은 4월이 지나 5월말이지만 그래도 해는 짧았다. 어느덧 저녁 식사 시간이 돌아오고 저녁 식사를 마치고 나니 얼마 안 있어 해가 저물었다. 일기 쓰고 취침 순검을 받고 나니 벌써 자야 할 시간이 되었다. 주일 하루를 쉬었다고는 하지만 그래도 피곤하기는 평일과 별반 다를 바가 없다. 박준영은 얼마 안 있어 깊은 잠에 빠져들어 갔다. 그렇게 얼마나 잤을까 멀리서 아득히 들려오는 소리가 있었다.

"총원 기상! 연병장 집합 15분전!"

기상이었다. 박준영은 벌떡 일어났다.

'응? 벌써 기상시간이야?'

박준영은 제대로 떠지지도 않는 눈을 비벼가며 억지로 눈을 떴다. 그리고는 시계를 보았다. 그런데 시간은 기상 시간인 새벽 6시가 아니었다. 아직 새벽 1시였다.

'어? 뭐야? 시계가 섰나?'

박준영은 자신의 손목시계를 손으로 탁탁 쳐봤다. 그러나 손목시계는 정상인 것 같았다.

'이거 뭐야?'

박준영은 부스스한 모습으로 침대에서 일어났다. 침실 안의 동기들도 끙끙 소리를 내며 침대에서 일어나고 있었다.

"준영아! 뭐냐?"

박준영과 같은 침실을 쓰는 김현태가 부시시 일어나며 묻는다.

"몰라! 지금 몇 시냐?"

"음! 새벽 한 시 조금 넘었는데?"

김현태는 눈을 비비며 자신의 손목시계를 보았다. 김현태도 새벽 한 시라고 하니 박준영은 자신의 손목시계가 잘못되지는 않았다.

"뭐야? 왜 이 시간에 기상이야?"

박준영은 짜증 섞인 소리로 중얼거리면서 아직도 잠자리에서 일어나지 못하고 있는 홍윤진을 깨웠다.

“야! 일어나! 기상이야!”

“으응! 왜?”

“뭐가 왜야? 나도 몰라! 어서 일어나!”

박준영은 홍윤진이 부스럭거리면서 침대에서 일어나 앉자 자기 캐비
닛으로 가서 군복을 꺼내 입기 시작했다. 이때 스피커에서는 다시 명령
이 떨어지고 있었다.

“총원 기상 연병장 집합 5분전!”

“이크야! 경치겠다! 야! 빨리빨리 일어나!”

박준영은 아직도 침대에서 뭉기적거리고 있는 홍윤진을 채근하고는
침실 문을 박차고 나갔다.

“야! 너희들 빨리 나와! 나 먼저 나간다!”

“어! 그래! 나도 나간다!”

김현태도 그새 군복을 다 입고 박준영의 뒤를 따라 나선다.

연병장에는 불이 환하게 밝혀져 있었다. 그리고 연병장의 단상 위에는
항상 그렇듯이 이번에도 역시 정일선 해병 훈련관이 콧김을 씩씩 내쉬
면서 흥분해 있었다.

“이 자식들! 동작 봐라! 동작 봐!”

연병장은 순식간에 해군과 해병 사관후보생들로 북적거리기 시작했다.

“기준! 기준!”

“하나!”

“둘!”

“셋!”

“넷!”

"야! 번호 틀렸어! 번호 다시!"

"하나!"

"둘!"

"셋!"

"넷!"

"……."

해군과 해병 사관후보생들은 서로 기준을 잡고 오와 열을 맞추느라고 정신없이 왔다갔다 뛰어다녔다. 얼마 후 연병장에는 해군과 해병 사관후보생들이 모두 도열해 섰다.

"지금 이 단상 앞에는 월담하다가 잡힌 놈들이 있다!"

정일선 해병 훈련관의 서늘한 음성이 들려왔다.

'허억!'

일순 해군 및 해병 사관후보생들은 얼어붙는 듯 했다. 지난번에 있었던 김재훈의 탈영에 이어 오늘도 또 탈영이 일어난 것이다.

"야! 도대체 누구야?"

박준영은 모기만한 소리로 옆에 있는 김현태에게 물었다.

"몰라! 두 명인데 둘 다 우리 소대 애래!"

"뭐? 누구지?"

박준영은 화들짝 놀랐다. 그리고는 다급하게 이영진을 찾아보았다. 하지만 이번에도 이영진은 대열 저쪽 끝에서 잔뜩 얼어붙은 채 서 있었다.

"누구지? 도대체?"

박준영은 탈영했다는 자기 소대원이 누구인지 알 수 없었다. 아니 짐작조차 할 수 없었다. 그리고 이는 어느 누구도 짐작하지 못했다.

‘누구지? 누구지? 도대체 누구야?’

박준영은 답답했다. 아무리 생각해보아도 담을 넘을 사람은 없었다. 그러나 그 의문은 그리 오래가지 않았다. 키가 멀뚱히 큰 것이 아무래도 최태훈 같았다. 다만 키가 작은 자는 누구인지 확인이 잘 되지 않았다.

정일선 해병 훈련관은 단상에서 내려오자마자 단상 앞에 서 있던 키 큰 사관후보생의 헬멧을 향해 예의 그 노를 깎아 만든 공포의 몽둥이를 휘둘렀다. 단 한 방에 그의 헬멧은 땅바닥에 처박혔다. 키 작은 사관후보생은 권석일 해병 훈련관이 맡았다.

“깡!”

권석일 해병 훈련관이 휘두른 알루미늄 야구 방망이는 마치 홈런 치는 듯한 소리를 내면서 키 작은 사관후보생의 헬멧을 연병장 저편 멀리 날려 보내고 있었다.

‘아이고 바보 같은 놈들! 임관 이주일 남겨놓고 초상 치르는구나.’

박준영은 눈을 감아버렸다. 그리고는 다시 들려올 헬멧 깨지는 소리를 기다렸다. 그런데 무슨 일인지 그 소리가 더 이상은 들리지 않았다.

‘어? 뭐야?’

박준영은 의아하게 생각하면서 눈을 슬며시 떴다.

‘어? 어떻게 된 거야?’

단상 앞에는 더 이상 두 명의 저승차사는 보이지 않았다.

“야! 현태야! 어떻게 된 거야? 해병 훈련관들 어디 갔어?”

박준영은 조그마한 소리로 자기 옆에 서 있는 김현태에게 물었다.

“우리 훈련관이 해병 훈련관들 들여보냈어!”

김현태 역시 조그마한 소리로 대답해왔다.

“뭐?”

“어쨌든 다행인데 그래도 우린 어떻게든 죽긴 죽을 거야!”

김현태는 안도의 표정과 동시에 울상을 짓는 묘한 표정으로 말했다. 이때 김영호 해군 훈련관의 음성이 단상 위에서 들려왔다. 그런데 이들의 예상과는 차분하고 조용했다.

“다른 소대는 모두 해산하고 해군 1중대 1소대만 단상 앞으로 집합! 실시!”

“실시!”

순식간에 연병장에는 썰물과 같이 사람들이 사라져 갔다. 그리고 얼마 후 단상 앞에는 해군 1중대 1소대만 남았다. 박준영은 소대가 단상 앞에 재도열하고 나서야 월담을 했던 동기가 누구인가를 분명히 볼 수 있었다. 키 큰 동기는 예상했던 대로 최태훈이었다. 그런데 키 작은 동기는 전혀 생각지도 못했던 홍윤진이었다.

박준영은 그들을 보니 기가 막혔다. 그리고 한편으로는 웃음도 나왔다. 웃음은 비단 박준영 뿐만 아니었다. 소대원들 모두 웃음이 실실 비져 나오고 있었다. 최태훈과 홍윤진이 입에서 침을 질질 흘려대면서 초코파이 두 개를 한꺼번에 가득 물고 있었기 때문이다.

“이것들이 웃어! 웃음이 나오나!”

순간 김영호 해군 훈련관의 호통이 불같이 떨어졌다. 일순 모두 조용해졌다. 최태훈이 어제 낮에 교회에서 나눠줬던 초코파이의 맛을 못 잊고 결국 초코파이를 구하러 담을 넘었던 것이다. 대단한 식탐이었다.

최태훈이 담을 넘은 곳은 김재훈이 넘었던 곳이었다. 역시 김재훈이 넘었던 곳이 제일 만만했던 것이다. 이들의 계획은 최태훈이 홍윤진을 담장 위로 밀어 올려 보내면 홍윤진이 얼른 담을 뛰어 넘어서 그가 목숨 걸고 숨겨둔 돈으로 초코파이를 사가지고 오는 것이었다. 이는 최태훈보다는 체구가 작은 홍윤진이 상대적으로 눈에 덜 띌 것이기 때문이다. 그런데 이처럼 치밀한 계획에서 최태훈이 한 가지 예상이 부족했던 부분이 있었다. 그것은 바로 경계에 한 번 뚫린 곳을 그대로 내버려두지는 않는다는 것이었다. 이전보다 그곳에 대한 경계는 더욱 강화되었다. 이를 미처 생각하지 못하고 무려 두 번에 걸쳐 그곳의 담장을 넘어댔으니 안 들킨다는 것이 오히려 이상한 지경이 된다. 그것도 홍윤진이 아닌 최태훈이 뛰어넘어댔으니 더욱 쉽게 들켰을 것이다. 원래의 계획대로라면 홍윤진이 담을 넘어야 한다. 그런데 넘어갈 때는 최태훈이 올려줘서 어떻게 넘어간다고 하지만 다시 돌아올 때는 홍윤진 혼자서는 도저히 담장을 올라탈 수 없었다. 담장이 너무 높은 것이다. 결국 최태훈이 담장을 넘기로 하고 홍윤진은 최태훈이 담장 밖에서 초코파이 박스를 던져주면 그것을 받아 챙기기로 하였다. 하지만 다시 담장을 넘어 들어오는 최태훈을 맞이해준 이는 홍윤진이 아니라 정일선 해병 훈련관이었다. 이들의 월담 행각을 초병이 발견하고 보고를 올린 것이다. 그리고 지금 연단 앞에서 그렇게 힘들게 구해 온 초코파이를 목구멍 안으로 넘겨보지도 못 하고 입에 가득 문 채 서 있는 것이다.

"귀관들은 지금 죽을죄를 지었지?"

김영호 해군 훈련관이 초코파이 하나를 까서 입에 넣으며 최태훈과 홍윤진에게 묻는다. 최태훈이 죽기살기로 구해온 초코파이다. 그런데 최태훈과 홍윤진은 입에 문 초코파이 때문에 말은 못하고 고개만 끄덕인다.

"그럼 죽어야지?"

역시 그들은 고개만 끄덕인다.

"죽으면 묻혀야지?"

마찬가지로 고개를 끄덕인다.

"죽으려면 무덤이 있어야지?"

그들은 계속 고개를 끄덕여 댄다.

"그런데 혼자 죽기는 억울하지?"

하지만 이번에는 그들이 지금까지와는 반대로 고개를 좌우로 흔들어 댄다.

"왜? 그건 안 돼?"

그러자 다시 고개를 크게 끄덕여 댄다.

"아냐! 죽으려면 같이 죽어야 돼! 내가 같이 죽여줄게!"

김영호 해군 훈련관은 온화한 음성으로 말하더니 자신의 소대를 향해 허리가 휠 기막힌 명령을 내렸다.

"모두 자신의 무덤을 판다! 단 숟가락으로 판다!"

김영호 해군 훈련관은 소대 전체에 대해 소리쳐 말하고는 어둠 속 저쪽을 향해 큰소리로 말했다.

"수병! 여기로 숟가락 가져와!"

그러자 어둠 속에서 수병 둘이 숟가락을 담은 통을 끙끙 대면서 들고 왔다. 수병이 들고 온 통에는 숟가락이 산만큼 쌓여 있었다.

"숟가락은 얼마든지 있으니 걱정하지 말고 무덤을 파도록! 실시!"

"실시!"

해군 1중대 1소대원들은 차례대로 숟가락을 수병에게서 받아들고는 각자 오와 열을 맞춘 채로 일제히 자기의 무덤을 숟가락으로 파대기 시작했다. 그러나 최태훈과 홍윤진은 숟가락으로 무덤을 파지 않았다.

"귀관들은 포크로 무덤을 판다!"

그들은 자신의 무덤을 포크로 파야했다.

김영호 해군 훈련관이 지시한 무덤은 누운 채 들어가는 무덤이 아니라 선 채 들어가는 무덤이다. 따라서 그 깊이는 자신의 키만큼 되는 것이다. 그러므로 이 기합을 받게 되면 그 사관후보생은 자신의 키만큼 해당되는 구덩이를 파야 되는 것이다. 그런데 무덤파기라 하여 하나의 구덩이를 판 다음 사관후보생을 그 속에 넣고 매장하는 것이 아니라, 그 구덩이 파기가 끝났으면 그것을 다시 메워 원상 상태로 돌려놓아야 한다. 결국, 그 사관후보생은 무덤을 하나도 안 판 것이 된다. 따라서 그 사관후보생은 자신의 무덤을 파라는 지시를 하나도 이행하지 않은 것이 되어 다시 구덩이를 파야 한다. 이렇게 그 사관후보생은 그만하라는 지시가 내려질 때까지 계속해서 구덩이를 팠다가 메우기를 반복해야 하는 것이다.

대개, 무덤파기란 기합은 밤에 남들이 취침에 들어갈 때에 이루어지므로, 그 기합을 받는 사관후보생은 날이 밝을 때까지 구덩이를 팠다가 메우고 해야 한다. 그런데 이 무덤파기에도 희비가 있다. 바로 신장의 차이에 따라서 희비가 달라진다. 신장이 긴 사람일수록 구덩이의 깊이는 깊어진다. 때문에 자연히 신장이 긴 사람과 짧은 사람 간에는 구덩이를 파낸 횟수에 차이가 생기기 마련이다. 대개 신장이 긴 사람이 두 번 구덩이를 파낼 때에 신장이 작은 사람은 세 번 구덩이를 판다. 그렇지만 여기 군대서는 그러한 신장에 따른 차이는 인정해주지 않는다. 개인차는 철저히 무시하고 모든 것은 평준화되어야 한다. 결국, 신장이 긴 사람에게는 잔꾀를 피우고 게으름을 부렸다는 이유로 얼차려가 가해진다. 신장이 긴 사람에게는 억울한 일이겠지만 여기는 군대이므로 어쩔 수 없다. 감수하는 수밖에는 없다.

이는 최태훈과 홍윤진에게도 마찬가지였다. 그들은 포크로 무덤을 파야했기 때문에 다른 동기들과는 따로 관리되었다. 그들은 한 시간 반에 걸쳐 서로 거의 비슷한 깊이인 150센티미터를 파냈다. 그러나 최태훈만 무덤 밖으로 올라와 쪼그려 앉아 뛰기를 30회 해야만 했다. 홍윤진은 키가 165센티미터이므로 머리 부분만 남기고 거의 몸이 담기도록 구덩이를 판 것이 되었지만 키가 185센티미터인 최태훈의 경우에는 겨우 배꼽 위가 담길 정도 밖에는 구덩이를 안 판 것이 되었기 때문이다. 최태훈은 쪼그려 앉아 뛰기 30회를 마친 뒤 혼자서 자신의 키만큼 구덩이를 마저 파내야 했다. 그동안 홍윤진은 푹 쉬면 되었다. 이러한 상황은 세 번이나 반복되었다. 최태훈은 혼자서 기진맥진해 가고 있었다.

다시 네 번째 구덩이를 파게 될 때 김영호 해군 훈련관이 최태훈과 홍윤진에게 다시 명령을 내렸다. 그런데 이번에는 홍윤진이 경악을 하며 그의 명령을 듣고 있었다.

"동기애를 발휘하여 서로 상대방의 무덤을 파주도록!"

홍윤진은 파고 파고 아무리 깊이 파도 그 구덩이는 최태훈의 키만큼은 깊지 않았다. 얼마나 팠을까 홍윤진이 팔을 위로 쭉 뻗쳐보았다. 손바닥만 겨우 구덩이 바깥의 지면에 닿는다. 홍윤진은 맥이 빠지는지 털썩하고 구덩이 바닥에 주저앉는다. 이제서야 구덩이 하나를 판 것이다. 그동안 최태훈은 푹 쉬었다. 자신의 배꼽 정도만큼만 구덩이를 파고는 계속 쉰 것이다. 홍윤진은 최태훈이 내민 손을 잡고 구덩이 밖으로 올라왔다. 그러나 홍윤진에게 떨어지는 명령은 쪼그려 앉아 뛰기 30회였다. 최태훈에 비해 게으름을 피웠다는 것이다. 반면 최태훈은 홍윤진이 쪼그려 앉아 뛰기를 다 마칠 때까지 또 푹 쉬고 있었다.

이런 상황을 홍윤진이 이후로도 세 번 더 맞이했을 때는 이미 해가 훤히 떠오른 뒤였다. 이때까지 해군 1중대 1소대원들은 모두 온몸이 흙투성이가 된 채로 그리고 두 눈이 벌건 상태로 무덤을 파대고 있었다. 무덤 파기를 마친 그날 저녁 해군 1중대 1소대원들은 밤에 잠을 자면서 모두 가위에 눌리고 있었다.

"이 자식들! 무덤 더 빨리 안 파!"

가위치고는 정말로 무서운 가위였다.

제8장

임관

　이제 임관까지는 이틀 밤이 남았다. 모두들 마음이 들떠서 쉽게 잠이 들지 못하고 있었다. 그냥 그렇게 밤을 샐 것만 같았다. 그러나 그것은 어디까지나 기분상 그런 것이었고 해군 및 해병 사관후보생들은 어느덧 깊은 잠에 빠져들고 있었다.

　새벽 1시 40분. 해군 1중대 1소대가 위치한 숙소의 복도에 훈련관 한 명이 소리 없이 다가오고 있었다. 그리고는 어느 한 침실 문을 살며시 열고는 연기같이 그 안으로 스며들어갔다. 김영호 해군 훈련관이었다. 그는 자기 소대원의 침실에 들어와서는 코를 유난히 크게 골고 있는 사관후보생에게로 살며시 다가갔다. 그는 조민형이었다. 김영호 해군 훈련관은 그를 잠시 살펴보고는 그의 귀에 입을 바짝 갖다 대고는 거의 들릴 듯 말 듯한 음성으로 말했다.

　"귀관, 옥상에 집합 15분전. 해군 사관후보생 총원 전달."

　그리고는 다시 살그머니 나갔다. 하지만 이때 어느 누구도 일어나지 않았다. 만일 누구 한 명이라도 잠귀가 밝은 사람이 조민형과 침실을 같이 쓰고 있었다면 그가 조민형 대신 달콤한 잠자리에서 벌떡 일어나 각 침실마다 돌아다니며 총원 기상을 시켰을 것이다. 그러나 불행하게도 조민형과 침실을 같이 쓰고 있는 동기들 중에서 잠귀가 밝은 자는 아무도 없었다. 문규현과 이영진도 잠귀 어둡기로는 조민형과 서로 우열을 가리기가 어려웠다. 그래도 이들 숙소의 침실 인원 중에서 그나마 가장 잠귀가 밝았던 김재훈은 퇴교하여 지금 이 침실에 없다. 덕분에 해군 사관후보생들은 조민형이 아닌 김영호 해군 훈련관에 의해 아닌 밤중에 총원 기상을 해야만 했다.

"총원 기상! 총원 기상!"

김영호 해군 훈련관의 고함소리가 해군 숙소의 복도에서 울려 퍼졌다. 새벽 2시였다.

"야! 야! 일어나! 기상이야! 기상!"

잠귀가 무척 밝은 박준영이 제일 먼저 침대에서 벌떡 일어나며 자기 침실의 나머지 인원 세 명을 연달아 깨웠다.

"이제 군사 훈련도 다 끝났는데 갑자기 웬 기상이야?"

김현태가 눈을 부스스 뜨며 불만이 가득 찬 음성으로 말한다.

"아씨! 정말 끝까지 훈련관들 귀찮게 구네!"

최태훈은 담요를 박차며 아예 화를 낸다.

"그런데 왜 기상이래? 또 무슨 일이 났어?"

홍윤진은 아직도 담요 속에서 머리만 내민 채 눈도 뜨지 않고 말한다.

"몰라! 하여튼 얼른 일어나!"

박준영은 어느새 군복으로 갈아입고 군화 끈을 매고 있었다. 이때 복도에서 또 다시 김영호 해군 훈련관의 고함소리가 들려왔다.

"총원! 연병장 집합 15분전!"

"야! 꾸물거릴 시간 없어! 빨리 일어나!"

박준영은 아직도 침대 위 담요 속에서 꼼지락거리고 있는 홍윤진에게 다급하게 말하고는 침실 밖으로 뛰어나갔다. 복도에는 이미 각 침실에서 쏟아져 나온 해군 사관후보생들로 북적거렸다. 그리고 잠시 후 연병장에는 해군 사관후보생들만의 대열이 정연하게 들어서 있었다.

"귀관들은 총원 기상하라는 훈련관의 명령을 거역했다!"

연병장의 단상 위에 올라간 김영호 해군 훈련관이 화가 난 듯 고래고래 고함을 지르며 말해왔다.

"뭐야? 우리가 언제 훈련관 명령을 거역했어?"

"어? 언제 그런 명령을 내렸었나?"

"난 그런 명령 들은 적 없는데?"

해군 사관후보생들은 저마다 영문을 몰라 하며 수군대기 시작했다.

"조용!"

대열이 웅성거리자 김영호 해군 훈련관이 버럭 소리를 지른다. 그리고는 곧 노기에 찬 음성으로 말하기 시작했다.

"본 훈련관이 1중대 1소대 조민형 사관후보생에게 총원 옥상에 집합하라는 명령을 전달할 것을 지시했었다! 그러나 귀관들은 아무도 옥상에 집합하지 않았다! 이는 명령 불복종이다!"

순간 해군 사관후보생들은 아까보다 더 소란스럽게 웅성거리기 시작했다.

"무슨 소리야? 조민형이가 누구야?"

“야! 거기 1중대 1소대! 조민형이 누구니?”

“조민형이란 애가 명령을 어겼나봐!”

“아! 자식 간댕이 부었나? 왜 그래?”

여기저기서 불만과 원망이 가득찬 음성들이 쏟아져 나왔다.

“야! 민형아, 너 왜 그랬어?”

이때 조민형의 옆에 서 있던 문규현이 이해가 가지 않는다는 듯이 낮은 음성으로 물어왔다.

“어? 아냐! 난 못 들었어!”

하지만 조민형 역시 당황하기는 마찬가지였다. 그는 잠시 머뭇거리더니 마침내 손을 번쩍 들며 큰소리로 말했다.

“훈련관님! 저 훈련관님께 그런 명령 못 들었습니다!”

일순 연병장은 조용해졌다.

“못 들었어?”

김영호 해군 훈련관의 날카로운 음성으로 되묻는다.

“예! 못 들었습니다!”

조민형은 억울한지 다시 큰소리로 말했다.

“내가 20분 전에 귀관 침실에 들어가서 귀관에게 말했는데 못 들었어!”

“……!”

조민형은 다시 대답을 못 했다. 대신 동기들로부터 쏟아지는 따가운 눈총을 받아야만 했다.

‘어이쿠 저 잠꾸러기! 자느라고 못 들었구나!’

문규현은 자기도 모르게 한숨이 푹하고 나왔다.

"모두 앞구르기 실시!"

사정없이 떨어지는 김영호 해군 훈련관의 명령이다.

"실시!"

변명의 여지가 없었다. 해군 사관후보생들은 달게 자다가 연병장에 뛰쳐나와서는 한밤중에 앞구르기를 20분 동안 해야 했다.

한 시간 후 해군 사관후보생들은 비록 20분 동안 연병장에서 구르다 다시 침실로 돌아왔지만 10분이 채 지나지 않아 모두 다시 깊은 잠에 빠져들었다. 그런데 박준영이 어디에선가 아득히 들려오는 소리를 들었다.

"총원 기상! 총원 기상!"

조민형의 음성이었다. 그의 음성은 복도에서 들려오고 있었다. 박준영은 자리에서 벌떡 일어났다.

"야! 기상이다! 기상!"

박준영이 침대에서 일어나 내려오면서 다급하게 외쳤다.

"으응? 뭐? 뭐야?"

김현태가 놀라는 표정으로 일어난다.

"아이구 죽겠네!"

최태훈이 오만상을 쓰면서 자리에서 일어나 앉는다.

"몰라! 씨! 나 몰라! 안 일어날 거야!"

잠이 많은 홍윤진이 훈련관에게라면 씨알도 먹히지 않을 투정을 하며 담요를 푹 뒤집어쓴다. 그래도 그들은 군복으로 갈아입고 복도로 나왔다. 그런데 문제는 그 다음에 있었다.

"야! 조민형! 어디로 집합이야?"

박준영이 각 침실 문을 열어 제치며 고함을 질러대고 있는 조민형을 다급하게 불렀다.

"응?"

순간 조민형은 멈칫했다.

"……!"

"야! 왜 대답이 없어?"

소대장 임기를 마친 박준영은 지금 새로이 학생 연대장으로 임명이 되었기 때문에 책임이 더 막중해진 상태이다. 때문에 빨리 해군 중대 전체 인원을 집합시켜야 하는 책임을 진 그로서는 아무 말도 없이 멍하니 서 있는 조민형을 바라보자니 더욱 조급해져왔다.

"그- 그- 그런데……."

조민형이 말을 더듬는다.

"어-! 기상하라는 소리만 생각나! 미안해!"

잠결에 듣는 바람에 제대로 다 못 들은 것이다. 잠귀 어둡고 잠이 많은 조민형으로서는 그나마 최선을 다한 것이었다. 아까 자신 때문에 해군 중대 전체가 기합을 받은 것에 대해 죄책감을 가지고 있던 그는 한동안 잠을 제대로 이루지 못하고 있었다. 그러다 김영호 해군 훈련관의 귓속말 명령을 얼핏 들은 것이다. 결국 10분 후 해군 사관후보생들은 또다시 명령 불복종으로 인해 연병장에서 앞구르기를 다시 20분간 실시하고 있었다.

"야! 우리 민형이만 믿고 있다가는 해 뜰 때까지 연병장에서 앞구르기 하고 있겠다."

연병장에서 이제 막 앞구르기를 끝내고 침실로 다시 돌아온 문규현이 기진한 음성으로 이영진에게 말해왔다.

“어구 그래! 우리도 힘을 합치자!”

이영진이 군복에 묻은 흙을 털어대며 대답한다.

“미안해! 나 때문에!”

조민형이 고개를 폭 숙인다. 그에게 죄가 있다면 잠귀가 어둡다는 것이 죄일 것이다. 사회에서라면 아무 죄도 안 될 것이지만 지금 여기 그들에 대해서는 크나 큰 죄가 되고 있었다.

“민형이가 잠귀 어둡다는 것을 훈련관이 계속 이용하니까 만일 다시 들어온다면 또 우리에게로 들어올 거야.”

문규현이 이영진과 조민형을 번갈아보며 말한다.

“맞아! 그럴 것 같애.”

이영진이 맞장구를 친다.

“그럼 나 또 어떡해?”

이 말에 조민형은 아예 울상을 짓는다.

“우리 이렇게 하자!”

문규현이 좋은 계책이 있다는 듯이 말해왔다.

“뭘?”

조민형이 반신반의하는 표정으로 문규현을 쳐다본다.

“어차피 훈련관은 민형이가 못 듣게끔 살그머니 말할 거야!”

“응, 그렇지.”

이영진이 고개를 끄덕인다.

“그렇다고 우리가 알 수도 없어. 훈련관은 민형이에게만 살짝 이야기하고 나갈 것이니까 우리는 들을 수가 없어.”

“아우! 답답해! 그래 그래서 어떻게 하자는 거야?”

조민형이 뜸만 들이는 문규현의 이야기를 듣다가 답답해졌는지 짜증을 낸다.

"임마! 다 니가 잠귀 어두워서 세우는 계책 아냐! 그러니 좀 참고 들어!"

"그래! 그래! 내가 죽일 놈이다! 에이휴!"

조민형이 한숨을 푹 내쉬고는 홀로 떨어져 걸상에 앉는다. 그러자 문규현이 조민형을 힐끗 한 번 돌아다보고는 다시 말을 잇기 시작한다.

"그러니까 우리 중에 누구라도 훈련관이 들어왔다 나가면 그 즉시 훈련관 뒤를 살며시 따라가서 어디에 가 있는지 확인하고 돌아와서 훈련관이 있는 곳으로 애들보고 집합하라고 하면 되잖아!"

"이야! 그거 놀라운 방안이다!"

조민형이 자리에서 벌떡 일어나며 큰소리로 환호를 지른다.

"어때? 괜찮은 생각이지?"

문규현이 어깨를 으쓱거리며 문규현과 이영진을 돌아본다.

"우아! 기가 막힌 방법이다! 어쩜 그렇게 완벽한 묘안을 생각해냈냐?"

이영진도 감탄일변이다.

"이제 더 이상 동기들에게 욕먹을 일 없겠다!"

조민형은 좋아하다 못해 감격에 겨워했다.

새벽 3시 30분. 그들의 예감대로 김영호 해군 훈련관은 또 이영진의 침실로 그림자처럼 스며들어왔다. 그리고는 허리를 숙여 조민형의 얼굴에다가 바짝 머리를 갖다 댔다가 곧 일어나서 살며시 빠져나갔다.

"야! 빨리 일어나! 왔어! 왔어!"

이영진이 침실 문을 열고 빠져나가는 김영호 해군 훈련관을 본 것이다. 이영진은 츄리닝 차림으로 총알같이 복도로 뛰어나갔다. 그리고는 김영호 해군 훈련관을 찾아 조심스럽게 돌아다녔다. 숙소의 뒷문이 활짝 열려 있었다. 이영진은 그 뒷문을 통해 밖으로 살짝 나가보았다. 역시 그의 예감대로 김영호 해군 훈련관이 멀리서 연병장을 향해 걸어가고 있는 모습이 보였다. 김영호 해군 훈련관이 소대원들이 깨지 않도록 뒷문으로 슬쩍 빠져나간 것이었다. 이영진은 김영호 해군 훈련관이 눈치 채지 못하도록 멀찌감치 떨어진 채 살살 뒤쫓아 갔다. 김영호 해군 훈련관은 이영진이 미행하고 있는 것을 아는지 모르는지 계속 걸어갔다. 그리고는 이윽고 연병장의 단상에 이르자 그는 단상 위로 올라가 섰다. 그는 주변을 잠시 둘러보고는 손목시계를 쳐다보았다. 상황이 이런 이상 이영진에게는 이제 더 이상 김영호 해군 훈련관의 뒤를 따라다닐 필요가 없었다. 그는 쏜살같이 숙소로 다시 돌아왔다. 그리고는 복도에서 목청껏 외치며 각 침실의 문을 두드려 댔다.

"기상! 기상! 총원 기상! 연병장 집합!"

얼마 안 있어 복도에는 쏟아져 나오는 사관후보생들로 아우성쳐지고 있었다.

"야! 이번에는 확실한 거야?"

최태훈이 침실에서 뛰어나오면서 역시 다른 침실에서 뛰어나오고 있는 배영남에게 물었다.

"몰라! 아마 확실할 거야!"

"뭐? 무슨 소리야?"

"이번에는 조민형이 아니라 이영진이야!"

"뭐?"

"이영진이가 깨운 것이라고!"

"아! 그럼 확실하겠다!"

최태훈은 고개를 끄덕이고는 배영남과 함께 부랴부랴 연병장으로 뛰어갔다. 그리고 이들뿐만 아니라 모든 해군 사관후보생들도 그렇게 믿으며 연병장으로 뛰어갔다. 그러나 그들은 잠시 후 또 연병장에서 앞구르기를 하고 있었다.

"아니? 잠들 안자고 웬 난리들이야?"

연병장의 단상 위에 서 있던 김영호 해군 훈련관이 연병장으로 쏟아져 나오는 해군 사관후보생들을 보고는 깜짝 놀라며 소리쳤다. 그러나 그의 말에도 불구하고 연병장에서는 각 소대별로 저마다 소리쳐 대면서 인원점검을 하며 대오를 맞추고 있었다. 이윽고 대열이 완성되자 학생 연대장 박준영이 총원 인원 보고를 하기 위하여 김영호 해군 훈련관 앞에 섰다. 불과 2분 만에 집합을 완료한 것이다. 이렇게 빨리 집합을 완료했으므로 집합이 늦은 것으로 기합을 받지는 않게 되었다. 이에 박준영은 속으로 안도하면서 인원보고를 위해 김영호 해군 훈련관에게 거수경례를 붙였다.

"필승! 인원보고!"

"가만!"

"……!"

김영호 해군 훈련관은 박준영의 인원보고를 받지 않았다. 대신 박준영이 대답 못 할 질문을 하고 있었다.

"여기에 왜들 모여서 난리야?"

"……?"

"왜들 자지 않고 여기 와서 이 난리야?"

"저-, 훈련관님께서 여기에 집합하라고 하시지 않았습니까?"

박준영은 의아해하면서 조심스럽게 물었다.

"내가?"

"예!"

"내가 언제?"

"……?"

"내가 언제 여기 집합하라고 했어?"

"저-, 아까 이영진 사관후보생에게 말씀하시지 않았습니까?"

"누구? 이영진 사관후보생? 아니 난 그 사관후보생에게는 가지도 않았는데?"

"예?"

순간 박준영은 어안이 벙벙해졌다. 이때 이영진이 손을 번쩍 들고 큰 소리로 말했다.

"아까 조민형 사관후보생에게 말씀하셨습니다!"

"뭐? 내가?"

김영호 해군 훈련관이 이번에는 이영진에게 의아하다는 듯한 음성으로 묻는다.

"예! 분명히 그렇게 하셨습니다!"

"음! 그래! 내가 조민형 사관후보생에게 가긴 갔지!"

계속 반문만 하던 김영호 해군 훈련관이 이번에는 고개를 끄덕이며 말했다. 그러나 곧 그는 버럭 소리를 질렀다.

"내가 조민형 사관후보생이 잘 자나 어쩌나 들여다 본 거지 언제 여기 집합하라고 했어!"

"……."

모두 할 말이 없었다. 그렇게 하여 그들은 한밤중 소란죄란 이유로 또다시 연병장에서 20분간 앞구르기를 해야만 했다.

새벽 4시 40분. 아닌 밤중에 연속된 연병장 앞구르기로 잠을 설친 해군 사관후보생들은 아까보다 더더욱 깊은 잠에 빠져들었다. 그런데 이 시각에 또 다시 이영진의 침실 문이 살며시 열렸다. 그리고 열린 문을 통해 슬며시 모습을 드러내는 검은 그림자가 있었다. 그 그림자는 소리도 없이 조민형에게로 다가갔다. 그리고는 분명히 무엇이라고 작은 소리로 속삭였다. 검은 그림자는 속삭임을 마치자 다시 슬그머니 문 밖으로 사라졌다. 그 검은 그림자는 또 역시 김영호 해군 훈련관이었다.

김영호 해군 훈련관이 나가자 순간 이영진의 침실은 난리가 났다. 김영호 해군 훈련관의 귓속말에 이골이 난 조민형이 제일 먼저 일어나서 난리를 피워 댔다.

"야! 기상! 기상!"

"으으응? 또 뭐야?"

"응? 또 기상이야?"

조민형의 외침에 아직 잠이 덜 깬 문규현과 이영진이 뭉기적거리며 몸을 일으켰다. 계속된 야간 기상에 몸이 천근만근이나 되는 것 같다. 그러나 늦으면 더 지독한 기합이 떨어질 것이므로 그들은 필사적으로 일어나서 군복으로 갈아입는다.

"야! 민형아! 이번에는 분명한 거야?"

츄리닝을 군복으로 제일 먼저 갈아입은 이영진이 조민형에게 못미덥다는 듯이 물어온다.

"응! 분명히 들었다."

조민형이 자신만만하게 대답해온다.

"그래? 어디로 모이래?"

"복도야! 복도!"

조민형이 분명하고 확신에 찬 음성으로 말했다. 그리고는 다른 동기들을 깨워야 한다면서 바지춤도 제대로 못 추스른 채 복도로 뛰어나갔다. 잠시 후 복도에서는 웅성거리는 소리와 함께 잠이 덜 깬 해군 사관후보생들이 소대별로 대열을 정리하고 있었다. 이윽고 해군 사관후보생들이 소대별로 집합을 완료하자 이를 보고하기 위해 박준영이 김영호 해군 훈련관의 훈련관실로 찾아갔다.

"필승! 총원 집합 완료하였습니다! 필승!"

박준영은 목청껏 보고를 하였다. 그러자 기다렸다는 듯이 문이 열리며 김영호 해군 훈련관이 모습을 드러냈다.

"집합했어?"

"예! 집합 완료했습니다!"

박준영은 다시 목청껏 소리를 질렀다.

"그런데 이게 뭐야?"

"……?"

박준영은 또 다시 영문을 모른 채 서 있어야만 했다.

"누가 다들 집합하라고 했어?"

"……?"

"나는 조민형 사관후보생만 복도에 집합하라고 했지 언제 다들 집합하라고 했나?"

버럭 소리를 지르는 김영호 해군 훈련관. 박준영은 그의 고함 소리와 함께 사지에서 힘이 빠져나가는 것을 느꼈다. 결국 박준영과 함께 해군 사관후보생 전원은 또 다시 20분간 연병장에서 앞구르기를 실시해야만 했다.

새벽 5시 30분. 이제 30분만 더 있으면 기상시간이다. 새벽잠이 없는 사관후보생들은 대개 이 시간쯤 되면 잠이 서서히 깨기 시작한다. 그러나 오늘만은 예외였다. 밤새 내내 수시로 일어나서 연병장 앞구르기를 해댔기 때문에 그들도 예외 없이 깊은 잠에 곯아떨어졌다. 그런데 이 시각에 또 다시 이영진의 침실로 스며드는 검은 그림자가 있었다. 역시 이번에도 김영호 해군 훈련관이었다. 그는 으레 그러했듯이 조민형에게로 다가갔다. 그리고는 무엇이라고 소곤소곤 귓속말을 하고는 슬그머니 밖으로 나갔다. 이번에는 이영진이 아닌 문규현이 김영호 해군 훈련관을 보았다. 그는 순간 반사적으로 벌떡 일어났다. 그러나 그는 침착했다. 그는 조민형을 쳐다보았다. 조민형은 이번에도 코를 요란스레 골아대며 정신없이 자고 있었다. 문규현은 잠시 그를 쳐다보다가 그에게 다가갔다.

"야! 민형아! 일어나! 임마! 빨리 일어나!"

"으으으! 왜왜? 깨우고 그래?"

조민형은 잘 자고 있는 자기를 깨워대는 문규현이 귀찮은 듯 짜증을 살짝 낸다.

"임마! 지금 잘 때가 아니야!"

"응? 무슨 소리야? 잘 때가 아니라니?"

"임마! 훈련관이 지금 다녀갔어!"

“뭐?”

순간 정신이 번쩍 드는지 조민형이 자리에서 벌떡 일어나 앉았다.

“그럼?”

“그래! 훈련관이 또 너에게 귓속말하고 나갔어!”

“뭐야? 정말이야?”

“그래! 내가 지금 너에게 농담하게 생겼냐!”

“그럼 어떡해?”

“어떡하긴 뭘 어떡해! 어서 빨리 복도로 나가 봐!”

“으응! 그래! 그래!”

조민형은 후다닥 자리에서 일어나 부랴부랴 군복으로 옷을 갈아입었다. 그리고는 문을 박차고 홀로 복도로 뛰어 나갔다. 복도에는 김영호 해군 훈련관이 양 손을 허리에 갖다 댄 채 기다리고 있었다.

“필승! 사관후보생 조민형 집합 완료하였습니다! 필승!”

조민형은 복도에서 홀로 우렁차게 외치며 김영호 해군 훈련관에게 집합보고를 하였다.

“뭐야? 왜 귀관이 나와?”

“……?”

“내가 귀관만 빼고 전원 복도에 집합하랬지 언제 귀관만 집합하랬어!”

“……!”

“정신이 나갔군! 총원 연병장 집합!”

얼마 후 해군 사관후보생들은 또 다시 연병장에서 20분간 앞구르기를 하고 있었다. 그리고 이번에는 앞구르기가 끝나도 그들은 다시 잠자리에 들지 못했다. 곧바로 아침 기상이 이어졌기 때문이다. 그렇게 그들은 아침 기상을 침대가 아닌 연병장 땅바닥에서 맞고 있었다.

거의 밤새 두 눈을 벌겋게 뜬 채 아침을 맞이한 해군 1중대 1소대원들은 다들 몽롱한 상태로 돌아다녔다. 그래도 그들은 서로 실실 웃으며 다녔다. 이 고생도 오늘로 끝이기 때문이다. 내일이 바로 임관일인 것이다. 이제, 내일이면 드디어 해군 장교가 되는 것이다.

"야! 드디어 오늘 밤으로써 해방이다! 난 이제 자유인이다! 해방이다!"

최태훈이 아침을 먹고 숙소로 들어오다가 연병장 한가운데에 멈추어 서서는 하늘을 향해 목청껏 소리를 질러 댔다.

"태훈아! 나! 오늘 밤 심장마비 올 것 같아!"

소리를 질러대는 최태훈을 바라보며 문규현이 말을 걸어온다.

"아, 이런 날이 오기는 오는구나! 하나님 감사합니다!"

떡을 찾아 불교로 개종했던 최태훈이 언제 또 금세 개종을 했는지 하나님을 찾아댄다.

"내일 맞아? 야! 내일 맞냐고!"

이영진은 잘 있는 김현태의 멱살을 잡고 흔들며 괜히 시비다.

"아우! 누가 나 좀 때려봐 줘! 아우우! 드디어 끝난 거야? 아우우우!"

조민형은 지나가는 동기들마다 붙잡고 짐승처럼 울부짖어 댔다.

"야! 야! 현실이 믿기지 않은 놈들은 다 내게로 와라! 내가 깨닫게 해줄게. 때려 달라면 때려 주고 꼬집어 달라면 꼬집어 주고! 죽여 달라면 죽여줄게!"

박준영이 좋아서 팔짝팔짝 뛰고 있는 동기들 사이를 다니며 소리쳐 댔다. 그렇게 그들 모두 감격에 겨워 흥분해 있었다. 오전 과업도 즐겁고 오후 과업도 즐겁다. 그냥 이유 없이 웃음이 실실 나오고, 저마다 얼굴에는 미소가 지워지지 않는다. 그동안 이 날을 얼마나 기다려 왔던가. 달력에 표시한 이 날은 그들이 하도 볼펜으로 칠해대서 구멍이 난지 오래다. 그런데 영원히 오지 않을 것 같은 이날이 마침내 온 것이다.

해군은 물론 해병 사관후보생들도 이발하고 면도하고 세탁소에 예복 갖다 맡기고 단화 닦고 그야말로 3개월 동안 돌보지 않았던 몸과 의복에 대해 때 빼고 광내느라고 정신이 없었다. 내일 있을 임관식을 위해 군사훈련도 없었다. 다만 있는 것은 사열 행진 훈련만 오전과 오후 내내 있었을 뿐이었다. 행진하는 훈련만 하는 것이었으므로 오와 열만 잘 맞추어 걸으면 되는 것이었으므로 그렇게 힘들지도 않았고 스트레스도 쌓이지 않았다. 설사 힘들거나 스트레스가 쌓인다 해도 오늘로 끝이기 때문에 무슨 험한 일을 당해도 다들 실실 웃으며 다녔다.

그리고 저녁 때 임관 축하 캠프파이어가 열렸다. 모두가 즐거웠으며 행복했다. 다시 맞지 못할 그런 행복감과 성취감을 그들은 전신으로 받아들이고 있었다. 캠프파이어는 그렇게 두 시간에 걸쳐 진행되었다. 그리고 마침내 밤이 되었다.

해군과 해병 사관후보생들은 밤이 되자 슬슬 긴장하기 시작했다. 그들에게는 마지막 남은 관문이 하나 남아 있었기 때문이었다. 그것은 바로 이름하여 기수구보였다. 자신의 기수만큼 연병장을 돌아야 하는 것이다. 그것을 끝내야만 비로소 OCS의 후배로서 선배들에게 인정을 받게 되는 것이다. 박준영은 임관기수가 딱 100차이다. 그러니까 박준영의 위로 99회차에 이르는 임관 선배가 있는 것이다. OCS의 전통인 기수구보는 저녁 때 치른 캠프파이어 이후에 이루어진다. 완전군장하고 연병장을 뛰는 것인데 99차가 연병장을 99바퀴 도는데 거의 5시간 가까이 걸렸다고 한다. 그런데 이번에는 한 바퀴를 더 도는 것이므로 5시간이 걸릴지도 모르는 일이었다. 때문에 저녁 식사 겸 캠프파이어가 끝나고 날이 어두워지자 모두들 기수구보 준비를 하면서 마음이 긴장되기 시작했다.

"야! 내 비누 누가 가졌냐?"

숙소로 돌아온 박준영이 자기 군화 속에다 비누칠을 하려다 자기 비누가 없어진 것을 알고 비누를 찾아 댔다.

"응! 내가 지금 쓰고 있어! 좀 기다려!"

최태훈이 자기의 책상 위에 올려놓은 군화 속에 열심히 비누칠을 해대며 대꾸한다. 그는 지금 자기 군화를 손보느라고 정신이 없다.

"준영아 잘 썼다!"

최태훈이 마침내 구두 속에 비누칠을 다했는지 박준영에게 비누를 건냈다.

'에구! 비누가 팍 줄었네!'

박준영은 최태훈에게 비누를 받자 자기 구두 속에다가도 비누칠을 정성들여 칠하기 시작했다.

"야! 대충해! 그런다고 벗겨질 피부가 안 벗겨지냐!"

비누칠을 대강한 최태훈이 계속해서 비누칠을 하고 있는 박준영을 보고 한마디 한다.

"임마! 난 피부가 약해서 이렇게라도 해놔야 된단 말이야! 안 그러면 홀랑 다 까져!"

박준영이 굳이 변명하며 비누칠을 두껍게 해댄다. 그러자 김현태가 양말을 신으면서 박준영의 유달리 약한 피부를 걱정해준다.

"준영야! 양말도 두 겹을 신어라! 그래야 오래 버틸 수 있대!"

“응! 알았어! 두 겹 신을게.”

박준영은 군화 속 구석구석 정성들여 비누칠을 해대며 대답했다.

“난 준비 끝이다!”

어느새 완전 군장까지 한 강호진이 자리를 털며 일어섰다. 그는 벌써 군화 속의 비누칠과 함께 두 겹의 양말까지 신은 상태였다. 이렇게 그들은 각자 부산을 떨어가며 구두 속의 비누칠과 두 겹의 양말 신기를 해대고 있었다. 그리고 20분 후. 마침내 한밤중의 연병장 구보인 기수구보가 시작되었다. 모든 해군 및 해병 사관후보생들의 마지막 구보가 시작된 것이다.

“다음 군가는 진짜 사나이!”

김영호 해군 훈련관이 자기가 맡은 소대인 해군 1중대 1소대원들과 같이 구보하며 외쳤다. 그들은 벌써 60바퀴째 연병장을 돌고 있었다.

“우리는! 사나이! 진짜 사나이!”

그들은 한결같이 악을 쓰고 있었다. 이제는 노래가 아니다. 다만 악일 뿐이다.

“악이다!”

김영호 해군 훈련관 먼저 외친다.

“악이다!”

그의 소대원들이 받아서 외친다. 그 외침은 정말 악으로 내지르는 그들의 고함이었다.

“깡이다!”

“깡이다!”

역시 그들은 깡으로 소리를 지르며 뛰었다.

“악이다!”

“악이다!”

“깡이다!”

“깡이다!”

그들은 이미 풀려버린 다리에 감각이 없었다. M-16 소총을 든 양손은 자꾸만 아래로 쳐져 내려갔다. 입에는 연병장의 굵은 먼지가 한가득 들어차 이제는 써걱거리는 느낌조차도 받지 못한다.

온몸에는 땀이 줄줄 흘러내리고 얼굴은 땀으로 범벅이다. 그리고 지금이라도 곧 숨이 끊어질 듯이 숨차다.

“허억! 허억!”

침은 말라 버린 지 이미 오래다. 여기저기서 픽픽 쓰러지는 사관후보생들이 어둠 속에서 어슴푸레 보인다.

이때, 또 다시 김영호 해군 훈련관의 외침이 들려왔다.

“군가시작! 군가는 태권브이!”

“날아라 태권브이!”

이렇게 그들은 구호와 군가를 뒤섞어 가며 뛰고 또 뛰고 또 뛰었다. 해군과 해병 사관후보생들은 마냥 뛰었다. 아무 생각 없이 그렇게 뛰었다. 이는 정말로 지루한 구보였다. 더구나 무더운 6월에 뛰는 구보이기에 더욱 힘이 드는 구보였다.

얼굴과 등에서는 땀이 쉴 새 없이 흘러내리고 앞가슴은 더위와 땀으로 숨이 막혀왔다. 군가를 부르는 입에서는 이제는 쉰 음성만이 쥐어짜듯이 나온다. 흙먼지와 함께 벌레마저도 입에 한 가득이다. 그러나 구보는 계속되었다.

마침내 홍윤진이 고꾸라지듯이 쓰러졌다. 그러나 그의 옆에서 뛰던 김현태가 이내 그를 일으켜 세웠다. 김현태는 홍윤진이 땅바닥에 떨어뜨린 M-16 소총을 주워 자신의 어깨에 메고 그를 부축한 채 뛰었다. 만일 쓰러진 채 머뭇거리다가는 어느 훈련관이 달려와 쓰러진 자를 단숨에 들어 올려 내동댕이칠지 모른다. 그런데 이때의 기합은 여느 군사훈련 때의 기합과는 의미가 달랐다. 군사훈련 때의 기합은 거듭되는 실수로 인한 사고를 방지하고 주의 집중과 정신력 강화라는 목적이었지만 지금의 기합은 후배를 강하게 키우고 싶은 선배로서의 질책이자 독려인 것이다. 후배들을 기수구보에서 한 명도 낙오시키지 않고 전원 통과의례를 마치게 하여 모두 진정한 후배로 두고 싶은 마음에서 나오는 기합인 셈이다.

때문에 군화 속에다 그렇게 열심히 비누칠을 하고 양말을 두 겹이나 신었어도 발바닥이 심하게 벗겨져 이제는 핏물이 군화 속에 흥건히 배어버린 박준영도 군화를 질질 끌면서 뛰었다. 그리고 몸이 허약한 문규현도 끝까지 자기 M-16 소총은 든 채 배영남과 최태훈에게 거의 끌려가듯이 하면서 뛰었다.

박준영은 계속 쩔뚝거리며 뛰면서도 자신의 앞에서 뛰고 있는 김현태를 주시하고 있었다. 그가 아까부터 간간이 비틀거렸기 때문이다. 아무래도 자신의 M-16 소총 외에 홍윤진의 M-16 소총까지 맨 상태에서 홍윤진마저 부축해서 뛰고 있자니 힘이 많이 부치는 모양이었다. 그런데 김현태가 또 다시 비틀거렸다.

"야! 현태야, 괜찮아?"

"으응! 괜찮아!"

김현태는 박준영의 걱정에 얼른 뒤돌아보고는 씩 웃는다.

“넌 괜찮냐?”

이번에는 김현태가 박준영에게 묻는다.

“그래! 괜찮아!”

박준영은 손를 뻗어 김현태의 어깨를 툭툭 친다. 이때 김영호 해군 훈련관이 고함을 지르며 자신의 소대원들을 독려하기 시작했다.

“이제 10바퀴 남았다! 10바퀴!”

이에 해군 1중대 1소대원들은 마치 서로 전달하듯이 외쳐 댔다.

“10바퀴!”

“10바퀴!”

“10바퀴!”

“10바퀴!”

그러자 김영호 해군 훈련관이 또 외쳤다. 아주 힘찬 음성으로 그리고 나는 아직도 건재하다는 듯이 크게 외쳤다.

“힘내라!”

김영호 해군 훈련관의 독려에 그의 소대원들도 서로에게 똑같이 외쳐 댔다.

“힘내라!”

“힘내라!”

“힘내라!”

“힘내라!”

기수구보가 버겁기는 해병 사관후보생들도 마찬가지였다. 김영균과 김상억이 자신의 M-16 소총이 너무나도 힘에 겨운 동기 것까지 대신 메준 채 뛰고 있었다. 그렇게 하나 둘 대신 메주다 보니 어느덧 김영균과 김상억은 자신의 M-16 소총 외에도 4자루나 더 메고 뛰게 되었다. 이들은 이렇게라도 해서 이 구보에서 동기들이 낙오되지 않고 여기 있는 인원 전부가 함께 진정한 후배로 태어나기를 간절히 바랬다. 그래서 몸이 지치고 무겁고 5자루의 M-16 소총이 아무리 힘겹더라도 이들은 이를 악물고 뛰었다. 마찬가지로 자신의 M-16을 김영균과 김상억에게 내준 동기들도 이들의 마음을 잘 알기 때문에 그대로 쓰러져 버리고도 남을 몸이 었지만 역시 이를 악문 채 버티며 계속 같이 뛰었다.

그리고 이 힘든 100바퀴의 구보를 해군과 해병 훈련관들도 같이 동참하여 뛰었다. 이 구보는 연병장을 계속 빙빙 도는 것이므로 훈련관들이 굳이 함께 뛰지 않아도 되었다. 연병장 가운데에 서서 구령을 붙이고 감시하면 되기 때문이다. 그러나 훈련관들은 그렇게 하지 않았다. 지금의 구보는 군사훈련이 아니라 진정한 선후배 간의 연을 맺기 위한 제례 의식이므로 해군 및 해병 훈련관들도 모두 이 구보에 동참하여 같이 뛰고 있는 것이다.

그렇게 해군과 해병 사관후보생 그리고 훈련관들은 진정한 해군과 해병의 선후배가 되기 위하여 밤새 뛰고 또 뛰었다. 이들의 하나된 구보는 5시간 20분이 지나서야 그쳤다.

다음날 아침. 오전 8시의 햇살은 눈부시게 밝았다. 연병장은 어젯밤에 있었던 고함과 군가 소리를 모두 감춘 채 고요하기만 하였다. 지금 이 시간이면 연병장은 훈련을 받는 사관후보생들로 다시 시끌벅적거려야 한다. 그러나 아무도 없다. 다만 간간이 어디론가 바삐 뛰어가는 하얀 제복을 입은 사관후보생만이 보일 뿐이다. 때문에 어찌 보면 스산하기까지 하였다.

그러나 숙소에서의 풍경은 달랐다. 해군 숙소의 침실과 복도에서는 위아래를 온통 하얀 제복으로 입은 사관후보생들로 북적였고, 해병 숙소의 침실과 복도에서는 위아래를 짙은 쑥색 제복으로 차려 입은 사관후보생들로 북적이고 있었다.

6월 7일 목요일. 오늘은 임관식이다. 해군과 해병 사관후보생들은 자신의 들뜬 기분을 어젯밤에 이미 최고조로 만끽을 했고, 지금은 좀 차분해졌다. 이제는 조금은 상기된 표정으로 부지런히 옷을 입어 대고 있었다. 정복이다.

해군은 하얀 모자에 하얀 윗도리 그리고 하얀 바지와 하얀 혁대. 거기에다 하얀 양말에 하얀 구두이다. 여기에 하얀 장갑까지 끼고 나면 사열 복장 준비 끝이다. 해군 사관후보생들은 머리부터 발끝까지 하얗게 치장하고 밖으로 쏟아져 나왔다. 모두가 하얗다. 아니, 연병장 전체가 하얗다. 눈이 부실 정도이다.

해병은 짙은 쑥색 모자에 짙은 쑥색 윗도리 그리고 짙은 쑥색 바지이다. 다만, 장갑은 하얗고 구두는 까맣다. 그런데 이들의 복장에서 무엇보다도 가장 자랑스럽게 빛을 내고 있는 것은 바로 빨간 명찰이었다.

해군과 해병 사관후보생들은 연병장에 집합하러 걸어가면서 임관식 때 찾아올 부모형제와 여자 친구의 이야기로 바빴다. 이에는 조민형도 마찬가지였다.

"야! 드디어 그 여자가 온다!"

조민형이 얼굴에 활짝 미소를 띠우고 최태훈에게 자랑해댄다.

"뭐? 아! 우리에게 빵을 사서 던져준 여자!"

최태훈도 빙긋 웃으며 그의 말을 받는다.

“응! 내가 임관식 때 꼭 와서 축하해달라고 계속 편지를 보냈더니 마침내 온대!”

조민형은 그 여인이 위문편지를 보내 왔을 때 쓴 주소로 그동안 꼬박꼬박 편지를 보냈었다. 그리고 그녀 역시 답장을 매번 보내 주었다. 하지만 이름만은 ‘희’라고 밝힐 뿐이었다. 그러다 지난주 그녀는 마지막 위문편지에서 이번 임관식에 그의 소원대로 참석해 주겠다고 답장을 하면서 자신의 이름을 ‘오연희’라고 밝혔다. 그녀가 자신의 주소를 밝히고 답장을 해준 것으로 보아서는 조민형에게 관심이 있기는 있는 것 같았다. 어쨌든 조민형은 그녀가 온다는 사실에 엄청나게 들떠 있었다.

“그래? 나는 여동생이 자기 여자 친구의 언니를 데리고 온대!”

최태훈이 조민형에게 자기도 잘하면 여자 친구가 생길 것 같다는 것을 넌지시 알린다. 이때 최태훈의 말을 들은 카사노바 배영남이 불쑥 끼어들며 참견한다.

“이야! 그래? 부럽다! 야! 난 너 여동생이나 소개시켜 주라!”

느닷없는 배영남의 말에 최태훈이 꿈쩍하니 놀란 표정을 짓는다.

“내 여동생은 왜?”

“지금부터 사귀게.”

“갸를? 갸 이제 중학교 3학년이야!”

“그리니까 지금부터 오빠와 동생으로 잘 사귀어 놓아야지 제대할 때쯤 되면…… 으흐흐흐!”

배영남이 갑자기 음흉하게 웃는다.

“너! 너! 임관 안 하고 이 자리에서 뒈지고 싶지! 그렇지!”

순간 최태훈이 주먹을 번쩍 든다. 그러나 배영남은 벌써 저만치 줄행

랑을 친 뒤이다.

"야! 이 순 도둑놈아! 거기 안 서!"

최태훈이 소리를 지르며 배영남을 쫓아간다. 하지만 배영남은 낄낄거리며 다람쥐처럼 재빨리 도망가 버린다.

"영남이 저 녀석은 도대체 언제 철드나?"

저 멀리 도망가는 배영남을 바라보고 이영진이 혀를 쯧쯧 차면서 걷는다. 이때 그의 뒤를 짚은 쑥색 제복 차림의 사관후보생 한 명이 다가오면서 말을 걸어왔다.

"넌 누가 오냐?"

이영진은 평소 못 듣던 유난히 굵은 음색의 목소리가 들리자 의아해하면서 뒤를 돌아다보았다.

"아! 호진이구나! 난 또 누구라구."

굵은 음성의 주인공은 해병의 오호진이었다. 그와는 지난번 문규현 때문에 벌어진 야간 구보에 해병이 함께 동참하면서 알게 된 사이였다.

"응? 나? 난 마누라가 오지 누가 와?"

오호진의 기대와는 달리 이영진의 말은 영 맥 빠지는 대답이다.

"으응? 그-그러냐?"

오호진이 실망했는지 은근히 말에서 힘이 빠진다. 다른 사람들 같으면 다들 애인이라고 떠드는데 이영진은 부인이라고 대답하니, 이영진의 여자 친구를 통해 여자 친구를 하나 구해볼 생각이었던 시커먼 총각 오호진으로서는 상대를 잘못 찍어도 한참 잘못 찍은 셈이다. 오호진은 지난번에 있었던 전체 면회 때 지나가는 길에 잠깐 이영진의 부인을 봤었다. 그때 그녀의 얼굴은 상당한 미모였다. 예쁜 여인은 대개 예쁜 여인들을 친구로 두기 때문에 이영진의 여자 친구를 통해 여자 친구를 소개 받으면 미모의 여인을 얻을 수 있겠다고 생각했었다. 그런데 이영진의 여자 친구라고 생각했던 그 여인이 그의 부인이라니 이는 전혀 예상치 못했던 일이다. 그동안 엉뚱한 기대 속에 지내왔던 것이다. 하지만 오호진은 그래도 희망을 놓지 않고 계속 이영진에게 붙었다.

"그럼, 제수씨는 낭군 보러 꽃단장하고 오겠다."

이영진의 부인을 통해 여자 친구를 하나 소개 받을 생각인 것이다.

"에이! 꽃단장은 무슨! 애기 엄마가."

"엉? 애기 엄마?"

역시 상대를 잘못 택했다. 애기 엄마라면 그녀의 여자 친구들도 웬만하면 그녀와 같이 애기엄마일 가능성이 높다. 오호진은 슬금슬금 자리를 뜰 생각을 하면서 그래도 예의상 또 물어본다.

"애기가 어때? 이뻐?"

"아니 아직 못 봤어. 그동안 사진으로만 봤어. 오늘 데려온대. 처음 대면하는 거야!"

대답을 하던 이영진의 얼굴에 갑자기 생기가 돌았다. 곧 마주하게 될 아들을 생각하니 기쁜 것이다.

"그래? 저번 전체 면회 때 제수씨 보니까 상당히 미인이던데 애기는 누구 닮았냐?"

"어? 너 봤었니? 물론, 날 닮아야지!"

"뭐? 너 아들 신세 망치려고 하냐? 널 닮으면 어느 집 여자가 데려 가냐!"

"음, 하긴 그래! 그 녀석 세상에는 여자가 데려갈지도 모르지. 그러면 큰일인데…… 장가가기 힘들겠는데…….”

심각하게 고개를 끄덕이는 이영진.

“야, 그건 그렇고 딸은 안 낳니? 만일, 앞으로 나은 네 딸이 제수씨 닮았으면 내가 데려간다!”

“우하하하! 능력 있으면 해봐라!”

“어? 나 20년 기다릴 수 있어!”

“그래! 그래! 지금부터 수절하고 있어라! 에구 녀석아!”

이영진은 고개를 절레절레 흔들고는 먼저 사열장으로 가버린다.

“어? 호진아! 네 장인이 가버린다!”

이영진과 오호진의 대화를 그동안 뒤따라오면서 계속 듣던 김영균이 슬쩍 나서면서 오호진을 놀린다.

“하하하! 그러게! 야! 오호진! 장인 모셔야지!”

김영균과 나란히 걷던 김상억도 낄낄거리며 말한다. 모두들 그렇게 여자와 가족 이야기로 유쾌한 대화를 나누며 사열장으로 걸어갔다.

한편, 박준영은 마지막으로 숙소를 떠나기 전에 거울을 한 번 더 보고 있었다. 옷매무새를 다듬기 위해서다. 김아연의 내려오겠다는 연락이 3일 전 저녁때 김영호 해군 훈련관을 통해 이미 그에게 와있었기 때문이다. 들떠 있기는 홍윤진도 마찬가지다. 비록 무슨 일인지 지난 2주 동안 천상의 여인 정미연에게서 편지가 단 한 통도 오지 않았지만 그녀가 임관날짜를 잘 알고 있으므로 오늘 임관식에 축하객으로 꼭 참석할 것이라는 기대감 때문이었다.

임관 사열이 벌어지는 연병장에는 이미 부모형제와 애인들로 인산인해를 이루고 있었다. 여자들은 한껏 치장을 하여 모두 인형같이 예쁘다.

사관후보생들이 연병장에 도열한지 20여 분쯤 지나자, 헌병들이 호각을 불어대기 시작했다. 연이은 호각소리는 간헐적으로 계속해서 들려오기 시작했다.

그 호각소리는 별을 뜻하는 것이다. 호각소리 한 번에 별 하나인 셈이다. 따라서 지금 이 대낮에 별들이 줄줄이 뜨고 있는 중인 것이다. 얼마간 그렇게 호각소리가 들려오더니 마침내 호각소리가 연속해서 4번 울었다. 드디어 해군 참모총장이 도착한 것이다. 해군 참모총장이 도착하자 군악이 울려 퍼지기 시작했다. 이에 해군과 해병 사관후보생들은 일제히 부동자세로 경례를 올렸다.

잠시 후 해군 참모총장의 축사가 시작 되었다. 그리고 마침내 해군 참모총장의 축사가 끝나고 군악대에서는 군가가 다시 울려 퍼져 나왔다. 이제부터는 사관후보생들의 사열이다. 질서정연한 해군 및 해병 초임장교 대열은 각각 눈부시게 하얀 제복과 짙은 쑥색 제복을 뽐내며 해군 참모총장이 서 있는 단상 앞을 행진해가기 시작했다.

사방에서 들려오는 박수 소리. 아버지는 아들이 대견스럽기 그지없어 그저 허허하고 웃기만 한다. 형제들은 자랑스러워 괜히 어깨를 으쓱인다. 아가씨들은 뺨이 발갛게 상기되어 어쩔 줄을 모른다. 노쇠한 어머니들은 손수건으로 흐르는 눈물을 닦느라 정신이 없다. 그렇게 군악에 맞춘 행진과 더불어 해군 및 해병 사관후보생의 임관식은 끝났다.

해군과 해병 사관후보생들은 임관식이 끝나자 일제히 모자를 벗어 하늘 높이 던져 올렸다. 이제 끝이다. 그리고 새로운 시작이다. 해군과 해병 사관후보생들은 저마다 어머니가 달아준 계급장을 어깨에 달고 연병장에서 나왔다. 어머니들은 연신 안쓰러운 눈물 속에 함박웃음이다. 그

모진 훈련을 견뎌낸 아들이 대견하고 자랑스러운 것이다. 이제 그들 모두는 사관후보생에서 '후보생'이란 명칭을 떼 내고 '사관'이라는 정식 호칭을 받았다.

임관 사열이 벌어졌던 연병장에는 임관을 축하하러 온 부모형제와 애인들로 북적거렸다. 하얀 모자에 하얀 정복 그리고 하얀 양말에 하얀 구두를 신은 박준영도 어머니가 달아준 소위 견장을 어깨에 달았다. 그런데 그는 식구들이 모두 왔는데도 불구하고 누군가를 또 부지런히 찾았다. 그러나 보이지 않았다. 김아연이 보이지 않는 것이다. 그 어디에고 김아연은 없었다. 박준영은 임관식 날에 내려오겠다는 말을 전해 달라는 김아연 측의 부탁을 인편으로 받았다는 말을 3일 전 저녁때에 김영호 해군 훈련관으로부터 분명히 들었었다. 하지만 오늘 김아연은 오지 않았다. 박준영은 세 시간이 넘도록 연병장에서 그녀를 기다렸으나 끝내 그녀는 나타나지 않았다. 박준영은 임관식 날 다정하고 사랑스런 연인의 모습으로 되돌아간 동기들을 하염없이 부러운 눈으로 바라보면서 그렇게 연병장을 떠났다.

제9장

내 마음의 영혼

6월 23일 토요일 오전. 초등 군사 훈련 교육이 시작되고 나서 첫 주말이다. 6월 7일 목요일 해군 소위로 임관한 후 초등 군사 훈련을 받고 있는 박준영은 독신자 장교 숙소인 BOQ에서 다소 늦은 아침인 7시 40분에서야 겨우 눈을 떴다. 그는 어제 금요일에 있었던 모의 조함 훈련을 마치고 저녁에는 김현태와 최태훈 그리고 홍윤진과 함께 진해 시가로 나가서 간단하게 자장면으로 저녁을 때우고는 곧바로 진해시 중앙시장에 있는 지하 어시장으로 가서 생선회와 함께 소주 6병을 들이켰다. 그리고 다시 밤 7시 넘어서 칵테일 바로 장소를 옮겨가서는 40도짜리 루스끼 스딴다르뜨 보드카 8병을 해치웠다. 냉동실에서 갓 꺼내온 루스끼 스딴다르트 보드카는 마치 참기름처럼 끈적끈적했다. 그러나 뒷맛이 없이 시원하였다. 결국 박준영과 그들은 이 맛에 빠져들어 무려 8병을 두 시간 만에 해치웠다. 그리고서 BOQ로 돌아오니 밤 10시가 조금 넘었다. 그들은 BOQ까지 무사히. 잘 걸어왔다. 하지만 그들은 일제히 침대 위에

서 의식을 잃었다. 그 다음날 박준영만 제외하고는 모두들 전날 칵테일
바 이후의 일에 대해서는 전혀 기억이 없었다.

박준영은 같은 침실을 쓰고 있는 김현태와 최태훈 그리고 홍윤진을
차례대로 돌아가며 깨웠다.

"야! 일어나! 오전 교육 받으러 가야지!"

"아웅! 5분만 더 자자!"

잠이 많은 최태훈이 영 눈을 뜨지 못한다. 그래도 정신력이 강한 김현
태는 자리에서 일어나 부스럭거리며 일어날 준비를 한다.

"어? 벌써 시간이 됐어!"

"야! 늦어도 8시 30분까지는 조함 실습실에 가야 돼! 지금 다른 애들
은 벌써 연병장에 집합 다 했어! 조금 있으면 조함 실습실로 이동할 거
야!"

"알았어! 그런데 넌 괜찮냐?"

김현태는 침대에서 내려와 담요를 개며 박준영을 쳐다본다.

"응! 뭐- 그럭저럭 괜찮아!"

"야! 너 술 세다! 난 어제 여기에 어떻게 들어왔는지 전혀 기억이 안
난다!"

"그래? 너 제 발로 잘 들어와서 세수하고 이까지 닦고 잤어!"

"뭐어? 정말이야?"

"허허! 아니 기억 안 나?"

"전혀! 하나도 안 나!"

"하하! 이런!"

"우와! 어쩜 이렇게 깨끗하게 기억이 지워졌냐?"

김현태는 자신이 세수는 물론 이까지 닦고 잤다는 사실에 기가 막혀
하며 고개를 절레절레 흔들었다. 이때 박준영과 김현태가 떠드는 소리에
비로소 완전히 잠이 깬 홍윤진이 투덜거리며 한마디 한다.

"아이구 시끄러! 잠 좀 자자!"

홍윤진은 눈도 뜨지 않은 채 담요를 머리끝까지 덮어버린다.

"얼래? 야가 정신이 덜 들었나 보네?"

김현태는 자기 침대에서 담요를 개다 말고 건너편 침대에 있는 홍윤
진에게 다가갔다. 그리고는 그가 덮어 쓴 담요를 확 제쳐버렸다.

"어그 추워!"

순간 담요를 빼앗긴 홍윤진은 여전히 눈도 뜨지 않은 채 몸을 웅크리
고는 팔 하나를 뻗어 담요를 찾으러 다리 쪽을 더듬거렸다.

"얼씨구!"

김현태는 계속 눈은 감은 채 담요를 찾으러 손으로 침대 위를 더듬거
리고 있는 홍윤진을 기가 막히다는 듯이 보았다. 그리고는 이내 두 손으
로 홍윤진의 양 발목을 움켜잡았다.

"으어어어어!"

갑자기 홍윤진이 비명을 지르며 눈을 번쩍 떴다. 김현태가 홍윤진의
양 발목을 잡은 채 그대로 침대 밖으로 끌어내버렸기 때문이다.

"야야야야! 나 떨어져! 어어어어!"

홍윤진이 양 다리를 버둥거리며 소리쳤다.

"임마! 떨어지라고 그러는 거야!"

김현태는 홍윤진의 비명에도 아랑곳 않고 그의 양 발목을 그대로 쑥
잡아당겼다.

"쿵!"

둔탁한 소리와 함께 침대 아래 바닥으로 떨어진 홍윤진.

"아으으으! 너- 너-!"

침실 바닥에서 홍윤진이 몸을 비틀어 대면서 말을 못 잇는다.

"하하하! 이제 정신이 나냐?"

김현태와 홍윤진의 실랑이를 지켜보던 박준영이 큰소리로 웃어대며 홍윤진에게 물어왔다.

"어우! 침실을 바꿔달라고 하든지 해야지! 이것들 때문에 내가 늙는다! 늙어!"

홍윤진은 투덜거리며 바닥에서 일어서서는 김현태를 바라보았다. 그러나 김현태는 이미 침실 문을 열고 밖으로 달아나고 있었다.

"야야! 우리 집합에 늦겠다. 빨리 가자!"

김현태와 홍윤진이 투닥거리고 있는 사이에 복장을 갖추고 교육용 책자와 노트까지 다 챙긴 최태훈이 다급하게 박준영과 홍윤진에게 채근해 왔다.

"아웅! 그런데 내가 어떻게 여기에 있지?"

홍윤진은 비틀거리며 자기 캐비닛으로 걸어가면서 최태훈을 보았다. 홍윤진은 자신이 여기에 어떻게 와서 자고 있었는지 기억이 도무지 안 나는 표정이었다.

"나도 몰라! 준영이가 깨워서 눈을 떠보니 여기더라!"

기억이 안 나기는 최태훈도 마찬가지였다.

"어이구 앞으로 안주를 다른 것으로 바꿔야겠다!"

홍윤진은 머리를 긁적이며 혼잣말처럼 중얼거렸다.

“뭐? 술을 줄인다는 것이 아니라 안주를 바꿔? 에라이! 녀석아!”

박준영이 홍윤진의 머리를 쥐어박는다.

“아야! 임마! 이건 술 탓이 아니야! 안주 탓이야!”

머리를 쓱쓱 문지른 홍윤진은 자신의 기억 상실을 끝까지 안주 탓으로 돌리며 캐비닛에서 옷을 꺼내 들었다.

“어? 정말로 안주 탓일까? 아님 술 탓일까? 거 갑자기 궁금해지네?”

최태훈이 침실 문을 열고 밖으로 나가려다 잠시 멈추고는 고개를 갸웃거린다.

“에라 녀석들! 그럼 진짜로 안주 탓인지 술 탓인지 다음에 바꿔 먹어 보면 확실히 알겠지!”

박준영이 홍윤진과 최태훈에게 핀잔 투로 응대한다.

“그래 우리 다음에는 술을 바꿔보자!”

갑자기 눈에 광채를 내며 홍윤진이 박준영과 최태훈을 번갈아 쳐다본다.

“어휴! 그래, 그럼 술은 뭘로?”

박준영이 내가 졌다하는 표정으로 홍윤진에게 묻는다.

“술은…… 여전히 보드카로 하자. 그래도 그 술이 뒤끝이 제일 깨끗해!”

“음! 좋아 그럼 다음에는 루스끼 스딴다르트로 하지 말고 빠를라멘트로 하자. 어때? OK?”

박준영이 홍윤진에게 손가락으로 OK 표시를 해보이며 물었다.

“빠를라멘트? 우유로 정제했다는 보드카 말이야?”

“그래! 그걸로 하자!”

“좋아! 콜! 태훈아! 너는”

“어? 나는 무조건 콜!”

최태훈도 손가락으로 OK 표시를 해보이면 활짝 웃었다. 그리고는 얼핏 자신의 손목시계를 바라보고는 홍윤진과 박준영에게 다시 다급하게 말해왔다.

“그나저나 우리 늦겠다. 빨리 나가자!”

그러자 박준영이 최태훈을 이끌고 침실 밖으로 나서며 장난스레 말한다.

“응, 난 예전에 이미 준비 다 끝냈어! 야! 태훈아! 우리 윤진이 버려두고 빨리 가자!”

“어어! 야 임마! 의리 없게 이러기야! 얌마! 기다려!”

이제야 제대로 정신이 났는지 홍윤진은 다급하게 외치며 부리나케 옷을 입고는 책을 챙겨들고 침실 밖으로 뛰쳐나왔다. 잠시 후 세수도 안 한 이들 4인방은 다른 동기들과 함께 열을 맞추어 모의 조함 훈련장으로 향했다.

오늘은 토요일이라서 모의 조합훈련은 오전으로 끝나고 오후는 더 이상 교육이 없었다. 대신 초등 군사 교육반 초임 장교들에게는 1박2일의 외박이 주어졌다. 오전 내내 조는 것으로 교육을 끝낸 최태훈은 집이 부산이라서 마산의 고속버스 터미널로 먼저 떠났다. 그리고 집이 서울인 김현태와 홍윤진은 김해공항에서 비행기를 타기 위해 부대 정문 밖에서 택시를 기다렸다. 그들은 교육 중에 졸지 않으려고 얼마나 애를 썼는지 눈이 벌게져 있었다.

“아씨! 왜 이렇게 택시가 안 와?”

목이 빠지게 택시를 찾던 홍윤진이 짜증 섞인 소리로 투덜거린다.

"거참! 그렇게 흔하던 택시도 꼭 바쁠 때는 그림자도 안 보인다니까!"

김현태도 자꾸만 다가오는 비행기 시간에 초조해졌는지 맞장구를 친다. 그러다가 뒤에 서 있는 박준영을 쳐다보며 이상하다는 듯이 물어왔다.

"어? 준영아! 너도 집이 서울이잖아? 그런데 김해공항에 안 가?"

"응, 못 갈 것 같아!"

"그럼 버스타고 올라갈 거니?"

"아마도 그래야 될 것 같다."

"왜?"

"문규현이 하고 같이 가기로 했는데 아직도 안 온다."

"규현이?"

"응, 갸는 우리랑 달리 병과가 함정이 아니라 시설이잖아!"

"응, 그렇지. 그래서 우리랑 다른 데서 OBC 교육 받고 있지!"

"그래서 규현이가 자기 교육대에서 교육이 끝나는 대로 우리 교육대로 오기로 했는데 어째 늦는다."

"그래? 그럼 여기서 만나서 같이 가기로 했니?"

"응, 아마 교육이 늦게 끝나고 있나봐!"

"그러게. 그럼 넌 어떻게 할래?"

"할 수 없지. 계속 기다리다가 비행기 놓치면 고속버스 타고 올라가야지."

"비행기 예매는 해 놨냐?"

"아니, 가서 해야 돼!"

"그럼, 맘 졸이지 말고 느긋하게 기다렸다가 천천히 고속버스 타고 올라와라."

"응, 아무래도 그래야겠어."

박준영은 고개를 끄덕이며 시계를 보았다. 아직은 여유가 있었다. 그런데 문규현은 여전히 보이지 않았다. 이때 홍윤진이 다급하게 김현태와 박준영을 불렀다.

"야! 택시 잡았다! 어서 와!"

"어! 그런데 준영이는 못 탄다!"

김현태는 홍윤진이 잡은 택시를 향해 뛰어가며 외쳤다.

"왜?"

홍윤진이 택시에 타려다 말고 잠시 멈추고는 택시로 뛰어오고 있는 김현태를 보았다.

"규현이 하고 같이 간대. 근데 규현이가 아직도 안 왔어!"

김현태는 빠르게 대답하고는 홍윤진을 택시 안으로 밀어 넣었다.

"그래? 그럼 할 수 없지! 야! 박준영! 그럼 우리 먼저 간다!"

홍윤진은 택시 안으로 들어가면서 손을 흔들며 크게 소리쳤다.

"어! 그래! 먼저들 올라 가!"

박준영도 저편에 서서 손을 흔들며 크게 소리쳤다. 택시는 김현태가 택시 문을 닫자마자 손을 흔들고 있는 박준영을 내버려 둔 채 곧바로 출발했다. 박준영은 택시가 시야에서 사라질 때까지 쳐다보고 있었다. 그리고서 또 얼마간 시간이 흘렀다.

"준영아! 미안해!"

저 멀리에서 문규현이 허겁지겁 뛰어오고 있었다. 그의 이마에는 땀이 흥건했다.

"어? 너 뛰어왔냐?"

"응, 택시가 하도 안 잡혀서 급한 마음에 그냥 뛰었다!"

"어이구! 임마, 기왕 늦은 거 천천히 택시 타고 오지 뛰기는 왜 뛰어? 그 거리가 얼만데?"

"뭐 이 거리가 얼마나 된다고. 고작 1킬로도 되지 않는데."

"그래도 너 천 미터 구보한 거다."

"그래? 하하하! 예전에 훈련 받을 때 비하면 이 거리는 장난이지."

문규현은 멋쩍게 웃으며 이마에 흐르는 땀을 손등으로 닦아냈다.

"엣다. 땀이나 닦아라."

박준영은 자기 바지 호주머니에서 손수건을 꺼내 문규현에게 건넸다.

"응, 오늘 우리 병과 선배가 와서 환영 인사를 하는 바람에 좀 늦었다. 미안해."

"그랬냐? 어째 네가 늦기에 무슨 사연이 있구나 했다."

박준영은 싱긋 웃어보이고는 택시를 잡으러 나섰다.

"그런데 넌 집이 전라도 광주인데 왜 광주로 안 가고 나랑 같이 서울로 가자고 그랬니?"

박준영은 택시를 잡기 위해 길 가에 서 있는 상태에서 문규현을 바라보고 물었다.

"응, 아니 누구 좀 만날 사람이 있어서."

"누구? 니가 서울에 만날 사람이 있어?

박준영은 예상치 못했던 그의 말에 고개를 갸웃거렸다.

"응, 그럴 사람이 있다."

"그래? 혹시 여자야?"

“여자? 응, 그래 여자이긴 여자다. 하하하!”

문규현은 의미 모를 소리를 하고는 크게 소리 내어 웃었다.

“여자이긴 여자라니? 무슨 말이 그래?”

박준영이 의아해 하면서 문규현을 본다.

“응, 내 딸이야.”

“뭐? 딸!”

박준영은 전혀 예상치 못했던 문규현의 말을 듣자 깜짝 놀라며 차도 가까이 나섰던 걸음을 돌려 다시 뒤로 물러섰다.

“야! 딸이라니? 그럼 너 유부남이었어?”

박준영은 그동안 감쪽같이 총각행세를 해왔던 문규현이 괘씸하기라도 한 듯이 흥분한다.

“하하하!”

하지만 문규현은 박준영의 물음에는 대답 않고 여전히 웃기만 하였다.

“아! 뭐야! 빨리 말해봐!”

박준영은 택시 잡는 것은 제쳐놓고 인도 안쪽으로 들어서면서 문규현에게 다가갔다.

“아! 임마, 알았어! 괜히 흥분하기는.”

문규현은 놀라는 박준영이 재미있다는 듯이 여전히 얼굴에 웃음기를 띠면서 뒤로 살짝 물러서며 말했다.

“딸은 딸인데 내가 마음으로 낳은 딸이야.”

“뭐? 그건 또 무슨 소리야? 아, 말 빙빙 돌리지 말고 제대로 말해!”

박준영은 문규현이가 계속 이해 못할 말로 대답을 해오자 답답하다는 듯이 언성을 높였다.

"실은 내가 4년 넘게 후원하고 있는 여자 아이가 있어. 그 애를 보러 가는 거야. 오늘 만나기로 약속을 했거든."

"으응? 그거였어? 난 또…… 놀랐잖아. 임마!"

비로소 의문이 풀린 박준영은 그의 가슴을 한 대 툭 치고는 고개를 끄덕였다.

"그래 어떤 여자 아이인데?"

박준영은 이번에는 문규현이 후원하고 있는 여자 아이에 대해 궁금해졌는지 그에게 다그치듯이 물었다.

"아직 일곱 살 밖에 되지 않은 자그마한 소녀야."

"음, 그런데 사정이 안 좋은가 보구나."

"응, 부모가 두 살 때 버렸어."

문규현이 씁쓸한 표정으로 대답했다. 박준영도 그의 대답을 듣자 역시 씁쓸한 표정이 되었다.

"그 소녀에게 뭔가 문제가 있었나보지?"

"맞아, 소아 담도폐쇄증을 앓고 있었어."

"뭐? 이런 가엾게도 그런 중한 병이었어?"

박준영은 깜짝 놀라며 문규현을 쳐다보았다.

"수술비도 그렇고 카사이(kasai) 수술 이후에도 경과가 좋지 않으면 지속적으로 비용이 들어가니까 버렸겠지. 하긴 수술 성공률이 30% 정도밖에 되지 않으니까 수술해줬어도 불안했겠지."

문규현의 음성은 우울했다.

"하긴 오죽 먹고 살기가 어려우면 그랬을까."

박준영은 고개를 끄덕거렸다. 그러다가 문득 고개를 들며 문규현에게 물었다.

"그래도 동사무소나 사회복지단체에 호소하면 도와줬을 텐데 왜 그랬지?"

박준영은 그녀의 부모가 그대로 방치하다 내다버린 것이 도무지 이해가 가지 않는다는 문규현을 쳐다보았다.

"음-!"

신음 소리 비슷하게 소리 낸 문규현은 잠시 말이 없었다.

"그 아이…… 한국인이 아니야."

"뭐?"

문규현의 대답은 전혀 뜻밖이었다.

"내가 구청에서 개설한 한글학교에 한글 교사로 자원봉사 다니다가 그 애의 사정을 알게 됐어. 그 애의 부모가 아마 불법 취업자였던 것 같아. 그래서 애를 살리려다가는 자신들 신분이 들킬까봐 치료도 못하고 지내다가 그만 버렸던 것 같아."

"……"

박준영은 순간 말문이 막혔다. 죽어가는 그 갓난아기를 그저 바라보며 숨어 지냈어야 했을 그들을 생각하니 마음이 아려왔다. 박준영은 잠시 동안 말이 없었다. 그러다 가라앉은 음성으로 문규현을 바라보며 물었다.

"참, 그 여자 아이가 일곱 살이라고 했지?"

"응."

"그럼 나중에라도 카사이 수술은 받았겠구나."

"맞아, 받았어."

"그런데 담도폐쇄증은 신생아 때 발병하는 병인데 두 살 때 버렸다면

굉장히 위독한 상태 때 버렸겠구나.”

“보육원 원장이 그러던데 아파트 쓰레기 분리함 옆에서 처음 발견되었을 때 아파트 주민들은 유아 시체인 줄 알았대.”

“허-! 세상에 참! 어떻게 그런 일이…….”

박준영은 말을 못 이었다. 그러다가 곧 그나마 다행이라는 듯이 문규현을 쳐다보며 말했다.

“그래도 죽지 않고 지금까지 살아 있으니 늦게나마 받은 카사이 수술이 성공했구나. 어떻게 운 좋게 담도가 다 녹아 없어지지 않고 좀 남아 있었나 보지?”

문규현은 박준영의 말에 고개를 끄덕였다. 그리고는 다시 잠시 침묵을 지키다가 입을 열었다.

“맞아. 그런 셈이었지.”

“응? 그럼 셈이었지라니?”

박준영은 의외의 대답에 눈이 동그래졌다.

“다시 황달이 오고 있어.”

“뭐? 그럼? 간에 담즙이 다시 고이기 시작한 거야?”

“응, 그동안 담도를 대체한 장이 어떻게 잘 버텨왔는데 이제 그것이 그만 잘못되었나봐.”

문규현의 말에는 힘이 없었다.

“그래도 내가 처음 지원했을 때는 건강했었는데…….”

문규현은 말끝을 흐렸다. 박준영도 뭐라 할 말이 없었다. 다만 묵묵히 바닥만 쳐다볼 뿐이었다.

“…….”

"그동안 내가 학교에서 받은 장학금과 아르바이트 수당으로 지원해왔었는데…… 4년 동안 직접 가서 씻기고 입히고 먹이고 그러면서 그 애를 키워냈었는데…… 그 애 생각만 하면 마음이 아프다."

문규현은 박준영이 준 손수건으로 눈물을 닦았다.

"규현아! 시간 없다. 빨리 올라가자. 그 애가 너를 기다리겠다."

박준영은 얼른 고개를 들며 문규현의 어깨를 다독거렸다.

그날 오후 마산 출발 서울행 고속버스는 고속도로의 체증으로 인해 8시간이나 걸려 서울에 도착하고 있었다. 서울에 도착한 박준영은 문규현에게 힘내라며 어깨를 다시 한번 다독거려주고는 자신의 집으로 향했다. 그리고 문규현은 그 소녀가 있는 나래 보육원을 향해 택시를 잡아타고 달렸다. 문규현은 고속버스를 타고 올라오는 도중에 핸드폰으로 나래 보육원에 전화를 걸어 약속 시간을 다시 늦춰 잡았다. 원래 보육원에서는 오후 6시가 지나면 면회를 시켜주지 않았으나 문규현이 멀리 남쪽 끝 진해에서부터 올라오고 있는 관계로 저녁 9시가 지났는데도 특별히 면회를 허락해주었다.

"김경미! 아저씨 많이 기다렸지?"

나래 보육원의 마당 한 귀퉁이에 있는 벤치에 앉은 문규현은 자신의 앞에 서 있는 어린 소녀의 얼굴을 두 손으로 가만히 들어 올리고는 부드럽게 그리고 속삭이듯이 뺨을 비벼대며 말했다.

"응, 많이 기다렸어요."

갸름한 얼굴에 커다란 눈망울을 가진 소녀는 문규현의 목을 꼭 끌어안으며 대답했다.

"아저씨 많이 미웠지?"

“아니에요. 아저씨 안 미워해요. 한 번도 아저씨 미워한 적 없어요.”

큰 눈에 쌍꺼풀이 예쁘게 진 소녀는 그의 목을 더욱 힘껏 끌어안으며 말했다.

“그래 고맙다.”

문규현도 소녀의 몸을 강하게 끌어안았다. 소녀의 몸은 작고 가냘팠다.

“어? 아저씨 울어요?”

소녀가 갑자기 문규현의 얼굴을 더듬거리며 그의 얼굴에 번진 눈물을 닦았다.

“으응? 아니야! 울긴 내가 왜 울어? 씩씩한 군인 아저씨가 울기는!”

문규현은 얼른 소녀의 손에서 얼굴을 치우며 한 손으로 눈물을 훔쳤다. 소녀는 가만히 그의 얼굴을 쳐다보았다. 그리고는 다시 그의 목을 힘껏 끌어안았다. 문규현도 소녀를 다시 꼭 끌어안았다. 그렇게 문규현과 소녀는 한 몸이 되어 한 동안 떨어질 줄 몰랐다.

“아저씨!”

소녀가 두 팔의 힘을 빼며 문규현의 목을 스르르 풀면서 살짝 그를 앙증스레 불렀다.

“응? 왜?”

문규현이 눈을 둥그렇게 뜨며 소녀를 보았다.

“아저씨! 담배 그만 피워요.”

“어? 어! 그래 미안하다!”

문규현은 계면쩍게 웃으며 뒤통수를 긁었다.

“아저씨! 이거 압수!”

소녀는 문규현의 앞가슴을 더듬거리더니 그의 윗옷 호주머니에서 담배 한 갑을 꺼내들었다. 그리고는 그것을 얼른 자신의 뒤로 숨겼다.

"그래! 그래! 압수다! 하하!"

문규현은 활짝 웃으며 소녀의 머리를 쓰다듬었다. 사실 그는 소녀가 걱정할 만큼 담배를 피워 댔다. 심할 때는 하루에 8갑도 피웠다. 물론 그가 처음부터 그렇게 골초였던 것은 아니었다. 이틀에 한 갑 정도 밖에는 담배를 피우지 않았던 그였다. 그러나 양수빈에게 사랑 고백 한 번 제대로 못해 보고 그녀를 떠나보낸 이후로는 그렇게 담배를 피워대기 시작했다. 차라리 술이라도 잘했으면 술로 달랬을지도 모른다. 그러나 문규현은 주량이 소주 딱 반잔이었다. 만일 누군가가 그에게 억지로 소주 석 잔을 권하여 연거푸 먹였다면 그 이후에 일어난 일에 대해서는 문규현은 전혀 알 바가 아니었다. 무슨 일이 일어났든 그것은 문규현에게 술을 먹인 사람에게 전적으로 책임이 있었기 때문이다. 다행히 문규현은 주사가 없었다. 대신 그 자리에서 시체마냥 뻗어버린다는 것이 그의 주사라면 주사였다. 그 정도로 술에 대해서는 전혀 친하지 않았던 그로서는 무기력하게 떠나보낸 양수빈을 생각할 적마다 담배를 피우는 수밖에는 없었다. 시간이 지나면 잊히겠지 했지만 그 반대였다. 시간이 갈수록 그녀가 보고 싶었고 또 그런 만큼 자기 자신이 한심하게 느껴졌다. 그럴 때마다 그는 담배를 꺼내 물었다. 그리고 지금은 습관적으로 담배를 입에 물고 지내게 되었다.

"아저씨!"

소녀는 살며시 그를 불렀다.

"응?"

문규현도 가만히 대답하며 그녀를 보았다.

"아저씨가 담배 피우면 아저씨 냄새가 가려져요. 나 아저씨 냄새 맡고 싶어요."

소녀는 문규현의 가슴을 파고들었다. 그리고는 힘껏 숨을 들이켰다.

"나 아저씨 냄새가 좋아요."

소녀는 사르르 눈을 감았다. 문규현은 아무 말 없이 그녀의 머리를 쓰다듬었다.

"아저씨!"

소녀가 문규현의 품 안에서 문득 고개를 쳐들었다.

"응?"

"나 담배 미워요."

"왜?"

"담배가 아저씨와 나 사이를 자꾸 갈라놓잖아요."

"응?"

"그래서 미워요!"

소녀는 다시 문규현의 가슴에 얼굴을 묻었다.

"……."

문규현은 또 다시 아무 말 없이 소녀의 머리를 쓰다듬었다.

"은미야?"

"네?"

"아저씨 이제 가 봐야겠다. 원장 선생님이 나오셨다."

"……."

"은미도 일찍 자야 내일 또 일찍 일어나지?"

문규현은 대답 없는 소녀의 머리를 쓰다듬으며 그녀의 얼굴을 가만히 들여다보았다. 그녀의 커다란 눈망울이 눈에 들어왔다. 하지만 그녀의 눈망울은 맑지 않았다. 그녀의 눈망울은 누런색을 띠고 있었다. 카사이 수술이 끝내 실패함으로써 재발한 담도폐쇄증에 의해 눈에 황달이 왔기 때문이다. 문규현은 안쓰러운 듯이 소녀의 얼굴을 들여다보았다. 그의 안타까운 심정을 아는지 모르는지 소녀는 문규현을 바라보고 방긋 웃었다. 그러나 소녀의 검은 눈동자는 문규현을 바라보지 못했다. 소녀의 검은 눈동자는 각자 다른 곳을 향하고 있었다. 소녀는 눈을 깜박였다. 그러나 아무리 눈을 깜박여도 소녀는 문규현을 보지 못하고 있었다. 소녀는 담도폐쇄증 이전에 선천성 시신경 발달부전증을 가지고 있었던 것이다.

소녀는 작고 앙증맞은 두 손을 가만히 내밀어 문규현의 얼굴을 만졌다. 그리고는 그의 얼굴에 자신의 얼굴을 가까이 갖다 대었다. 그의 뜨거운 입김이 소녀의 작은 입술에 와 닿았다. 소녀는 살짝 숨을 크게 들이쉬었다. 소녀의 코에 그의 살 냄새가 물씬 풍겨 들어왔다. 이것이 바로 소녀가 그를 느끼는 유일한 방법이었다. 선천성 시각장애로 앞을 전혀 볼 수 없는 소녀는 오직 그의 냄새와 음성 그리고 자신의 손끝에서 느껴지는 그의 얼굴 형체와 피부 결을 통해 그를 느끼고 있었다.

"아저씨! 잘 가세요. 저를 잊지 말아주세요."

소녀는 문규현의 얼굴을 두 손으로 살며시 받쳐 든 채 소곤거리듯이 말했다.

"잊다니! 내가 잊다니! 그런 소리 다신 말아라!"

"네!"

소녀는 살짝 웃는다.

"아저씨! 사랑해요!"

소녀는 가녀린 두 팔로 그의 목을 힘껏 끌어안았다. 그리고는 그의 목에서 손을 풀자 곧바로 뒤돌아서서는 비틀거리면서 넘어질 듯 말 듯하며 보육원 현관 쪽으로 달려갔다.

"나도 사랑한다!"

문규현도 소녀를 향해 큰소리로 외쳤다. 하지만 소녀는 이미 보육원 원장을 제치고 현관 안쪽으로 사라지고 있었다.

박준영은 1박2일의 외박을 마치고 일요일 저녁때에 진해 BOQ로 복귀해 있었다. 그는 서울에서 문규현과 헤어진 후로 그의 소식이 궁금해서 서울에 있을 때 몇 번 그에게 전화를 걸었으나 문규현은 핸드폰을 꺼놓은 채 받지 않았다. 그리고 진해로 내려온 일요일 저녁에도 역시 핸드폰을 받지 않았다. 그러다 그 다음 주 목요일 저녁때가 되어서야 그는 겨우 전화를 받았다. 그런데 그의 음성은 영 힘없이 들렸다.

"규현아! 너 많이 힘든 모양이구나."

"응, 나 많이 힘들다."

핸드폰에서 들리는 문규현의 음성은 우울하고 힘이 없었다.

"임마! 그래도 힘내라! 무슨 좋은 소식이 있겠지!"

"좋은 소식?"

"응!"

"……."

핸드폰에서 갑자기 문규현의 음성이 사라졌다.

"규현아! 야! 규현아! 전화 끊었냐? 규현아!"

박준영은 핸드폰에 대고 큰소리로 그를 불렀다. 그러자 다시 핸드폰에서 문규현의 음성이 들려왔다.

"그 애 김경미! 간이식 받아야만 된대."

"뭐?"

"간이식 외에는 방법이 없대."

"……."

"준영아! 준영아? 듣고 있니?"

이번에는 박준영이 대답이 없었다.

"준영아!"

"으응! 듣고 있어! 그럼 보육원에서는 어떻게 한대?"

"아무 대책이 없지."

"흠!"

박준영은 한숨을 내쉬었다.

"생체 간이식을 해야 하는데 증여자도 없고…… 또 있다 해도 삼천만 원이나 되는 수술비를 어디서 구하니? 아무런 방법도 없지."

"삼천만원이 있다고 해서 다 되는 것은 아니잖아?"

"맞아! 그것 수술비만 삼천만원이고 그 이후에 드는 비용까지 모두 합 하면 1억 정도의 병원비가 있어야 해!"

"어이구! 그걸 보육원에서 감당해낼 수가 있나?"

"당연히 없지. 그 보육원은 영세한 미인가 보육원인데 그게 가능하겠 니?"

"……."

박준영은 그에게 뭐라 할 말이 없었다. 그는 한참동안 가만히 핸드폰 을 들고 있었다.

“준영아!”

핸드폰에서는 박준영을 찾는 문규현의 음성이 다시 들려왔다.

“응?”

“나 내일 금요일에 술이나 한잔 사주라!”

“뭐?”

“아! 술 사라고! 술!”

“이런! 미친! 너 떼메고 BOQ 들어올 일 있냐!”

“그래도 사줘! 나 왠지 그냥 술 먹고 싶다!”

“휴-! 오냐 알았다! 술 사주마!”

“고맙다!”

“고맙기는! 이런 기회에 너하고 술이나 한 번 빨아보자. 내일 우리 술고래 동지회 모임이 있으니까 저녁 7시까지 진해 시청 앞으로 나와라.”

“OK! 땡큐!”

문규현은 밝은 음성으로 전화를 끊었다. 박준영은 그의 밝은 음성을 들었지만 마음은 여전히 무거웠다. 술을 전혀 못하는 그가 술을 먹을 생각까지 했다는 것은 그만큼 그가 지금 심적으로 괴로워하고 있다는 것을 의미하기 때문이다. 박준영은 씁쓸한 기분으로 BOQ로 발길을 돌렸다.

다음날 박준영은 선박의 부력과 복원력에 대한 강의가 하나도 귀에 들어오지 않았다. 그는 그저 멍하니 강의실에 앉아 있었다. 그렇게 어떻게 시간이 흘러갔는지도 모른 상태로 오전과 오후 교육이 모두 끝나고 있었다.

“준영아! 정말로 규현이 갸가 술 사달래?”

최태훈이 강의실을 나오면서 자신의 앞에서 걸어가고 있는 박준영에게 영 믿기지 않는다는 듯이 물어왔다.

"아, 그랬다니까 어제부터 자꾸 묻네!"

박준영은 슬쩍 짜증 섞인 목소리로 대답했다.

"어! 자식 신경질은! 으흐흐! 어쨌든 오늘은 문규현이 잡는 날이다!"

강의실 복도에 선 최태훈은 장난기 가득한 얼굴을 하고는 김현태를 기다렸다. 김현태는 몇 사람이 더 강의실에서 나온 뒤에 그들 뒤를 따라 나왔다.

"야! 오늘 문규현이 하고 같이 술 먹는 날 맞지?"

김현태도 문규현이가 술을 먹자고 한 것이 신기했던지 잊지도 않고 상기시켜주고 있었다.

"아우! 이놈들 맞아! 맞아! 규현이가 시청 앞에 7시까지 나온다고 했으니까 빨리 가자!"

박준영은 시계를 들여다보고는 김현태와 최태훈을 재촉하며 복도를 걸었다. 그러다 발걸음을 멈추고 주위를 두리번거리다가 투덜거렸다.

"그런데 홍윤진이는 도대체 어디 갔기에 코빼기도 안 보여?"

"윤진이? 어 정말! 아까 봤었는데? 어디 갔지?"

최태훈도 깜박했다는 듯이 말하고는 강의실로 다시 들어가 홍윤진을 찾았다. 그러나 강의실에는 홍윤진이 없었다. 이미 빠져 나간 것이다.

"어라? 준영아! 윤진이 갸는 벌써 나갔다!"

최태훈이 다시 복도로 나오면서 복도를 두리번거리며 박준영에게 큰 소리로 말했다.

"그래? 우리랑 같이 가기로 했는데 어디 간 거지?"

박준영은 고개를 갸우뚱거리며 복도 이편과 저편을 둘러보았다. 그러나 홍윤진은 어디에서든 보이지 않았다. 이때 김현태가 홍윤진에게 핸드폰으로 전화를 걸어도 매번 통화중으로만 나오고 그가 도통 전화를 받지 않자 핸드폰 연락을 포기하고는 박준영과 최태훈에게 말해왔다.

"야! 시청 앞에서 모이는 거 알고 있으니까 그쪽으로 먼저 갔든지 아니면 나중에라도 찾아오겠지! 우리 먼저 가자."

"그래 그렇게 하자. 일단 BOQ에 가서 책과 노트 갖다 놓고 옷부터 사복으로 갈아입자."

박준영은 뒤에 서 있는 최태훈에게 그만 가자는 손짓을 해보이고는 복도를 걸어갔다.

10분쯤 뒤에 박준영과 김현태 그리고 최태훈은 BOQ로 들어서고 있었다. 최태훈은 문규현과 같이 술 마시는 것이 재미있겠다는 생각이 드는지 빨리 나가자며 박준영과 김현태를 재촉하고는 먼저 침실로 향했다. 그런데 최태훈이 침실 문을 열고는 들어가지 않고 우뚝 섰다.

"어? 홍윤진! 너 언제 왔어?"

"응! 강의 끝나자마자 달려왔어."

홍윤진이 이미 침실에 들어와 있었던 것이다. 그는 벌써 외출 준비를 끝내 놓고 박준영과 김현태 그리고 최태훈을 기다리고 있었다.

"야! 같이 와야지, 왜 혼자 먼저 왔어?"

최태훈은 홍윤진을 보자 강의실로 복도로 그를 찾으러 돌아다녔던 것이 억울한지 화를 내듯이 말했다.

"어, 미안해! 그럴 사정이 있었어."

홍윤진은 빙글거렸다.

"응? 뭐야? 윤진이가 벌써 와 있었네?"

최태훈의 뒤를 이어 침실에 도착한 김현태도 놀라기는 마찬가지다. 그
는 침실 안에 있는 홍윤진을 보자 찾았다는 안도와 함께 왜 혼자 와있
는지 모르겠다는 듯이 그를 쳐다보았다.

“하하! 그럴만한 이유가 있었다니까!”

“아, 그 이유가 뭔데? 우리를 버리고 올만큼 중요한 거야?”

최태훈은 홍윤진이 자꾸 이유가 있었다고 대답하니 은근히 그 이유가
궁금해진 듯 슬쩍 그에게 가까이 다가갔다.

“자! 봐라! 짜잔!”

홍윤진은 종이 쇼핑백에서 술병 하나를 꺼내들었다.

“응? 그거 뭐냐?”

눈이 동그래지는 최태훈.

“뭐지? 처음 보는 건대?”

김현태도 역시 모르기는 마찬가지다. 이때 그들의 뒤에서 화들짝 놀라
는 음성이 들려왔다.

“어? 야! 너 오늘 문규현이 죽일 작정이냐?”

박준영이었다. 그가 침실로 들어오다가 홍윤진이 들고 있는 술병을 본
것이다.

“으흐흐흐! 준영아! 너는 알지? 그지? 우리나라에서 이 술이 얼마나 귀
하다는 걸!”

홍윤진은 자기가 들고 있는 술병을 높이 쳐들고는 흔들어 대면서 득
의만만하게 웃어 댔다. 그러자 최태훈이 화를 내듯한 아까의 표정과는
달리 금세 온 얼굴에 화색을 띠우며 박준영을 본다.

“준영아! 이게 그렇게 귀한 술이야?”

"어이구 임마! 귀하면 뭐해!"

박준영은 최태훈의 질문에 답답하다는 듯이 말한다.

"어? 귀하면 됐지 뭐가 또 문제야?"

최태훈은 박준영에게 입을 삐죽거리고는 홍윤진에게 바짝 다가갔다.

"야! 야! 우리 이거 한 입 먹고 나가자! 응?"

최태훈은 입맛을 다셔가면서까지 홍윤진에게 찰싹 붙었다.

"어이구 죽으려고 아주 기를 써라! 기를 써!"

박준영은 최태훈의 행동에 기가 막히다는 듯이 말하며 자기 걸상에 가 앉았다.

"왜? 준영아! 저 술이 뭔데 그래?"

김현태는 도대체 박준영이 왜 저렇게 기겁을 하는지 이유를 알 수 없었다.

"야! 저 술 상표를 보면 몰라? 스피리투스잖아!"

박준영은 답답하다는 듯이 말했다.

"스피리투스? 그게 뭐야?"

홍윤진에게서 술병을 빼앗아 들고 있던 최태훈이 박준영의 말에 술병의 상표를 이리저리 둘러본다.

"이놈아야! 그거 96도짜리 보드카다. 현재 생산되는 것 중에서 세계에서 가장 알코올 도수가 높은 술이다! 너 저승 구경 한번 해보고 싶냐?"

"뭐?"

박준영의 말에 그때서야 놀라는 최태훈.

"으하하하하! 그래 최태훈 너 혼자 많이 마셔라!"

술의 정체를 비로소 알게 된 김현태가 배를 잡고 웃는다. 이에 괜히 얼굴이 벌게지는 최태훈. 그는 슬그머니 그 술을 홍윤진의 손에 도로 쥐어준다.

"아까 한 말 취소다."

한풀 죽은 음성이다.

"어? 임마 아까는 한 입만 먹자며?"

홍윤진이 삐친 듯이 말한다.

"야, 아까하고 지금하고 사정이 같냐?"

최태훈이 이번에는 좀 전과는 달리 슬쩍 홍윤진에게서 멀어진다.

"임마, 아까도 스피리투스고 지금도 스피리투스인데 뭐가 달라?"

홍윤진은 최태훈의 말에 더욱 삐친다.

"다르지! 아까는 귀한 스피리투스였고, 지금은 사람 잡는 스피리투스고. 난 오래 살란다!"

최태훈은 아예 홍윤진에게서 멀찍이 떨어져 침대에 걸터앉는다.

"에라이! 겁쟁아! 그래 오래오래 살아라! 난 이거나 마시고 저승 갈란다! 귀한 것을 줘도 싫대요!"

홍윤진은 투덜거리며 스피리투스를 도로 종이 쇼핑백에 집어넣고는 자기 걸상에 가서 앉는다.

"어? 그거 왜 도로 집어넣니?"

최태훈은 스피리투스가 종이 쇼핑백 속으로 자취를 감추자 갑자기 아쉬운 마음이 생기는지 얼른 침대에서 일어나 홍윤진에게 다가왔다.

"왜? 내일 집으로 가져가려고 한다!"

"야! 임마, 내가 그 말 했다고 또 삐쳐서 그러냐! 아-! 자식!"

최태훈은 홍윤진의 뒤로 돌아가서 그를 끌어안으며 애교를 떤다.

“아! 비켜 임마, 숨 막힌다.”

홍윤진은 동기들의 반응에 영 서운한지 좀처럼 스피리투스를 도로 꺼낼 생각을 않는다.

“윤진아, 그런데 그 술은 어떻게 구했냐? 우리나라에서는 수입하지 않고 있는 것으로 아는데?”

박준영도 홍윤진의 서운해진 마음을 달래주려는 듯 슬쩍 그 술에 대해 관심을 표명해온다.

“이번에 폴란드 여행 마치고 돌아온 후배가 집이 진해인데 내가 여기서 초군반 교육 받고 있는 것을 알고 떠나기 전에 연락을 해왔어. 그래서 기왕 여행 기념품 가져오려면 스피리투스나 가지고 오라고 했더니 정말로 이걸 들고 왔더라.”

“아, 그래서 니가 아까 교육 끝나자마자 사라졌구나.”

최태훈이 고개를 끄덕인다.

“응, 빨리 가서 만나야지 너희들하고 같이 가지.”

“그럼 너 핸드폰은 왜 안 받았어?”

김현태가 자신의 핸드폰을 들어 보이며 묻는다.

“뭐? 내가 언제? 아! 아까! 그거 내가 후배하고 통화하고 있을 때를 말하는 모양이구나.”

“그랬냐?”

“후배보고 어디로 나오라고 말하고 있던 중에 니가 나에게 전화했나 보다.”

홍윤진은 말하면서 어느덧 서운함이 없어졌는지 활발한 음성으로 말했다.

“음, 그랬나 보다. 그건 그렇고 우리 그거 나가서 한번 맛이나 보자! 응?”

이번에는 김현태가 애원이다. 그도 알코올 도수 96도의 세계를 은근히 경험해보고 싶은 것이다.

“험! 험! 그럼 내가 니들이 불쌍해서 성은을 내리기로 하지.”

홍윤진은 어깨를 한 번 으쓱거리고는 종이 쇼핑백을 통째로 들고 자리에서 일어섰다.

“예! 성은이 하해와 같사오이다!”

최태훈이 얼른 사극톤의 음성을 흉내 내면서 홍윤진에게 허리를 숙이며 인사한다.

“하하! 야 이러다가 늦겠다. 어서 가자!”

박준영은 최태훈의 익살에 재미있다는 듯이 웃고는 앞장서서 침실 문을 향해 걸어갔다. 침실에서 그렇게 작은 소란을 피운 그들은 스피리투스를 들고 나선지 20분 후에 7시 조금 넘어서 시청에 다다르고 있었다. 문규현은 벌써 와서 그들을 기다리고 있었다.

“규현아! 여기다!”

박준영이 멀리서 길 반대편에 서 있는 문규현을 보자 얼른 손을 크게 흔들며 불렀다.

“어! 그래! 내가 건너가마!”

문규현이 박준영의 일행을 보자 반갑게 손을 흔들어 보이고는 얼른 건널목으로 뛰어 갔다. 건널목의 파란불은 곧 꺼지겠다는 신호를 숨 가쁘게 보내오고 있었다. 키가 큰 문규현이 횡단보도를 경중경중 뛰면서 재빨리 길을 건넜다.

"세이프!"

문규현이 횡단보도를 빨간 신호가 들어오기 전에 건너자 최태훈이 야구 심판처럼 양팔을 좌우로 벌리며 익살을 떤다.

"하하! 그래 너희들 일주일 동안 어떻게 지냈니?"

인도로 들어선 문규현이 얼굴에 환하게 웃음을 머금으며 박준영의 일행을 둘러보았다.

"우리야 오직 이날 주지육림을 위해서 살아왔지. 어떻게 지내긴!"

홍윤진이 종이 쇼핑백을 높이 들어 보이며 말해왔다.

"어? 그거 뭔데?"

문규현은 다짜고짜 홍윤진이 정체 모를 종이 쇼핑백을 높이 쳐들자 의아해 한다. 그러자 최태훈이 홍윤진의 종이 쇼핑백에서 스피리투스를 쑥 뽑아든다.

"이거? 네가 그토록 강렬히 원하던 술이시다! 하하하!"

최태훈은 스리피투스를 흔들어 보이면서 쾌활하게 웃었다.

"어? 그거였어?"

문규현은 잠깐 당황하듯이 스피리투스를 보았다.

"얌마! 누구 잡으려고 하냐! 이건 그냥 집어넣어!"

순간 박준영이 기겁을 하며 최태훈에게서 스피리투스를 빼앗으려 했다.

"왜! 규현이도 술 먹을 권리가 있다고!"

최태훈이 스피리투스 든 팔을 이리저리 돌려대며 박준영에게 빼앗기지 않으려고 애를 썼다. 그러자 문규현이 그 술의 정체가 궁금해졌는지 재빨리 최태훈에게서 그 술을 낚아채며 물어왔다.

“이게 무슨 술인데 그래?”

“응? 그거 96도짜리 보드카야. 한마디로 저승으로 직송시켜준다는 술이다.”

김현태가 그들 대신 대답해준다.

“뭐?”

일순 문규현의 얼굴이 굳었다. 그러나 그는 곧 활짝 웃으며 말해왔다.

“그래! 그래! 나도 맛이나 보고 죽자. 기왕 소주 한 잔 먹고 죽나 96도 보드카 한 잔 먹고 죽나 죽기는 매일반이다.”

“그렇지! 그렇지! 내 말이 바로 그 말이야!”

최태훈이 호들갑을 떨며 맞장구쳐왔다.

“야 임마! 그래도 안 돼 이 술은!”

박준영은 문규현의 손에서 얼른 스피리투스를 빼앗았다. 그리고는 자신의 등 뒤로 그 술을 숨겼다.

“야! 왜 그래! 우리 딱 한 잔만! 다 같이 딱 한 잔만 먹으면 될 것 아냐?”

“그래도 안 돼! 재 죽어!”

박준영은 최태훈의 애원에도 불구하고 완고하게 고개를 흔든다. 그러나 그는 곧 깜짝 놀란다.

“어? 야 임마!”

박준영이 다급하게 소리쳤다. 문규현이 어느 틈에 박준영의 뒤로 다가와 그의 손에서 스피리투스를 빼간 것이다. 그리고는 순식간에 그 병을 따서는 자기 입 속에다 들이부었다. 일을 치른 것이다.

“어? 어? 어? 야! 야! 야! 애 죽었나보다!”

최태훈은 얼굴이 하얗게 변한 채 길바닥에 뻗어버린 문규현을 보자 당황하면서 어쩔 줄 몰라 했다.

"그러기에 왜 그건 같이 먹자고 해서 이 난리야!"

김현태가 최태훈에게 마구 책망을 해댄다.

"야! 어떻게 좀 해봐!"

홍윤진은 원인 제공을 했다는 죄책감에 다른 사람들보다도 더 안절부절 못한다.

"아! 이 미친 놈! 어쩌라고 이렇게 마신 거야! 어휴 많이도 마셨다!"

술병을 잠깐 살펴 본 박준영은 길바닥에서 시체가 되어버린 문규현의 뺨을 이리저리 때려보며 반응을 살폈다.

결국 문규현은 그날 술집은커녕 술집 간판도 보지 못했다. 대신 그는 병원 응급실에서 링거주사를 맞으며 보내야 했다. 그리고 박준영과 김현태 그리고 최태훈과 홍윤진은 문규현을 술자리에 합석시키려 했다는 죄명 아닌 죄명으로 병원의 응급실과 대합실 사이를 방황하며 다음날 새벽 6시까지 병원에 갇혀 있어야 했다.

토요일 오전. 이번에도 여전히 최태훈은 졸면서 교육을 마쳤고 김현태와 홍윤진 역시 졸지 않으려고 애를 쓰다가 벌게진 눈으로 교육을 마쳤다. 다만 지난주 토요일에는 과음으로 그랬던 것이고 지금은 뜬 눈으로 병원에서 방황하다가 그렇게 되었다는 것이 차이라면 차이였다. 하지만 박준영은 여전히 멀쩡했다. 그는 평소 잠이 많지 않았기 때문에 이 정도로 밤을 샌 것은 그에게 큰 무리가 되지 못했다.

6월 30일 토요일. 박준영은 문규현이 이번에도 서울에 올라간다면 같이 올라가주려고 오전 교육에 들어가기 전에 그에게 전화를 걸었다. 그러나 문규현은 어제 일 때문에 미안해서인지 혼자서 올라가겠다며 전화를 끊었다.

문규현은 지난주에 고속버스를 타고 올라가는 바람에 너무 늦게 서울에 도착해서 김경미와 약속했던 석촌호수로의 소풍을 지키지 못했기에 이번 토요일에는 교관에게 사정을 설명하여 오전 교육에서 조퇴하고는 일찌감치 비행기를 타고 서울로 올라갔다.

일찍부터 서두른 덕택에 문규현은 오전 11시 조금 넘어서 김경미가 있는 나래 보육원에 도착할 수 있었다. 그래도 약속 시간에는 10분 늦은 시각이었다. 하지만 김경미는 약속 장소인 나래 보육원 입구에 나와 있지 않았다. 물론 나래 보육원 원장도 모습이 보이지 않았다. 나래 보육원 원장인 오희경은 올해 34세가 되는 미혼인 여인으로서 대학교에서 사회복지학과를 전공한 후 목사인 아버지가 운영하는 이 보육원에서 근무하던 중 아버지가 작고한 5년 전부터 이 보육원을 물려받아 지금까지 운영해 오고 있었다. 그녀는 항상 자상한 미소를 얼굴에 머금고 있어 처음 대면하는 사람도 쉽게 마음을 열고 다가갈 수 있는 사람이었다. 그런데 이전 같으면 그녀가 자애로운 미소를 띤 얼굴로 김경미를 이끌고 나와 문규현을 기다렸을 것인데 이번에는 김경미는 물론 오희경 원장도 나와 있지 않았다. 문규현은 불현듯 불안해졌다. 그는 급한 걸음으로 보육원 안으로 들어가 소녀의 방으로 곧바로 뛰어갔다.

"경미야!"

소녀의 방문을 왈칵 열어 제치며 문규현이 소녀의 이름을 다급하게 불렀다.

"어머나! 깜짝이야! 어머? 오셨어요?"

오희경 원장이었다. 문규현은 그녀에게 인사도 제대로 하지 못한 채 소녀부터 찾았다.

"경미는……!"

소녀는 자기 방 침대에 누워 있었다. 마치 깊은 잠에 빠져든 인형과 같이 그렇게 누워 있었다. 그 모습을 본 문규현은 순간 얼어버린 듯이 그 자리에 서버렸다. 그리고는 두려움과 슬픔에 가득 찬 음성으로 소녀의 이름을 조심스레 불렀다.

"경-경미야! 경미야!"

이때 문규현은 희미하게나마 소녀의 음성을 들었다.

"어? 아! 아저씨……!"

소녀는 요란스런 인기척과 문규현의 음성에 감았던 눈을 떴다. 소녀는 매우 힘들게 눈을 뜨고는 보이지 않는 그를 향해 마치 그를 보려는 듯 연신 눈을 깜박였다. 그러다 보려는 것을 포기하듯이 가만히 눈을 감고 는 문 쪽에 멍청히 서 있는 그를 향해 옅은 미소를 지어보였다.

"오, 하나님!"

문규현은 그 자리에서 털썩 주저앉았다. 그는 한순간에 다리의 힘이 쭉 빠져나갔다.

"잠들지 않고 나를 기다려 줬구나! 고맙다!"

문규현은 무릎걸음으로 하여 침대로 급히 다가가 소녀의 두 손을 움켜잡았다.

"네, 아직까지는 다행히 간성혼수가 오지 않았어요."

그의 등 뒤로 차분하지만 애가 바짝바짝 타들어가고 있는 여인의 음성이 들려왔다. 오희경 원장이었다.

“원장님!”

문규현은 소녀의 손을 꼭 잡은 채 몸을 일으켜 세우며 오희경 원장을 돌아다보았다. 오희경 원장은 조용히 고개를 끄덕이고는 문을 쳐다보면서 밖으로 나가자는 신호를 보내왔다.

“경미야! 아저씨가 원장님하고 잠깐 이야기하고 올게! 자지 말고 잠깐만 기다려 알았지!”

문규현은 소녀의 머리카락을 쓰다듬어 올려주며 조용히 나지막하게 말하고는 오희경 원장의 뒤를 따라 복도로 나왔다.

오희경 원장은 복도에 나 있는 창문을 바라보고 있었다. 문규현도 역시 아무 말 없이 그녀가 바라보고 있는 창문을 바라보았다. 창문 밖은 6월의 싱그러운 초록빛을 머금은 플라타너스 나무가 커다란 잎을 자랑하고 있었다. 그러나 그들은 플라타너스의 넉넉한 잎을 바라보고 있지 않았다. 다만 그쪽으로 머리를 두고 있었을 뿐이다.

“저-! 경미가 아직 간성혼수에 빠지지는 않았지만 간성혼수가 오는 것은 시간문제에요.”

마침내 오희경 원장이 입을 열었다.

“……”

문규현은 대답이 없었다. 아니 할 말이 없었다. 얼마간 그들 사이에는 아무런 대화도 없이 심지어 숨소리도 들리지 않을 정도의 적막감만 있었다. 그렇게 다시 침묵이 흐른 후 문규현이 침통한 음성으로 조심스레 물어왔다.

“그럼 지금 상태는……?”

“휴-!”

오희경 원장은 대답 대신 긴 한숨을 내쉬었다. 그리고는 문규현을 바라보며 어렵게 말을 꺼냈다.

"지금 우리는 마지막을 기다리고 있을 뿐이에요."

그녀는 말을 마치자 고개를 돌려버렸다. 그녀의 작은 어깨가 들썩였다.

"……."

역시 이번에도 문규현은 아무 말도 하지 않았다. 이는 예상했던 일이었다. 아까 김경미를 보았을 때 배가 잔뜩 부풀어 오른 것을 보았었다. 망가진 간 때문에 복수가 찬 것이다.

"지금 상태는……?"

문규현은 이제 많이 차분해진 음성으로 오희경 원장에게 물었다.

"현재 간부전증에 간경화까지 온 상태에요. 지금까지 채식 위주의 식이요법으로 간성혼수를 예방하고 있었지만 이제는 한계에 다다랐어요."

오희경 원장은 몸을 돌려 그를 쳐다보았다. 그녀의 얼굴에는 눈물이 흘러내리고 있었다. 하지만 그녀는 눈물도 닦지 않은 채 말을 이었다.

"흑색 변을 본지 3일 되었어요. 아까 문 소위님 오시기 전에 피를 많이 토했어요. 왕진 오신 의사 선생님이 그러시는데 식도정맥류가 매우 심하대요."

"쉬-!"

문규현은 손가락으로 자신의 입을 가리며 그녀의 말을 막았다. 그리고는 두 손을 내밀어 그녀의 얼굴에 흐르는 눈물을 닦아내었다.

"그래요. 우리가 예상하고 있던 일이잖아요. 이제 더 이상 말씀하지 마세요."

문규현은 자그마한 그녀의 얼굴에서 연신 눈물을 닦아주며 속삭이듯이 말했다.

"어떻게 이런 일이……!"

그녀는 무너지듯이 문규현의 품에 안겼다. 그리고는 어깨를 들썩이며 하염없이 눈물을 흘렸다.

"이제 건강해질 줄 알았는데……."

문규현도 어느덧 눈가에 눈물이 맺히고 있었다.

"경미! 저 작은 천사가……."

"알아요! 알아요!"

문규현은 그녀를 힘껏 끌어안았다. 그의 두 눈에서는 굵은 눈물이 흘러내렸다. 4년 전 그는 오희경 원장을 처음 만났었다. 그가 대학 3학년 때이다.

3학년 되던 해 신학기 초에 으레 해왔듯이 문규현은 신입생 환영회에 참석하였다. 이번에는 3학년 선배이자 3학년 과대표의 자격으로 참석한 그는 신입생 환영회가 열리는 펜션에서 새로 들어온 후배들을 챙기는 한편 남학생들을 대상으로 앞마당에서 군기도 잡고 있었다. 그런데 그날 따라 유난히 눈에 띄는 여학생이 한 명 있었다. 처음에 문규현은 얼핏 그녀를 보고 지나쳤으나 얼굴만은 뚜렷이 눈에 들어왔었다. 그래도 그는 그것을 무시하고 3학년 선배로서의 위엄과 권위를 지키면서 그녀에게 무심한 척 하고 있었다. 하지만 마음 한편 구석에서는 그녀의 얼굴이 자꾸 떠올랐다. 결국 그는 자신도 모르게 힐끗힐끗 그녀를 쳐다보든가 찾아보고 있었다. 그런데 지금 그 여학생이 앞마당에 집합되어 있는 신입 동기들을 바라보면서 문규현의 앞을 지나가고 있는 것이다.

"야? 쟤 누구야?"

신입 남학생만 따로 펜션 앞마당에 집합시켜 한참 군기 잡던 문규현은 자기를 도와 옆에서 같이 군기를 잡고 있던 2학년 과대표인 후배에게 슬쩍 물었다.

"쟤요? 양수빈이라고 하는 앤데요. 벌써 퀸카로 소문이 쫙 났어요."

2학년 과대표는 그녀를 힐끗 쳐다보며 말했다. 그리고는 문규현을 바라보면서 빙글거렸다.

"왜요? 형도 생각이 있으세요? 하하하하!"

"임마! 생각은 무슨!"

순간, 문규현은 얼굴이 확 달아오르는 것을 느꼈다.

"에이! 형! 얼굴 빨개졌는데 뭘 그래요!"

그 후배는 문규현의 마음을 다 안다는 듯이 놀리는 투로 말했다.

"누가 빨개져! 이거 아까 술 먹어서 그런 거야!"

"술 때문에요?"

"응!"

"우하하하하!"

후배는 갑자기 웃음보를 터뜨렸다.

"형이 술을! 하하하하! 형 농담도 잘하셔! 두 잔이면 자리에 눕고 석 잔에는 저승 나들이 떠나는 형이 술을요? 하하하!"

문규현이 술 못한다는 것은 선후배를 막론하고 모두가 공히 알고 있는 사실이었던 것이다. 만일 그 사실을 모른다면 그자는 건축공학과가 아니다.

"에이씨! 나도 술 먹는단 말야! 안 먹어서 그렇지!"

문규현은 투덜거리며 슬그머니 자리를 떴다.

"어? 형! 어디 가세요? 같이 애네들 군기 잡아야죠!"

"몰라! 임마!"

문규현은 괜히 계면쩍어져서 후배들 앞을 황황히 떠버렸다. 양수빈과의 첫 대면은 문규현이 자리를 피함으로써 그렇게 싱겁게 끝나버렸다. 신입생 환영회에서 돌아온 문규현은 평상시와 다름없이 학업과 학과 일에 전념하였다. 그러나 그것은 어디까지나 그의 마음이었을 뿐 실제에 있어서는 그의 일상 학교생활은 엉망으로 되어 있었다. 그는 책을 보다가도 어느덧 양수빈을 생각하고 있었던 것이다. 비단 책뿐만이 아니다 밥을 먹다가도 칠판을 바라보다가도 교수를 보고 있다가도 양수빈을 떠올리고 있었다. 심지어 꿈에서조차도 그녀가 나타났다. 상황이 이렇게 되자 그의 모든 생활은 엉망이 되었다. 문규현은 교실에서나 도서관에서나 문득 공부를 멈추고 멍하니 앉아 있는 시간이 점점 많아졌다. 자신도 모르게 양수빈을 생각하고 있는 것이다. 하지만 그렇다고 이에 대해 다른 사람에게 말하고 싶지는 않았다. 우선 자신의 자존심 문제도 있지만 자신의 말을 듣고 상대방이 놀려댈 것이 분명하기 때문이다. 문규현은 남들에게 놀림감이 되느니 차라리 혼자서 앓는 쪽을 택했다. 그런데 어느 날 2학년 과대표인 후배가 도서관에서 공부하고 있는 그에게 찾아와 귀가 번쩍 틸 정보를 알려왔다.

"규현이 형!"

"어? 너냐? 왜?"

"양수빈이 알죠? 갸!"

"……"

"아! 왜 1학년 양수빈이! 거 지난번 신입생 환영회 때 형이 물었잖아요!"

후배는 문규현에서 아무런 반응이 없자 나지막한 소리로 그의 기억을 되살리려 애썼다.

"아! 그래 알아! 그 애는 왜?"

문규현은 후배가 또 그녀를 빌미로 자신을 놀리지 않게 하기 위해서 일부러 퉁명스럽게 대답했다.

"양수빈이요! 우리 학교 뒤에 있는 구청의 한글학교에 자원봉사 다닌대요!"

후배는 계속해서 나지막한 소리로 말해왔다.

"……?"

"한글학교에서 외국 이주민들을 대상으로 한글을 가르친대요!"

"뭐? 정말이야?"

"예!"

"임마! 그걸 왜 이제 얘기 해!"

"저도 이제 막 애들한테 들었어요."

"좋아! 사실이면 너 오늘 내가 저녁 쏜다!"

"흐흐흐! 형 좋아하고 있었구만!"

"좋아하긴 뭘 좋아해! 임마!"

"에이 맞는데! 뭘 아닌 척 해요! 흐흐흐!"

후배는 재삼 문규현의 속마음을 확인한 것이 재미있다는 듯이 자그마하게 웃어 댔다.

"얌마! 조용히 해! 너 만일 거짓말이면 죽는다!"

문규현은 후배에게 주먹을 쥐어보이고는 책을 덮고 자리에서 일어났다. 그 후배의 말대로 한번 구청에 가서 확인을 해보고 싶어서이다. 문규현은 오후 마지막 수업이 끝나자마자 구청이 문 닫을 새라 달려갔다.

"아! 학생 정말 고마워요!"

한글학교를 담당하고 있는 구청직원은 한글교육에 자원 봉사하겠다는 문규현을 반갑게 맞아들이고 있었다. 문규현은 한글교육 자원봉사자란에 서명을 하고는 양수빈의 등록 여부에 대해 다시 확인하였다.

"그리고…… 참! 아까 물어봤던 양수빈 학생도 한글교육 봉사자로 등록한 것이 분명하지요?"

"예! 등록되어 있습니다."

"아! 예."

2학년 과대표인 후배의 얘기는 사실이었다. 그렇다면 이제 그는 한글학교에 선생으로 나오면서 자연스럽게 양수빈과 함께 보내게 될 것이다. 문규현은 자기도 모르게 입가에 함박웃음이 번졌다.

"그럼 저는 언제 나올까요?"

문규현은 들뜬 음성으로 물었다.

"예! 학생은 양수빈 학생의 시간에 나오면 되겠습니다."

"예?"

문규현은 순간 의아해졌다.

"양수빈 학생의 시간에요?"

"예."

"아니 왜요? 양수빈 학생은 그럼 어떻게 하고요?"

"아! 양수빈 학생요!"

"예!"

"그 학생은 봉사하겠다고 등록해놓고 지금까지 한 번도 나오지 않았습니다."

"예에?"

문규현은 화들짝 놀랐다.

"벌써 6주가 지나고 있는데 한 번도 안 나오고 있어서 그동안 오희경 원장님이 수고해오고 있었습니다."

"예? 오희경 원장님이요?"

"아, 오희경 원장님은 보육원 원장님인데요, 그분도 여기에 한글교실 선생님으로 자원봉사 나오셨다가 양수빈 학생 때문에 자신의 시간 외에 그 학생의 시간까지 맡아 지금까지 수고해오고 계십니다."

"아-! 예."

"그동안 양수빈 학생이 담당하기로 했던 시간대의 한글교실 선생님을 구하지 못해 오희경 원장님께 계속 수고를 끼쳐드리고 있었는데 학생 덕분에 그분 수고를 덜어줄 수 있게 되었습니다. 앞으로 잘 부탁드립니다."

"아-! 예."

문규현은 고개를 끄덕였다. 그러나 속으로는 당장 취소하고 돌아가고 싶었다. 자기 공부하는 시간도 아까운데 여기 와서 이주 외국인들에게 한글을 가르친다는 것이 한심스럽다는 생각이 들었다. 그래도 양수빈이라도 있다면 여기 있는 시간이 1초도 아쉬울 만큼 좋았을 것이지만 그녀가 없다는데 그로서는 여기에 있을 필요가 전연 없었다. 따라서 여기서의 시간은 그에게 전혀 무의미한 시간이 되었다. 하지만 이것은 어디까지나 문규현의 속마음이고 겉으로는 전혀 다른 말이 나오고 있었다.

"예! 열심히 하겠습니다."

문규현은 고개를 숙여 꾸벅 인사하고는 구청을 나섰다.

'내가 미쳤지! 미쳤어! 뭘 열심히 해! 아이고 이 입방정아!'

문규현은 무의식적으로 열심히 하겠다고 말하고 나온 자신에 대해 쉼 없이 자책했다. 그리고 다른 한편으로는 전혀 도움이 되지 않은 정보를 준 그 후배를 원망했다.

'이 자식! 만나기만 해봐라!'

그는 등록만 해놓고 나가지도 않는 양수빈에 대해 후배가 자신을 놀리려고 그녀가 마치 열심히 그곳을 나가고 있는 것처럼 자기를 속인 것이라는 생각도 들었다. 그렇지만 이러나저러나 이제부터 자신은 꼼짝없이 구청에 나가서 한글교육에 대해 자원봉사를 하게 되었다. 물론 양수빈처럼 아무 말도 없이 안 나가버리거나 다른 핑계를 대서 안 나갈 수도 있다. 하지만 자신을 믿고 기다릴 구청 직원과 이주민 학생들을 그렇게까지 해서 기만하고 싶지는 않았다. 그리고 혹시 나중에라도 양수빈이 봉사하러 나올지도 모른다는 막연한 기대감도 있고 해서 그는 약속대로 그냥 구청에 나가 한글을 교육시키기로 마음먹었다.

문규현은 구청을 다녀온 그 다음 주 월요일부터 격일로 하여 저녁 7시부터 8시까지 한글을 가르치기로 하였다. 그는 월요일 오후 수업이 모두 끝나자 빈 교실에 홀로 앉아 지난 주말 토요일과 일요일 양일간에 걸쳐 준비해온 강의 자료를 다시 들춰보며 강의할 내용을 재정리하였다. 그리고는 다소 긴장된 마음으로 학교를 나와 구청으로 나아갔다.

한 시간 후. 문규현은 비록 처음 가르쳐본 한글교육이었지만 주말 이틀 동안 내내 강의 준비를 한 덕택에 큰 실수나 무리 없이 잘 해내었다. 하지만 어떻게 강의를 했는지는 기억이 하나도 나지 않았다.

“휴-!”

문규현은 외국 이주민들이 모두 빠져 나간 구청의 빈 교실에 혼자 남아 이마에 흐르는 식은땀을 닦으며 학생용 걸상에 앉아 있었다.

“어머나! 정말 잘 가르치시네요.”

젊은 여자의 음성이었다. 누군가가 교실에 들어와 문규현에게 말한 것이다.

“누구세요?”

문규현은 처음 보는 여인의 등장에 당황하며 걸상에서 얼른 일어섰다.

“안녕하세요. 저는 오희경이에요. 만나서 반갑습니다!”

활짝 웃으면서 인사하는 여인은 바로 구청 직원이 말하던 보육원 원장이었다.

“그럼…… 보육원 원장님이신……!”

“네! 맞아요. 선생님은 문규현씨 되시죠?”

오희경 원장은 여전히 밝은 미소를 띠며 문규현의 앞으로 다가왔다.

“저는 선생님과 같은 요일에 외국 이주민들을 가르쳐요.”

“아! 예!”

“시간만 선생님과 달라요. 저는 오후 5시부터 6시까지 가르쳐요. 그리고 오늘 선생님이 오기 전 지난주까지만 해도 1시간 쉬었다가 7시부터 8시까지 또 가르쳤어요.”

“예, 얘기 들었습니다.”

“호호호!”

그녀는 다소 수줍은 듯이 웃었다.

“그동안 제가 가르쳐왔던 반이라서 조금 걱정도 되고 해서 퇴근하지 않고 지켜봤는데 저보다 더 잘 가르치시네요.”

“아! 그래요? 저는 지켜보고 있는 줄은 몰랐어요.”

“어머! 기분 나쁘게 듣지는 마세요. 단지 저는 선생님이 바뀌니까 학생들이 좀 당황하지 않을까 해서 지켜보았던 거예요. 기분 나빴다면 사과드릴게요.”

작고 갸름한 얼굴에 긴 생머리를 한 그녀는 머리를 꾸벅 숙이며 사과를 해왔다.

“아뇨! 별 말씀을 다요. 기분이 나쁘다니요. 당연히 걱정이 되는 거지요.”

문규현은 당황해 하면서 자신도 고개를 꾸벅 숙이며 인사를 했다.

“그런데 보육원 원장님이 어떻게 여기에?”

문규현은 보육원 원장이 이곳에 나와 한글교육 자원봉사에 참여하고 있는 것이 이상하다는 듯이 물었다.

“특별한 이유는 없어요. 다만 제가 데리고 있는 애기가 동남아 애기라서 그들에게 관심이 있어 나온 거예요.”

“동남아 애기요?”

“네, 그런 애기가 있어요.”

“예?”

“왜요? 관심 있으세요?”

오희경 원장은 생글거리면서 문규현의 얼굴을 들여다보았다.

“아-아뇨, 아니 예! 좀 들려주세요.”

문규현은 다소 당황하면서 그녀를 쳐다보았다.

“제 애기를 들으시려면 후원자에 가입하셔야 해요.”

“예에? 저- 에- 저- 에휴!”

문규현은 그녀의 예상치 못했던 대답에 말을 제대로 하지 못하다가 끝내 한숨을 쉬고 만다.

“호호호! 농담이에요.”

올해 갓 서른에 들어선 그녀는 장난스럽게 웃었다.

“아! 예-!”

문규현은 머리를 긁적거렸다.

“그래도 후원자 해주시면 고맙고요.”

여전히 그녀는 밝게 웃으며 장난 반 진담 반의 어조로 말해왔다.

“저-, 생각해보고요.”

문규현은 다시 머리를 긁적였다.

“어? 저를 보니 자꾸 머리가 가려우세요?”

“예? 아니요!”

문규현은 그녀의 농담에 화들짝 놀라며 얼른 손을 머리에서 내린다.

“호호호!”

오희경 원장은 마치 문규현이 귀엽다는 듯이 바라보며 웃었다. 그런데 문규현은 자신을 놀리며 웃는 그녀가 왠지 친밀하게 느껴질 뿐 무례하게 생각되지는 않았다.

“저, 그런데 아까 제가 물었던 말씀요. 그거 좀 들을 수 있어요?”

“네? 아참, 그래요. 작년 12월 그러니까 지금으로부터 4개월 전에 30대 후반의 한 여인이 우리 보육원에 찾아왔었어요.”

오희경 원장은 자리에 앉으며 이야기를 시작했다.

“아! 예.”

문규현도 고개를 끄덕이며 자리에 따라 앉았다.

"딸이라면서 이제 두 살 막 지난 동남아인 여아를 데려왔더군요."

"그럼, 그 30대 후반의 여인이 동남아 사람이었던가 보군요."

"아, 그건 아니에요. 그 여인은 우리나라 한국 사람이었어요."

"예? 그럼 어떻게 동남아 아이를? 그렇다면 애기 아빠가 동남아 사람이었나 보지요?"

"네, 그 여인의 남편 되는 사람이 동남아인이었어요."

"아! 예."

"하지만 그 남편의 애기는 아니었어요."

"예? 그건 무슨 말이에요? 애기가 동남아인이라면서요? 그럼, 그 여인은 새로운 동남아인하고 재혼을 한 것이고 그 이전의 남편도 동남아인이었다는 말인가요?"

"호호! 제 얘기가 헷갈리게 했나보군요. 그건 아니에요. 입양한 아이였어요. 그러니까 작년 12월 중순이었어요."

그녀의 이야기는 작년 12월로 넘어가고 있었다. 12월 21일 저녁 6시. 거리에는 다가오는 크리스마스-이브의 분위기가 점차 무르익어 가고 있었다. 그런데 비록 겨울이었지만 평년에 비해 기온은 4도 가량이나 더 추웠다. 때문에 거리에는 사람들이 잔뜩 움츠린 채 다니고 있었다. 더구나 예상치 않았던 폭설까지 내려 거리 곳곳에서는 차량의 정체와 크고 작은 자동차 사고들이 발생하고 있었다. 이때 오희경 원장은 크리스마스-이브에 원생들에게 줄 간단한 선물을 몇 개 사들고 종종 걸음으로 나래 보육원을 향했다. 그녀는 보육원 운영을 위해 돈을 조금이라도 아끼려고 택시는 물론 버스도 타지 않고 40분이 넘는 거리를 걸어왔다. 온몸에 눈을 흠뻑 맞은 채 보육원 안으로 들어선 그녀에게는 한 손님이 기다리고 있었다.

"어떻게 오셨지요?"

오희경 원장은 아무 연락도 받은 바 없는 여인이 사무실에서 자신을 기다렸다는 사실에 놀라며 자기를 찾아온 연유를 물었다. 자리에 앉았다가 일어선 여인은 오희경 원장의 물음에 다소 머뭇거리다가 입을 열었다.

"연락도 없이 찾아와서 죄송합니다."

30대 중반을 훌쩍 넘긴 듯한 여인은 조심스레 인사를 해왔다. 이때 그녀의 옆에 있던 사무실 직원이 오희경 원장에게 그 여인이 기다린 지한 시간이 넘었다고 일러왔다.

"어머! 그렇게 많이 기다리셨어요? 제가 일이 있어서 나갔다 오는 바람에 본의 아니게 오래 기다리게 했네요."

"아닙니다. 제가 연락 없이 찾아와서 그렇지요. 죄송합니다."

30대 중반의 여인은 다시 한번 죄송하다며 사과를 해왔다.

"아니에요. 사정이 급하면 그럴 수도 있지요. 어서 앉으세요."

오희경 원장은 그 여인에게 자리를 권하고는 자신도 자리에 앉았다. 그리고는 잠깐 그 여인의 옆을 보았다. 여인의 옆에는 어린 여자 아이가 칭얼대며 서 있었다.

"애기 때문에……?"

오희경 원장은 그 여인의 옆에 있는 어린 여자 아이를 바라보았다.

"네! 맞아요. 이 애를 좀 부탁하려고 합니다."

여인은 덤덤한 음성으로 말했다.

"애기 아빠가 한국인이 아닌가 보지요? 어느…… 나라 분이세요?"

오희경 원장은 어린 여자 아이의 외모가 동남아인이어서 조심스레 아이 아빠의 국적을 물었다. 그런데 여인에게서는 전혀 예상치 못한 대답이 나왔다.

"네, 동남아인이겠지요. 아이 아빠가 어느 나라 사람인지는 저도 몰라요."

"네?"

일순 오희경 원장은 여인의 이상한 대답에 당황했다.

"실은 이 아이는 제가 입양한 아이에요."

"아-! 네, 그러시군요."

오희경 원장은 비로소 그녀의 대답에 이해가 갔다.

"그런데 어떻게?"

"제가 이번에 출국을 하게 되었어요."

"그러세요? 그럼 무슨 문제라도?"

"지금 제 남편도 동남아인이에요. 인도네시아 사람이지요."

"어머! 그러세요?"

오희경 원장은 또 다시 당황했다.

"남편이 먼저 출국을 했는데 저도 따라 갈려고요."

"그럼, 애기도 같이 데리고 출국하면 되지 않아요?"

"아니에요. 그렇지 않아요."

여인은 냉정하게 잘라 말했다.

"왜, 무슨 이유가 있어요?"

자기가 낳은 애기는 아니지만 그래도 입양한 아이를 두고 부부만 가겠다는 그녀의 말에 오희경 원장은 슬쩍 비위가 상했다.

"보시다시피 이애는 앞을 보지 못해요."

여인의 어린 여자의 눈앞에 자신을 손을 흔들어 보였다. 여자 아이는 전혀 반응을 보이지 않았다.

"……."

오희경 원장은 잠시 아무 말도 못한 채 여자 아이와 여인만을 번갈아 가며 쳐다보았다. 그러다 다시 조심스레 입을 열었다.

"그래도 애기가 비록 장애를 가졌지만 같이 동행하여 출국하는 것과는 상관이 없지 않나요?"

오희경 원장은 입양한 아이가 장애를 가졌다는 이유로 두고 가려는 그녀의 생각에 더욱 비위가 틀어졌다.

"아니에요. 그렇지 않아요. 인도네시아는 우리나라보다 장애인을 위한 여러 복지시설이 부족한 것이 사실이에요. 때문에 이 애로 보아서는 인도네시아에 가 있는 것보다는 여기 우리나라에 있는 것이 더 좋을 거예요. 괜히 그 더운 나라에 데려가서 고생만 시키는 것보다는 잠시 여기 떨어져 있는 것이 이 애한테는 더 좋을 거예요."

"그래도 엄마 곁에 있는 것이 아이한테는 더 좋아요. 비록 환경상 아이에게 좀 힘들더라도 엄마하고 떨어지는 것보다는 나아요."

오희경 원장은 그녀가 마음을 돌려먹고 이 애와 같이 출국하기를 바랐다. 하지만 그녀는 단호했다.

"아니에요. 저는 이 애를 데려 갈 수 없어요. 절대로 데려 갈 수 없어요."

"왜 절대로 없지요?"

오희경 원장의 음성이 높아졌다. 출국을 핑계로 입양한 아이를 두고 가려는 그녀의 마음에 심기가 매우 불편해진 것이다.

"또 이유가 있어요."

"……?"

"이 애는 카사이 수술을 받은 아이에요."

"네?"

오희경 원장은 깜짝 놀랐다. 이 아이가 담도폐쇄증 환자였다는 것은 꿈에도 생각지 못했던 일이기 때문이다.

"그럼 지금은?"

"지금은 보시다시피 괜찮아요. 하지만 여전히 계속 지켜봐야 해요. 수술 받은 지 3개월도 채 지나지 않았으니까요."

"……."

오희경 원장은 또 다시 침묵에 빠졌다. 이때 그 여인이 다시 입을 열었다.

"그래서 의료적인 문제도 있고 해서 이 애를 여기에 두고 가려고 하는 거예요."

오희경 원장은 비로소 그녀가 굳이 데려가려 하지 않는 이유를 이해할 것 같았다. 하지만 그래도 인도네시아 역시 뛰어난 의료기술을 갖춘 병원들이 있고 장애인을 위한 사회복지 시설도 또한 갖추어져 있는데 그저 막연히 우리나라와 다를 것이라는 이유만으로 입양한 아이를 두고 가려는 그녀의 마음에 대해서는 여전히 심기가 몹시 불편했다.

"그럴수록 아이를 더 옆에 두어야 하지 않을까요?"

오희경 원장의 음성은 냉랭했다.

"실은……."

그녀는 말하려다 말고 잠깐 말을 멈추었다. 그리고 고개를 숙였다.

"저…… 괜찮으세요?"

오희경 원장은 조심스레 그녀를 불렀다. 그녀는 울고 있었다.

"네, 괜찮아요."

다시 고개를 든 그녀의 얼굴은 눈물로 번져 있었다.

"실은 남편과 사실혼 관계예요. 혼인신고를 하지 않았어요. 남편이 불법 취업자라서 혼인 신고를 할 수 없었어요. 그래서 이 애도 제가 입양한 것으로 되어 있어요."

"네? 그럼 독신자 입양을 하셨단 말이지요?"

"네, 제 성이 김씨에요. 그래서 이 애 이름도 제 성을 따서 김경미라고 지었어요."

"그런데 남편과 그처럼 사실혼 관계이시면서 왜 굳이 입양을 하셨지요?"

"아까도 말씀드렸듯이 남편은 불법 취업자였어요. 저의 집에서 놓은 셋방에 은신했었어요. 그는 우리 집의 셋방에서도 단속을 피해 야밤에 도망가야 했어요. 물론 그 도망을 제가 도와주었지요. 그리고 그때 저도 함께 집을 나와 지금까지 같이 지냈어요. 그가 우리 집에 있을 때 속된 말로 서로 눈이 맞았던 거지요."

그녀는 쓸쓸하게 웃으며 손수건으로 얼굴에서 눈물을 말끔히 닦아냈다.

"그런데 어디를 가든지 두 달 이상을 지내기가 힘들었어요. 동남아인 남성과 제가 같이 지내니까 저마저도 불법 취업한 조선족으로 알고 매번 누가 신고를 해대는 것에요. 그래서 우리가 거처하는 곳까지 단속반

이 들이닥치곤 했어요. 그때마다 우리는 운 좋게 단속을 피할 수 있었어요. 하지만 언젠가는 단속에 걸리겠지요. 그래서……."

그녀는 잠시 말이 끊어졌다. 그러나 그렇게 오래 가지는 않았다. 그녀는 모든 것을 다 솔직히 털어놓겠다는 표정으로 다시 말을 잇기 시작했다.

"그래서 우리는 위장을 하기로 했어요. 제가 아이가 있으면 남편이 한국에 귀화한 것으로 보고 더 이상 신고를 안 할 것이라는 생각을 하게 되었지요. 그런데 아이를 낳으려면 적어도 9개월은 있어야 하는데 우리는 당장 오늘 잡힐지 내일 잡힐지 모르는 상황인데 어떡해요? 결국 동남아 아이를 입양해서 마치 우리 부부가 낳은 아이인 것처럼 위장해서 신고를 피해보자 했어요. 지금 생각하면 이 애에게 참으로 미안한 일이지요. 하지만 그때는 우리 생각만 했지 이 애에 대해서는 생각할 겨를이 없었어요."

그녀는 무슨 마음에서인지 마치 고해성사하듯이 오희경 원장에게 그간의 행적에 대해 다 털어놓기 시작했다.

"그런데 우리가 입양할 수 있는 동남아 아이가 없었어요. 그래서 마냥 기회만 기다리고 있었지요. 그러던 어느 날이었어요. TV 프로그램에서 사랑의 성금을 부탁한다는 방송이 나오고 있더라고요. 한 동남아인 유아가 지금 당장 카사이 수술을 받아야 하는데 수술비 3천만원이 없어 수술을 받지 못하고 있다고 도와달라는 내용이었어요. 바로 이 애 이야기에요."

그녀가 말한 TV 프로그램의 이야기는 오희경 원장도 알고 있던 이야기였다. 작년 4월 초순 아직 꽃샘추위가 가시지 않았던 때였다. 보육원 사무실에 있었던 오희경 원장은 3월 중순부터 꺼놨던 난방기를 다시 켜고 TV를 틀었다. 그런데 TV에서는 한 동남아시아계 유아가 담도폐쇄증으로 사경을 헤매고 있다는 소식을 전하고 있었다. 그리고 이 유아는 현재 부모가 없는 상태로서 지금 당장 3천만원짜리 카사이 수술을 받아야만 살 수 있다며 시민들의 성금을 호소하고 있었다. 그때 오희경 원장도 10만원을 성금으로 냈었다. 그런데 그때 그 유아가 지금 여기와 있는 것이다.

오희경 원장 앞에서 서 있는 유아는 작년 4월 초순 한 아파트의 쓰레기 분리함 옆에서 발견되었다. 출근하는 남편을 배웅하러 아침 일찍 아파트를 나선 여인은 아파트의 노상주차장으로 갔다. 그리고는 남편이 차에 올라 시동을 거는 동안 여인은 남편 차의 뒤에 가로로 이중 주차된 차를 밀면서 길을 터주었다. 남편이 아내가 터준 사이로 차를 빼내어 출근하자 여인은 들고 나왔던 음식물 쓰레기 봉투를 들고는 쓰레기 분리함으로 갔다. 그런데 음식물 쓰레기통과 재활용 쓰레기통 중에서 재활용 쓰레기통 옆에 조그마한 담요 뭉치가 눈에 띄었다.

'누구야? 양심 없게 폐기물로 신고 안 하고 슬쩍 재활용 쓰레기통 옆에다 버리고 간 사람이?'

여인은 누구인지 모를 사람에 대해 속으로 욕하면서 담요에 다가갔다. 그리고는 도대체 무엇을 함께 싸서 버렸나 하고 담요를 발로 툭툭 차면서 담요를 펼쳐보았다. 담요는 힘없이 바로 풀어지며 펼쳐졌다. 순간 여인은 경기를 일으켜가며 비명을 질러 댔다.

"아아악! 아아악! 악!"

여인의 갑작스런 비명 소리에 경비원들과 근처의 아파트 주민들이 달려왔다.

“시-시-시체에요! 시체!”

담요로부터 멀찌감치 달아난 여인은 부들부들 떨면서 담요를 가리켰다. 여인의 말에 한 경비원이 급히 담요로 달려가 그 안을 들여다보았다.

“저-! 시체는 아닌 것 같아요. 아직 숨을 쉬어요!”

“네?”

순간 아파트 주민들은 웅성대기 시작했다.

“어머! 뭐야 그럼 애기를 유기한 거야?”

“어머나 하필이면 왜 우리 아파트야!”

“도대체 짐승같은 연놈이 누구야?”

아파트 주민들은 분개하면서 담요 주위로 몰려들었다.

“어? 그런데 우리 한국 아이는 아닌 것 같은데요?”

“어머나? 그러게?”

“어느 나라 아기지?”

“아이고 가엾어라!”

“남의 나라에 와서 이게 무슨 일이래! 불쌍해서 어쩌나!”

아파트 주민들은 비쩍 마른 채 숨만 간신히 붙어 있는 동남아시아계 유아를 보고 저마다 안타까워하면서 혀를 찼다.

쓰레기 분리함이면 매일 한 번 이상은 반드시 사람들이 다가 올 것이다. 따라서 쓰레기 분리함 옆에 아이를 둔다면 장시간 또는 며칠 동안 사람들 눈에 띄지 않아 방치될 위험이 없다. 그리고 CCTV도 없으므로 아이를 유기하는 모습이 찍힐 우려도 없다. 그래서 아이의 부모가 여기 아파트의 쓰레기 분리함 옆에다 아이를 두고 간 것이었다.

“애기가 위독한 것 같아요. 누구 빨리 119 좀 불러주세요!”

　담요로 제일 먼저 달려갔던 경비원이 담요로 유아를 다시 감싸고는 품에 안아 일어서면서 다급하게 말했다. 그러자 경비원의 주위에 있던 주민들이 일제히 핸드폰을 꺼내들고 119를 눌러대기 시작했다.

　경찰에서는 유아를 유기한 사람을 찾으러 수사를 시작했다. 단서라고는 담요 안에 들어 있던 유아의 생년월일을 적은 쪽지 하나뿐이었다. 쪽지에 의하면 유기된 유아는 2살이었다. 그런데 쪽지에는 생년월일만 적혀 있었을 뿐 그 외는 어떠한 정보도 없었다. 심지어 유아의 이름조차도 없었다. 아마도 이름을 적게 되면 이름과 성을 보아 유기한 부모의 국적을 추리해내지 않을까 염려하여 적지 않은 것 같았다. 아니면 아직 이름도 지어 받지 못한 상태였는지도 모른다. 경찰에서는 쪽지에 적힌 날짜를 전후하여 전국의 병원과 개인 의원에 동남아계 여아의 출산 여부를 확인해보았으나 확인에 실패했다. 개인적으로 방에서 낳은 것 같았다. 만일 이때에 이미 불법 취업자 신분이었다면 방에서 남몰래 낳았을 가능성도 있었다. 따라서 확실한 단서는 아파트의 CCTV뿐이었다. 그러나 그 아파트에서는 쓰레기 분리함 근처에 CCTV를 설치해놓고 있지 않았다. 오직 주차장 아파트 입구와 엘리베이터 안에만 설치해놓고 있었다. 따라서 단서라고는 생년월일이 적힌 쪽지 하나만이 유일하였다. 결국 경찰은 유아의 담도폐쇄증과 시각장애 상태 그리고 동남아계 인종이라는 것을 들어 불법 취업 중인 동남아계 부부가 유아를 더 이상 돌볼 수 없어서 유기한 것으로 잠정 결론을 내리고 수사를 종결지었다. 그사이 유아는 보육원에 수용되어 TV를 통해 딱한 소식이 전국으로 전파되고 있었다.

　오희경 원장은 작년 4월에 보았던 TV 프로그램을 떠올리며 여인을 바라보았다. 여인은 말을 멈춘 채 목이 타는지 주위를 두리번거렸다.

"저, 물 좀 마실 수 있을까요?"

"어머! 여태 마실 것도 안 드렸네. 죄송해요. 저, 커피 아니면 음료수 드시겠어요?"

오희경 원장은 순간 당황하며 사무실 직원을 손짓으로 불렀다.

"그냥 음료수 주세요."

그녀는 음료수를 부탁하고는 다시 말을 하기 시작했다.

"우리는 그 동남아 아이가 무사히 수술을 잘 마치고 건강이 회복되길 빌었어요. 물론 순전히 우리를 위해서였지요."

그녀는 쓴 미소를 지었다. 자신에 대한 비웃음의 웃음이었다.

"그런데 두 달쯤 뒤에 TV 프로그램에서 그 아이가 건강을 되찾았다는 내용을 전해왔어요. 그 방송을 보자 저는 한달음에 그 아이를 보호하고 있는 보육원을 찾아갔지요. 그리고 이렇게 입양을 하게 되었어요."

그녀는 사무실 직원이 가져온 오렌지 주스를 받아 단숨에 다 들이켰다. 그리고는 빈 컵을 사무실 직원에게 돌려주며 오희경 원장을 불렀다.

"원장님!"

"네?"

"제가 경멸스럽지요?"

"네? 어머 무슨 말씀을 그렇게 하세요?"

"아네요. 속으로 그렇게 생각하시는 것 다 알아요. 실은 제 자신도 그렇게 생각하고 있으니까요."

그녀는 또 다시 쓴 미소를 지었다.

"장애아를 입양하니까 정부에서 보조금이 제법 많이 나오더군요. 한

달에 55만 1,000원. 변변찮은 벌이 없이 숨어 지내오던 우리에게는 정말 큰돈이었어요. 우린 그 돈으로 살았어요. 한마디로 이 애의 돈을 우리가 유용한 거지요.”

그녀는 마치 자학하듯이 말을 하고 있었다.

“하지만 사랑하지도 않으면서 이 애를 계속 데리고 있을 수는 없어요.”

힘없이 말한 그녀는 고개를 숙였다. 그러다 다시 고개를 들고는 핸드백에서 무엇인가 꺼냈다. 통장이었다.

“이게 그동안 우리가 썼던 이 애의 보조금이에요. 제가 그동안 정부에서 받아서 썼던 보조금 모두에다가 조금 더 돈을 보태서 이 애 이름으로 통장을 하나 새로 만들었어요. 출국하기 전에 제가 집에서 마련한 돈이에요. 이 애를 맡으시면 이 통장도 맡아주세요. 부탁드립니다.”

그녀는 간절한 눈빛으로 부탁해왔다.

오희경 원장은 그녀의 진심어린 부탁을 보자 그녀가 결코 아이를 데려가지 않을 것임을 알 수 있었다.

“그러시다면 파양하시고 이 아이에게 다시 기회를 주는 게 어때요?”

오희경 원장은 그녀의 얼굴을 쳐다보며 조심스레 의견을 말했다.

“그것도 알아봤어요. 저에게는 시간상 안 되더라구요. 이 애가 다시 입양될 수 있도록 파양하려면 친생자관계부존재 확인소송을 거쳐 저와 관련된 이 애의 호적을 없애주어야 하는데 그 판결이 나기까지 기다릴 시간이 저에게는 없더군요. 그리고 제가 원하는 대로 반드시 그렇게 판결이 난다는 보장도 없었고요. 그래서 파양을 못한 거예요.”

“아! 그렇겠군요.”

오희경 원장은 고개를 끄덕였다.

“그래도 이 애를 위해서는 저희 보육원보다 시각장애인 전용 시설에 맡기시는 게 더 좋을 것 같네요.”

“저도 그렇게 하려고 하였는데 또 안 되더군요.”

“네? 왜요?”

오희경 원장은 눈을 동그랗게 뜨며 물었다.

“시각장애인 전용 보육원을 여러 곳 다녀 보았는데 세 살 이상의 유아이거나 무연고자이어야 했어요. 그런데 이 애는 지금 두 살이고 제가 연고자로 되어 있어서 맡길 수가 없더군요.”

“어머! 그래요?”

오희경 원장은 몰랐다는 듯이 음성을 높였다.

“네, 그러니 원장님! 다시 부탁드리는데 이 가엾은 애 좀 맡아주세요.”

그녀의 눈에는 다시 눈물이 고이고 있었다.

“그럼…… 어머니께서는 어떻게 하실 건가요?”

오희경 원장은 그녀의 눈치를 살피며 조심스레 물었다.

“인도네시아에 가서 그 사람을 찾아갈 거예요.”

“네, 그러시겠지요.”

“가서 결판을 낼 거예요.”

“네?”

오희경 원장은 그녀의 예상치 못했던 말에 또 다시 놀랐다.

“그 사람은 인도네시아에 또 아내가 있었어요. 애가 넷이나 된다고 하더군요. 저에게 총각이라고 속였던 거예요.”

“어머나! 어쩜!”

오희경 원장은 기가 막혔다.

“그 나라는 이슬람 종교국이라서 일부다처제라고는 하지만 총각이라고 속인 것은 분명히 잘못된 거지요.”

“네, 그래서 왜 나에게 총각이라고 속였냐고 따졌지요. 그랬더니 뭐랬는지 아세요? 단지 제 도움이 필요해서 그렇게 속였을 뿐이고 자신은 본국의 아내만을 사랑한다고 하더군요.”

그녀의 입술은 파르르 떨리고 있었다.

“그래서 어떻게 하셨어요?”

오희경 원장의 음성이 높아졌다. 같은 여자의 입장에서 화가 난 것이다.

“당장에 출입국 관리소에 신고하겠다고 했어요.”

“어머! 그랬더니요?”

“하지만 저는 화가 나서 그렇게 말했을 뿐인데, 그 사람은 제 말을 곧이듣고는 더 이상 숨을 수 없다고 생각했는지 자진출국을 해버렸어요.”

“네에?”

오희경 원장은 할 말이 없었다. 그저 멍하니 그 여자를 바라보고만 있었다.

“어쩜 그럴 수가 있어요. 제가 그동안 얼마나 희생을 했는데 어쩜 한마디 말도 없이 그렇게 가버릴 수가 있어요!”

그녀는 큰소리로 엉엉거리며 울었다.

“저-! 울지 마세요. 여기서 운다고 해결되지는 안잖아요?”

오희경 원장은 살며시 그녀에게 다가가 어깨를 다독거려줬다.

“저-!”

여인의 어깨를 다독거리던 오희경 원장은 그녀에게 다소 망설이듯이 말을 붙였다.

“그럼, 떠난 그 사람은 잊고 새로 출발하시면 되지 않아요?”

“······.”

그녀는 울다가 오희경 원장의 말을 듣자 울음을 뚝 그쳤다. 그리고는 얼마간 가만히 있었다. 그러다 다시 손수건으로 얼굴의 눈물을 닦고는 입을 열었다.

“저 임신 4개월이에요. 그 사람 애에요.”

“······.”

이번에는 오희경 원장이 말이 없었다. 그녀는 졸지에 오갈 데가 없어진 이 아이가 불쌍했다. 그리고 이유야 어쨌든 지금은 이 여인도 불쌍했다.

“잘 알겠습니다. 그럼 제가 부인께서 돌아오실 때까지 이 애를 잘 맡아 키우고 있겠습니다.”

오희경 원장은 얼굴에 미소를 띠어 보이며 자신의 손수건을 꺼내 그녀의 얼굴에서 눈물을 마저 닦아주었다. 그렇게 해서 오희경 원장은 김경미를 맡게 되었다. 하지만 3개월 안에 돌아오겠다던 그 여인은 끝내 돌아오지 않았고 지금껏 아무런 소식도 없었다.

남자와 살려고 가는 것이 아니라 끝장을 내러 가는 길이었으니 어린 아이를 데려갈 수 없었을 것이다. 그리고 어쩌면 그녀에게는 그 길이 자신의 인생을 마감하는 마지막 행보였을지도 모른다. 아마 그래서 마치 고해성사하듯이 자신의 모든 것을 다 이야기했는지도 모른다. 오희경 원장은 그녀에 대해 이렇게 생각을 정리하고 더 이상 그녀를 책망하지도 않고 기다리지도 않기로 했다. 다만, 그녀가 행여 다시 돌아올 그날까지 그 여인이 맡기고 간 김경미를 열심히 보살피며 키워줄 생각이었다.

“그래서 제가 이주민들에게 관심을 갖게 되고 결국 여기에 한글교육

봉사자로 나오게 되었어요. 그리고 오늘 선생님을 만나게 된 거구요.”

이야기를 다 마친 오희경 원장은 다시 활짝 웃으며 문규현을 바라보았다.

“아! 그런 사연이 있었군요.”

문규현은 입을 떡 벌리며 감탄하듯이 말했다.

“호호! 사연이랄 것까지는 없지요. 그런데 선생님은 무슨 이유로?”

오희경 원장은 고개를 갸웃거리며 문규현을 보았다.

“예? 저요?”

순간 문규현은 얼굴이 빨개졌다. 오희경 원장의 사연에 비해 자신의 사연은 너무나 창피했기 때문이다. 혼자서 속으로 좋아하는 여인을 따라 그것도 봉사하러 나오지도 않는 여인을 따라 이곳에 오게 되었다고 말한다면 얼마나 웃어댈 것이며 자신을 형편없고 한심한 놈으로 볼 것인가. 문규현은 생각이 이에 미치자 얼른 가장 흔한 이유를 대며 사연을 둘러 댔다.

“평소 이주민들에게 한글을 가르치고 싶어서요.”

“아! 네, 그래요? 그래 가르쳐보니까 어떠세요?”

“아! 생각처럼 무척 보람됩니다. 정말 하기를 잘했다는 생각이 듭니다.”

문규현은 자신도 모르게 줄줄 말했다. 하지만 실제로 그렇게까지 보람되게 생각이 들지는 않았다. 그리고 잘했다는 생각은커녕 양수빈도 없는 곳에서 혼자 나오게 된 자신이 한심하다는 생각만 들고 있었다. 그러나 이처럼 진지한 사연을 가지고 있는 오희경 원장의 앞에서는 자신의 심정을 솔직히 말할 수 없었다. 그리고 한편으로는 그녀에 비해 자신이 부끄럽기도 했다.

'에이! 앞으로 진심으로 열심히 하면 되지!'

문규현은 자신이 여기에 오게 된 동기야 어떻든 앞으로 열심히 진정으로 도움을 주면 된다는 생각을 하며 속으로 자기 위안을 주었다.

"어머, 시간이 많이 갔네요. 저 먼저 갈게요. 다음에 또 봬요."

오희경 원장은 쾌활하게 말하며 자리에서 벌떡 일어났다.

"아! 예, 안녕히 가세요."

문규현도 자리에서 얼른 일어나며 꾸벅 인사를 했다. 그녀는 환하게 웃으며 역시 머리를 숙여 인사하고는 교실 밖을 나가 복도를 걸어갔다.

"저, 원장님!"

오희경 원장의 뒤에서 문규현이 불렀다.

"네? 부르셨어요?"

오희경 원장은 복도를 걷다가 뒤돌아보았다.

"예, 저- 아까 말씀하셨던 후원자말에요."

"……?"

"저, 후원자 가입할게요. 김경미 후원자로요."

아직 4월이라서 밤공기는 제법 차가웠다. 문규현은 구청 밖에서 오희경 원장과 함께 나란히 서서 자판기 커피를 마셨다. 문규현이 후원자로 가입한 기념으로 오희경 원장이 한턱 낸 것이었다.

이날 이후 문규현은 매주 월요일과 수요일 그리고 금요일이 되면 학교는 물론 학교 주변에서 자취를 감추어 버리는 사람이 되었다. 자신이 한글을 가르치는 시간이 저녁 7시부터이지만 그는 학교 수업이 끝난 5시 이후부터 구청에 나와서 살았다. 덕분에 그에게 학업이 우선인지 봉사가 우선인지 구분이 잘 가지 않을 지경이 되었다. 그리고 또 하나 달라진 것은 그가 학교로부터 받는 장학금이든지 그리고 아르바이트로 받는 수당이든지 매달 합해서 꼬박꼬박 10만원씩 그의 통장에서 빠져나가는 것이었다. 물론 그 돈은 모두 김경미에게로 갔다.

문규현이 오희경 원장을 만난 지 어느덧 4년이란 세월이 흘렀다. 그동안 문규현은 금전적으로만 김경미를 지원해 온 것이 아니라 오희경 원장이 운영하는 나래 보육원까지 직접 찾아가서 김경미를 씻겨주고 입히고 같이 놀아주고 하며 헌신적인 봉사를 해왔다. 그리고 처음에는 '엄마'란 말만 제대로 하고 '아빠'는 '빠빠'라고 밖에는 발음 못하던 어린 유아였던 김경미도 이제는 동화구연도 할 만큼 말을 깜찍하게도 잘하는 어린이가 되어 있었다.

문규현은 이미 대학을 졸업하고 지금은 석사과정도 한 학기만을 남겨둔 상태였다. 하지만 그는 여전히 변함없이 나래 보육원을 찾아 김경미와 놀아주었다. 물론 그곳의 다른 원생들에게도 봉사를 하였지만 그래도 가장 많이 챙기는 대상은 김경미였다. 그런데 문규현이 김경미에게 베푸는 봉사는 여전했지만 하나 바뀐 것이 있었다. 그것은 이제 더 이상 김경미를 씻겨주지는 않는다는 것이다. 해준다면 고작 세수나 손 또는 발을 씻겨주는 것으로 그쳤다. 목욕은 시켜주지 않았다. 김경미가 여섯 살에 들어서면서 유아에서 벗어나 소녀가 되었기 때문이다. 하지만 김경미는 이에 아랑곳 않고 문규현이 더 이상 자신에게 목욕을 시켜주지 않는 것이 서운할 뿐이다.

날씨가 아직은 따뜻한 9월 초순 토요일 오후. 이날도 어김없이 김경미가 목욕탕에서 큰소리로 울면서 떼를 써대고 있었다.

“아저씨! 미워! 미워!”

“아저씨 미워도 할 수 없어! 원장엄마가 잘 씻겨줄 거야!”

목욕탕 밖에서 문규현이 큰소리로 말해왔다.

“싫어! 아저씨가 씻어줘!”

어느 틈에 목욕탕에서 알몸으로 빠져 나온 김경미. 눈이 보이지 않는 작은 소녀는 넘어지지도 않고 그대로 달려가 문규현의 품에 안겼다.

“그래! 그래! 그럼 아저씨가 목욕탕 안에서 우리 경미가 얼마나 목욕을 잘 하나 지켜봐줄게. 그럼 됐지?”

문규현은 품 안에 폭 안긴 김경미의 머리를 쓰다듬어주며 다독였다.

“응, 그럼 됐어!”

김경미는 방긋 웃고는 그의 품안에서 빠져나왔다.

“내가 못 살아!”

양 손에 비누칠이 잔뜩 된 오희경 원장이 김경미를 쫓아 나왔다가 그녀를 다시 데리고 목욕탕 안으로 들어갔다.

“아저씨 옆에 있는 거지?”

머리에 샴푸 거품이 가득 인 김경미가 큰소리로 묻는다.

“응! 있어! 염려 마!”

문규현은 목욕탕 문을 슬쩍 닫고는 마치 안에 들어가 있는 것처럼 크게 대답해준다.

“응!”

김경미는 문규현의 음성을 확인하자 머리를 오희경 원장에게 다시 맡긴다.

“경미야! 엄마는 싫고 아저씨만 좋니?”

새침해진 오희경 원장의 음성이다.

"응, 나 아저씨가 더 좋아!"

"흥! 그러면서 왜 엄마보고 과자 사 달래니?"

"어? 내가 언제?"

김경미는 머리를 감다말고 고개를 번쩍 든다.

"어머머! 너 안 그러니?"

"응!"

"어머! 애 좀 봐!"

"나, 아저씨한테만 과자 달라고 그러는데!"

"애! 너 어제도 엄마가 과자 사줬잖아!"

"언제?"

"어머머! 누가 들으면 엄마 나쁜 사람으로 알겠다."

"이히히히!"

김경미가 장난스레 웃는다.

"하하하하!"

목욕탕의 문 밖에서 이들의 대화를 듣던 문규현도 크게 웃는다.

"어머! 웃음이 나오세요?"

김경미에게 홀대받은 오희경 원장이 문 밖의 문규현에게 괜히 트집이
다.

"아예, 미안합니다."

"흥!"

오희경 원장은 콧방귀를 크게 뀌고는 비누거품 투성이인 김경미를 씻
겨낸다.

“아야! 아저씨가 씻겨주면 좋겠다.”

“경미야 자꾸 네가 그렇게 말하면 듣는 엄마 서운해진다!”

“응!”

“이것이!”

“이히히히!”

오희경 원장과 김경미는 문 밖의 문규현을 사이에 놓고 20분 동안 그렇게 서로 간에 투닥거리며 목욕을 해대고 있었다.

목욕을 마친 김경미는 개운한지 보육원 앞마당으로 나와 제자리에서 팔짝거리며 놀았다. 그러다가 앞마당에 놓인 벤치에 나란히 앉은 문규현과 오희경 원장의 사이로 파고 들어가 앉았다. 그리고는 몸을 돌려 문규현을 끌어안았다.

“어머! 애! 엄마를 궁뎅이로 자꾸 밀어댈래?”

김경미가 문규현을 끌어안으면서 엉덩이로 오희경 원장을 밀쳐대고 있었던 것이다.

“하하! 엄마에게 그러면 못쓰지!”

문규현은 얼른 김경미를 안아 올려 바로 안았다.

“어이구! 그래 둘이서 잘 지내라! 엄마가 방해된다 이거지!”

오희경 원장이 벤치에서 벌떡 일어선다.

“어? 왜 일어나세요!”

“허이구 우리 경미에게 방해만 되는 엄마는 갑니다요!”

오희경 원장은 뒤도 돌아보지 않고 보육원 안으로 향했다.

“어? 정말 가세요?”

문규현이 당황하며 벤치에서 일어섰다. 그러나 그는 오희경 원장을 따라가지는 못했다. 김경미가 그의 목을 끌어안으며 매달렸기 때문이다.

"아저씨! 우리끼리 여기 있자! 응! 응! 여기 있자!"

오희경 원장은 등 뒤로 김경미의 칭얼대는 소리를 들으며 보육원 안으로 황황히 사라졌다. 그리고 문규현은 김경미를 품에 안은 채 해가 질 때까지 그렇게 벤치에 앉아 있어야 했다.

그로부터 일주일 뒤 토요일 오후. 나래 보육원에서 김경미의 울음소리가 크게 울려나오고 있었다. 그리고 그 옆에서 오희경 원장이 당황해하며 핸드폰으로 계속 전화를 걸어보고 있었다. 전화는 역시 받지 않고 있었다.

"무슨 일이지? 왜 안 받지?"

오희경 원장은 이상하다는 듯이 머리를 갸웃거리고는 핸드폰을 도로 바지주머니에 넣었다.

"경미야! 우리 조금만 더 기다려보자. 아저씨 꼭 오실거야."

그녀는 큰소리로 울어대고 있는 김경미를 끌어올려 안고는 등을 다독여줬다. 이제까지 4년 동안 단 한 번도 없었던 일이었다. 문규현이 이렇게 아무 연락도 없이 오기로 한 날에 나타나지 않은 적이 없었다. 그런데 그 다음날 일요일에도 역시 문규현은 나타나지 않았다. 그리고 월요일 저녁 구청의 한글교실에도 나오지 않았다. 수요일에도 금요일에도 그는 보이지 않았다. 이윽고 다시 돌아온 토요일 오후. 김경미의 울음소리가 나래 보육원에서 또 한 번 터져 나오고 있었다. 무슨 일이 생긴 것이다. 오희경 원장은 더 이상 가만히 앉아 그를 기다릴 수 없었다. 그녀는 문규현의 학교로 찾아갔다. 그러나 일요일이라서 학과실은 문이 굳게 닫혀 있었다. 어디 물어볼 만한 마땅한 곳이 없었다. 오희경 원장은 그저 막막하게 문규현의 학교를 돌아다녔다. 그리고 그날 저녁 그녀는 아무런 성과도 없이 보육원으로 돌아왔다. 김경미는 울다가 지쳤는지 깊은 잠에 빠져 있었다.

다음날 아침 월요일. 오희경 원장은 일찌감치 문규현의 학교로 출발했다. 그리고는 곧바로 건축공학과 학과실로 찾아갔다. 학과실에는 대학원 석사과정에 있는 조교들이 앉아있었다.

"무슨 일로 오셨습니까?"

자리에 앉아 있던 남자 조교 한 명이 자리에서 일어나며 오희경 원장에게 물어왔다.

"저, 혹시 문규현 학생에 대해서 좀 알 수 있을까 해서 왔는데요."

"예? 문규현 학생이요?"

그 남자 조교는 그녀가 문규현이라는 이름을 꺼내자 문규현이 무슨 잘못이라도 했나 하는 생각으로 경계하는 눈빛을 띠고 다시 물어왔다.

"아, 다름이 아니고 매 주말이면 우리 보육원에 봉사하러 왔었는데 이번에는 오지 않아서 어찌 된 것인가 궁금해서 알아보러 왔어요."

"아, 그러셨어요?"

그녀의 말을 듣자 비로소 마음이 놓였는지 그 남자 조교는 눈빛이 부드러워졌다.

"저, 혹시 학교에 있으면 어디로 가야 만날 수 있을까요?"

오희경 원장은 조심스레 물었다.

"저-, 그런데…… 실은 우리도 잘 모릅니다."

그 남자 조교는 다소 주저하며 대답했다.

"네? 모르다니…… 무슨 말이에요?"

"이 말씀을 드려도 될지 모르겠는데……."

그 남자 조교는 말끝을 흐렸다. 그리고는 동료 조교들의 눈치를 살폈다. 동료 조교들은 말하지 말라는 눈치를 보여 왔다.

"그러지 말고 말해주세요. 그래야 제가 알고서 원생들에게 둘러대든지 설명해주든지 할 게 아니에요?"

오희경 원장은 추궁해대듯이 그 남자 조교에게 말했다. 그러자 그 조교는 잠시 망설이다가 조심스레 입을 열었다.

"그 선배님 실은 병원에 입원해 있어요."

"네에? 어머! 왜요? 왜?"

큰소리로 묻던 오희경 원장은 너무 놀랐는지 순간 비틀거렸다.

"어? 괜찮으세요?"

남자 조교는 얼른 오희경 원장을 부축했다.

"아! 네, 괜찮아요. 그런데 왜 입원했어요?"

"저, 지금은 많이 좋아졌어요. 처음에는 위독했지만."

"네에? 어머! 어머! 어쩜 좋아!"

오희경 원장은 발을 동동거렸다.

"왜? 어떻게 해서 그렇게 되었어요?"

그녀는 다시 그 남자 조교에게 다그치듯이 물었다.

"저……."

남자 조교는 다시 뜸을 들였다.

"그러지 마시고 얼른 말해주세요."

"예, 저- 선배님이 좋아하던 여학생이 있었는데요. 그 여학생이 이번 달에 결혼을 했어요. 그래서……."

남자 조교는 말을 다시 우물우물하며 제대로 말을 하지 못했다.

"그래서요?"

"그래서 술에다가 수면제를 섞어서 마셨나 봐요."

"네? 어머나! 어머나!"

너무 놀란 오희경 원장은 어머나만 외쳐댈 뿐 다른 말은 하지도 못했다. 문규현에게 그렇게 사랑하던 여인이 있었다는 사실은 꿈에도 몰랐다. 아니 모를 수밖에 없었다. 문규현은 지금까지 그런 내색을 전혀 비추지 않았었기 때문이다.

"그렇게 좋아했던 여학생이었어요? 그럼 그 여학생이 문규현 학생을 배신한 거예요?"

오희경 원장은 흥분된 어조로 남자 조교에게 물었다.

"아뇨, 배신은 아니고 그저 선배님 혼자서 좋아했어요."

"네? 혼자서 좋아하다니요?"

오희경 원장은 어안이 벙벙해졌다.

"예, 선배님이 짝사랑했던 거예요."

"네? 그것을 어떻게 아세요? 분명한 거예요?"

"예, 제가 그 여학생에 대해 선배님에게 수시로 정보를 알려줬고 또 선배님은 저에게 그 여학생에 대한 심정을 말해 오곤 해서 잘 압니다."

그 남자 조교는 문규현에게 양수빈이 구청에 한글교육 봉사하러 다닌다고 말해주었던 바로 그 후배였다.

"세상에! 세상에! 세상에!"

기가 막힌 오희경 원장은 '세상에'만을 연발해 댔다.

"그런데 얼마나 위독했길래 일주일이 넘도록 병원에 입원해 있어요?"

"저……."

남자 조교는 또 다시 망설이듯이 말을 못했다.

"왜? 또 무슨 다른 이유라도 있나요?"

"예, 선배님이 깨어나서 집으로 돌아오자 또 술에다 수면제를 타서 먹었어요. 그래서 연속해서 두 번 입원하는 바람에 아직까지 병원에 있습니다."

"어머! 어머!"

오희경 원장은 계속 기가 막힐 뿐이었다.

"그럼 그걸 어떻게 발견했어요?"

"선배님은 집이 전라도 광주라서 하숙하는데 제가 같은 하숙집에 있거든요."

"그래요?"

"예, 그런데 그 여학생이 시집가던 날 선배님이 몹시 불안해하면서 괴로워했어요. 그래서 선배님 위로해주려고 찾았는데 학교에 안 보여서 하숙집으로 가 봤더니 신발이 있었어요. 그런데 방문이 잠겨 있어서 수상한 생각이 들어 문을 강제로 열고 들어가 보았더니 그렇게 되어 있었습니다. 두 번째도 마찬가지로 병원에서 퇴원시킨 후 불안해서 가봤더니 또 그렇게 되어 있었어요."

오희경 원장은 건축공학과 학과실을 나오자마자 양수빈의 신접살림집으로 정신없이 찾아갔다. 처음에는 양수빈의 신혼집 주소를 조교들 중 어느 누구도 오희경 원장에게 알려주지 않았다. 그러나 이 문제를 해결하지 않으면 문규현이 또 자살을 시도할지 모를 일이었다. 결국 오희경 원장과 이야기 했던 조교가 그녀에게 양수빈의 신혼살림집 주소를 가르쳐 주었다. 오희경 원장이 이 문제에 대해 해결해보겠다고 나섰기 때문이다.

전업 주부로 나선 양수빈의 신혼살림집은 강남의 한 아파트 20층에 있었다. 하지만 오희경 원장은 그녀의 살림집으로 들어가지 못했다. 오희경 원장은 현관문 밖에서 오직 인터폰으로만 양수빈과 대화를 나누어야 했다. 양수빈이 학교 선배 문규현의 일 때문에 왔다는 말을 듣고 경비실을 통과시켜주고 아파트 안으로까지 들어오게는 했지만 정작 아파트의 현관문은 열어주지 않았다.

"양수빈씨 부탁이에요. 그 사람의 아픈 마음을 달래주고 새 출발을 할 수 있게 도와주세요."

"제가 왜 그렇게 해야 되죠?"

"물론 양수빈씨께는 어려운 부탁이라는 거 잘 알아요. 하지만 문규현씨는 양수빈씨 선배도 되고 또 양수빈씨를 혼자나마 좋아했던 사람이니까 좀 인정을 베풀어 주실 수 없어요?"

"오희경씨라고 하셨죠?"

"네."

"오희경씨! 저는 그 사람 후배인 것은 맞으나 그뿐이에요. 제가 그 사람을 좋아했나요? 아니잖아요. 그런데 제가 왜 그 사람에게 인정을 베풀어야 하지요?"

"네, 맞는 말이에요. 그래도 그 사람이 양수빈씨 생각에 자꾸 죽으려고 하니 한 번만이라도 만나서 따뜻하게 위로를 해주면 죽을 사람 한 명 살리는 것 아니겠어요? 그러니 제발 그 사람을 좀 만나주세요."

"저는 그 사람이 죽든 말든 상관이 없어요? 전 그 사람이 누군지 잘 알지도 못해요. 제가 그 사람더러 죽으라고 했나요? 전 한 적 없어요. 그러니 그 사람이 죽는 것이 저하고 무슨 관계가 있나요? 없지요? 그러니 되지도 않는 말 그만 하고 가세요.”

“사람이 죽는다는데 어쩜 그렇게 냉정할 수 있어요?”

“오희경씨! 오희경씨도 여자잖아요. 같은 여자로서 어떻게 잘 알지도 못하는 남자한테 가서 위로를 해주고 마음을 다독거려주라고 하지요? 오희경씨도 여잔데 오희경씨라면 그렇게 하겠어요?”

“네! 전 그렇게 하겠어요. 저는 해요!”

“어머! 기가 막혀서!”

“양수빈씨! 양수빈씨!”

“댁이나 가서 그렇게 많이 하세요! 저에게 이상한 소리하지 마시고! 정말 이상한 여자야!”

인터폰이 끊어졌다.

“양수빈씨! 양수빈씨! 잠깐 저 좀 봐요! 양수빈씨!”

오희경 원장은 양수빈의 아파트 현관문을 얼마간 정신없이 두들겨 댔다. 그때였다. 엘리베이터가 열리면서 건장한 경비원 두 명이 뛰어나왔다. 그리고는 다짜고짜 그녀를 양쪽에서 붙잡고는 그대로 질질 끌며 엘리베이터 앞으로 데려갔다.

“여보세요! 이거 놓으세요! 지금 뭐하는 거예요?”

오희경 원장은 몸부림치면서 경비원들에게 대항했다. 그러자 그들은 더욱 강하게 그녀를 제압하며 소리 질렀다.

“그러는 댁은 지금 뭐하는 짓입니까? 왜 남의 아파트에 와서 행패질입니까? 행패질은!”

“행패라니요?”

“이게 행패가 아니고 뭐야! 당신 빨리 경찰서에 넘겨달라고 신고 받고 온 거야! 조용히 따라와!”

경비원들은 그녀를 우악스럽게 잡고는 그대로 엘리베이터 안으로 밀어버렸다. 그리고는 다시 엘리베이터 밖으로 나가려는 그녀를 부둥켜안은 채 엘리베이터 문을 닫고 내려갔다. 오희경 원장은 다행히 경찰서로 넘겨지지는 않았으나 다시 양수빈의 아파트로 들어가지는 못했다.

오희경 원장은 아파트에서 쫓겨나자 문규현이 입원해 있는 병원으로 갔다. 그에게 가기 전에 양수빈과의 만남 주선이라는 좋은 소식이라도 들고 가서 그의 지난 시간 오랫동안 혼자 괴로웠을 마음을 위로해 주고 싶었으나 상황은 자신과의 바람과는 전혀 상관없이 조금도 도움을 주지 않고 있었다.

일반 병실로 옮겨진 문규현은 깊은 잠에 빠져 있었다. 오희경 원장은 가만히 침대 곁으로 다가가 그를 물끄러미 바라보았다.

‘바보 같은 사람! 그렇게 좋아했으면서 어떻게 표현 한 번 못하고 지냈을까?’

오희경 원장은 지난 4년 동안 혼자서 애달파 했을 그를 보니 측은하게 생각이 들었다. 그녀는 안쓰러움에 손을 뻗어 그의 이마에 헝클어져 있는 머리카락들을 쓰다듬어 올렸다.

“음-!”

그녀의 손길을 느꼈는지 문규현이 잠시 신음 소리를 내더니 눈을 부스스 뜬다.

“엇!”

순간 깜짝 놀라며 문규현이 침대에서 윗몸을 벌떡 일으켰다.

"어머! 잠 깼어요?"

오희경 원장도 원장도 깜짝 놀라면서 손을 치웠다.

"여- 여- 여기는 어떻게?"

문규현은 오희경 원장이 여기 입원실에 들어오리라고는 생각지도 못했다. 그래서 더욱 크게 놀라고 있었다.

"미련한 사람!"

오희경 원장은 침대 옆의 보호자 침대에 앉으며 문규현을 아래위로 훑어본다.

"죄송합니다. 이런 모습을 보여드려서."

문규현은 고개를 폭 숙였다.

"이렇게 속으로 좋아하는 여자가 있었으면 진작 말을 했어야지 우리가 어떻게 도와줄게 아니에요? 이게 무슨 바보 같은 짓이에요!"

오희경 원장은 마치 큰누나처럼 문규현을 꾸짖었다.

"……."

문규현은 아무 말도 않고 고개만 숙이고 있었다.

"왜 그동안 한 번도 말하지 않았어요? 아니 내색조차도 하지 않았어요? 이정도로 마음이 멍들고 타들어가고 있었는데?"

"그게…… 저 혼자 좋아하는 것인데 어떻게 말해요? 괜히 바보 같기만 하죠."

문규현은 풀죽은 모습으로 조그맣게 말했다.

"이게 더 바보 같아요!"

오희경 원장은 다시 한번 큰누나처럼 그를 야단쳤다. 문규현은 오희경 원장과 여덟 살 차이가 났다. 때문에 지금 그녀는 문규현을 한글학교 선생이 아닌 철없는 막내 동생뻘 대하듯이 야단쳤다.

"……."

문규현은 침대에서 상반신만 일으켜 앉은 채 묵묵히 고개를 숙이고 있었다.

"그 여자는 이제 잊어요. 한 번도 눈길조차 주지 않은 여인이 그렇게 좋아요?"

"……."

문규현은 대답이 없었다.

"휴-!"

오희경 원장은 긴 한숨을 내쉬었다. 문규현은 그녀의 한숨 소리를 듣자 조그마한 음성으로 입을 열었다.

"저도 제가 그렇게까지 수빈이를 생각하고 있었는지는 몰랐어요. 그런데 수빈이가 결혼한다는 소식을 듣는 순간 저도 모르게 피가 거꾸로 쏟더군요. 제가 아닌 다른 남자와 수빈이가 한방에 같이 있는 것은 정말 상상도 하기 싫었어요. 제 자신이 무력해지고 미워지더군요."

"바보같이! 그럼 죽을 용기를 가지고 그 여자에게 가서 사랑한다! 좋아한다! 사귀자! 뭐 이렇게 고백이라도 해보지 그걸 못하고 이런 바보같은 짓을 해요!"

"……."

문규현은 또 대답이 없어졌다.

"왜 말을 못하죠? 말해 봐요! 왜 그렇게 못했는지!"

오희경 원장은 그동안 문규현이 양수빈에게 무기력하고 소극적으로 대해왔던 것에 대해 속이 터지는지 언성을 높였다. 이에 문규현이 다시 입을 열었다.

"저는 전라도 광주가 집이에요. 부모님은 광주시 근교에서 농사를 짓고요. 그런데 수빈이는 전라도 나주가 집이었어요."

"네? 그럼 오히려 잘되었잖아요! 광주와 나주는 이웃 지역이잖아요?"

"그런데 수빈이 집이나 저희 집이나 별반 다를 게 없더군요."

"……."

"수빈이는 꿈이 많았어요. 하고 싶은 것도 많고, 놀러 가보고 싶은 외국도 많고, 가지고 싶은 물건도 많고…… 그런데 저는 그것을 이루어줄 능력이 없었어요."

"규현씨가 왜 능력이 없어요! 지금 당장 어렵다뿐이지 나중에 그렇게 되면 되잖아요!"

오희경 원장은 그의 말을 듣자 속이 더 터지는지 음성이 한층 더 높아졌다. 그런데 그녀의 질타에 대한 그의 대답은 전혀 예상 밖이었다.

"실은…… 수빈이의 첫 남자가 저였어요. 저 역시 수빈이가 첫 여자였고요."

문규현은 얼굴을 들어 오희경 원장을 쳐다보았다. 오희경 원장은 당황하고 있었다. 그들의 관계가 이렇게 깊은 관계였다는 것은 생각지도 못한 일이었다.

"수빈이는…… 고생 지긋지긋하게 하고 나이 다 들어서 외국 놀러나가고 다 늙은 뒤에 명품 들고 나가면 뭐하냐고 누가 알아나 주냐고 하더군요."

"……."

“그리고는 그렇게 떠났어요.”

문규현은 눈물을 주르륵 흘렸다.

“수빈이가…… 수빈이가…… 우리 수빈이가 원하는 행복을 위해서는 제가 물러나야지요.”

문규현의 눈에서는 굵은 눈물이 쉴 새 없이 흘렀다.

“……”

오희경 원장은 더 이상 그를 힐책하지 않았다. 대신 그의 얼굴을 가슴에 품고 같이 눈물을 흘리고 있을 뿐이었다. 그녀는 자신의 사랑이 원하는 행복을 위해 자신을 희생한 그의 사랑에 대해서 그리고 그 가슴 저미는 사랑을 홀로 삭혔을 그에 대해 그저 가슴이 아려올 뿐이었다.

“문규현씨!”

오희경 원장은 물기 어린 음성으로 조용히 그를 불렀다.

“여자는 자신의 실마리를 잡은 사람에게만 비단을 주는 누에고추와 같아요.”

오희경 원장은 문규현을 가슴에 품고 그의 머리를 쓰다듬었다.

“규현씨는 수빈이의 실마리를 잡지 않았을 뿐이에요. 그래서 수빈이가 펼칠 비단을 받지 못했을 뿐이에요. 그뿐이에요. 규현씨는 모자라지도 뒤떨어지지도 않아요. 지금 처지에 자책할 필요 없어요.”

문규현은 오희경 원장의 말을 들으며 더욱 격렬하게 울기 시작했다. 그는 그녀의 허리를 와락 끌어안았다. 그리고는 그녀의 품안에서 큰소리를 내며 울었다.

“규현씨! 규현씨는 능력 있는 멋진 남자니까 규현씨가 풀어낼 아름답고 탐스런 누에고치의 실마리는 반드시 있어요. 서두르지 말고 차분히 기다리세요. 그럼 규현씨만을 위한 비단이 펼쳐질 거예요. 저를 믿어요.”

오희경 원장은 그를 가슴에 품은 채 등을 다독거려주며 한참을 그렇게 서 있었다.

그해 문규현은 석사학위도 통과하고 박사과정에도 합격했으나 박사과정을 포기하고 같은 해 11월경에 해군 학사장교 시험에 응시하여 그 다음해 3월에 진해의 해군 학사장교 교육대에 입소하였다. 이는 양수빈에 대한 마음의 치유 수단으로써 자기 스스로 선택한 것이었지만 오희경 원장의 권유이기도 했다.

화요일 늦은 오후. 박준영은 문규현의 소식이 궁금했다. 열흘 전 토요일에 문규현이 혼자 오전 중에 서울로 올라갔었는데 그 이후의 소식에 대해서는 지금까지 전혀 들은 바가 없었다. 틈틈이 전화를 걸어보았지만 받지 않았다. 다른 동기들을 통해 안부를 물어보았지만 무슨 일인지 문규현이 수시로 조퇴하고 서울로 올라가 버리기 때문에 자기들도 잘 모른다고 말해왔다. 그래서 바로 먼저 토요일에도 박준영이 혹시나 하고 문규현에게 핸드폰을 걸어보았지만 역시 받지 않았다. 그리고 지금 7월 24일 화요일 오후, 당일 교육이 모두 끝나자 박준영은 문규현에게 다시 한번 전화를 걸어보려고 핸드폰을 꺼내 들었다. 그때였다. 핸드폰이 울렸다. 핸드폰에 찍히는 번호를 보니 문규현이었다.

“어! 규현아!”

“응, 나다. 규현이!”

“죽지 않고 살아 있었네!”

“하하! 그럼 임마! 잘 살아 있지!”

“그래, 서울은 잘 갔다 왔냐?”

"응, 잘 다녀왔다. 그런데 너 지금 어디냐?"

"나? 나 BOQ 들어가고 있는 중인데?"

"그러니? 그럼 좀 만나자."

"어디서?"

"나 지금 너네 부대 앞에 있다. 내가 니 BOQ로 들어가랴? 니가 나오랴?"

"그래? 그럼 기다려! 내가 나가마!"

박준영은 BOQ로 바삐 걸어갔다. 그의 BOQ 침실에는 아직 아무도 없었다. 아까 최태훈이 매점에 간다고 하더니 모두 그곳으로 몰려간 것 같았다. 박준영은 군복을 벗고 사복으로 갈아입은 후 급히 부대 정문으로 뛰어갔다.

"준영아! 여기다!"

부대 정문 밖에서 서성이던 문규현이 박준영을 보자 반갑게 손을 흔들었다.

"어! 그래 잘 지냈어?"

"나야 뭐 항상 그렇지."

"하하!"

박준영은 활짝 웃으며 문규현과 같이 길가를 걷기 시작했다. 그러다 가끔 택시가 지나가나 차도를 살펴보았다. 시내로 들어가려면 버스보다는 택시가 더 수월하기 때문이다.

"준영아!"

문규현이 걷다가 갑자기 멈추어 서면서 박준영을 불렀다.

"나, 너랑 시내에 안 들어가."

“어? 왜?”

“나 그냥 여기서 바로 김해공항으로 갈 거야.”

“응? 왜? 무슨 일 있어?”

“김경미 있지, 그 애 수술 날짜 잡혔어. 내일이야.”

“뭐? 이야! 정말 다행이다! 하하하하!”

박준영은 예상치 못했던 소식에 큰소리로 웃으며 그의 어깨를 쳤다.

“그런데 수술비는?”

“아! 그것도 해결됐어!”

“야 정말 다행이다! 하하하!”

박준영은 모처럼 듣게 되는 희소식에 더욱 활짝 웃었다. 하지만 그 수술비가 문규현이 지난 5년간 부은 정기적금을 깬 돈이라는 사실은 알지 못했다.

“준영아!”

“왜?”

“나, 너 한 번 끌어안아보자!”

“응?”

문규현은 말을 마치자 갑자기 박준영을 끌어안았다. 박준영은 처음에 그가 장난치는 줄 알고 뿌리치려 했으나 자신의 목덜미가 뜻뜻해지는 것을 느끼고는 흠칫 놀라며 가만히 있었다.

“야! 규현아! 너 왜 그래?”

박준영은 문규현의 등을 두드리며 조용히 물었다. 그는 아무 대답도 없이 박준영을 강하게 끌어안고 있었다. 그렇게 얼마쯤 지나자 그는 박준영을 안았던 팔에서 힘을 빼며 그를 바라보았다.

"그냥, 너를 알게 되어 기뻐서 그랬어!"

문규현의 눈은 붉게 변해 있었다.

"응, 나도 너를 알게 되어 기뻐! 그런데 무슨 일 있니?"

"아냐! 있기는! 그냥 니가 보고 싶어서 왔다."

문규현은 쑥스럽게 웃고는 눈물을 손등으로 대충 훔쳤다.

"갑자기 무슨 뜬금없는 소리야?"

"야! 임마 동기가 보고 싶을 때가 정해져 있냐? 아무 때나 보고 싶으면 와서 보는 거지!"

문규현은 박준영의 가슴을 한 대 퍽 친다.

"야! 너 봤으니 됐다. 나 간다! 잘 있어라!"

문규현은 박준영에게 손을 휘휘 내젓고는 차도로 내려섰다.

"어? 얌마! 사람 불러내놓고 그냥 가냐?"

차도에서 택시를 잡는 문규현을 향해 박준영이 어이없어 하며 소리친다.

"그럼? 그냥 가지! 뭐 해? 뽀뽀라도 해주랴?"

"윽! 저게 그냥!"

"하하하하! 야! 택시 왔다. 나 간다! 잘 있어!"

문규현은 택시 있는 곳으로 바삐 뛰어가며 뒤를 향해 손을 흔들었다.

문규현은 박준영과 헤어진 뒤 3시간 후, 그는 서울에서 오희경 원장과 함께 병원 복도의 걸상에 나란히 앉아있었다.

"미안해요! 미안해요! 미안해요! 아-! 정말 미안해요!"

오희경 원장은 문규현에게 미안하다는 말만 되뇌고 있었다.

"미안하긴요. 그래도 저하고 경미의 혈액형이 B형으로 같아서 그나마 다행이에요.”

문규현은 오희경 원장에게 조용한 음성으로 말하고는 살짝 미소를 지어보였다. 그러나 오희경 원장은 여전히 어쩔 줄 몰라 하며 미안해했다.

“하-! 미안해요! 이런 것까지 시키게 될 줄은……!”

급기야 그녀는 눈물을 보였다. 그러자 문규현은 얼른 손수건을 꺼내 그녀에게 쥐어주며 다시 위로했다.

“에이! 시키다니요! 누가 시켜요? 제가 자진해서 한 것인데. 그리고 생체 간이식 수술은 요즘 수술 축에도 못 들어간대요. 아무 걱정 마세요!”

문규현이 자신은 아무렇지도 않게 생각하고 있다는 듯이 과장되게 허세를 보이며 다시 활짝 웃어 보였다. 문규현은 이미 교육 사령관에게서 간이식 수술을 위한 보름간 특별 휴가를 받아놓았다. 하지만 이 사실을 동기들 중 어느 누구도 몰랐다. 그만큼 문규현은 이 사실을 주위 사람들에게 철저히 숨기고 있었다.

“그래도…… 개복 수술인데……! 어떡해!”

오희경 원장은 다시 눈물을 쏟아냈다.

“에이! 괜찮다니까요. 이건 수술 축에도 못 낀다니깐요!”

“…….”

하지만 그녀는 아무 대답 없이 문규현의 넉살에도 불구하고 여전히 눈물을 흘리며 울뿐이었다. 이때 한 간호사가 복도에 나와 문규현을 찾았다.

“문규현씨! 문규현씨!”

“예? 접니다! 왜 찾으세요?”

문규현은 걸상에서 벌떡 일어서며 간호사를 보았다.

“환자가 찾습니다. 들어가 보세요!”

“아! 예!”

문규현은 간호사에게 인사하고는 옆의 오희경 원장을 보았다. 그녀도 이미 일어서 있었다. 그는 오희경 원장에게 같이 가보자는 손짓을 보이고는 병실로 바삐 걸어갔다.

병실의 김경미는 입에 산소 호흡기를 착용하고 있었다. 앙상하게 말라 버린 김경미는 자신의 옆에서 인기척이 나자 고개를 돌렸다. 초점 없는 소녀의 눈은 더욱 누렇게 변해 있었다. 김경미는 힘겹게 손을 들어올렸다. 문규현은 얼른 다가가 소녀의 손을 두 손으로 꼭 잡았다.

“경미야! 아저씨야! 알겠지? 응? 아저씨야!”

김경미는 살짝 고개를 끄덕였다. 그리고는 자그마한 검지를 꼿꼿하게 세우고는 문규현의 손바닥에다 꼭꼭 눌러대기 시작했다. 점자였다.

“그래! 그래! 아저씨도 그래!”

문규현은 눈물을 글썽이며 고개를 끄덕였다. 그는 김경미를 위해 그동안 점자를 배워봤었다. 김경미는 똑같은 글자를 또 다시 반복해서 문규현의 손바닥 위에 썼다.

‘아저씨! 사랑해요! 영원히! 저를 잊지 마세요! 기억해줘요!’

문규현은 소녀의 작고 가냘픈 손을 꼭 움켜쥐고는 소리 없이 눈물을 흘렸다.

“아저씨도! 아저씨도! 사랑한다! 영원히!”

30분 후, 문규현은 통통 부은 눈으로 병실문을 나서고 있었다. 그의 뒤에 따라 나오는 오희경 원장도 역시 두 눈이 통통 부어있었다.

그날 밤 10시. 문규현과 오희경 원장은 나래 보육원 원장실에 있었다.

김경미의 입원 수발에 빠진 물건이 있어 그것을 마저 챙기러 보육원으로 돌아왔다가 잠시 원장실에 들어가 쉬고 있는 중이었다.

"내일 오후에 수술이라서 뭐 먹을 거 해드릴 수도 없고 어떡해요?"

오희경 원장은 내일 있을 수술을 위해 오늘 내내 굶고 있는 문규현이 딱해죽겠다는 듯이 그를 쳐다보았다.

"하하! 괜찮아요. 그냥 물이나 한 잔 주세요."

문규현은 굶는 것에 대해 대수롭지 않다는 듯이 말하고는 윗옷 안주머니에서 무엇인가 증서들을 꺼내들었다. 오희경 원장은 그에게 물을 떠다주면서 힐끗 그 증서들을 쳐다보았다.

"보험을 많이 들었네요? 어머! 생명보험이 3개나 되요?"

"예, 학교 다닐 때 2개 들었고, 입대해서 훈련 받으면서 1개 들었고 그래서 모두 3개 들게 되었어요. 학교 때는 보험 외판원 선배 때문에 들었고, 입대해서는 동기들과 같이 일시에 들었어요."

싱긋 웃으며 대답한 문규현은 그녀가 떠다 준 물을 한 모금 마신다.

"그런데 이걸 왜 저에게 보여주세요?"

"저-! 보험금 수령인을 김경미로 모두 바꿔놨습니다."

"네? 어머!"

오희경 원장은 예상치 못했던 그의 말에 깜짝 놀랐다.

"혹시! 나중에라도 경미에게 이 돈이 큰 도움이 될 거예요. 그러니까
……."

문규현은 나머지 이야기를 하지 못했다. 오희경 원장이 얼른 손을 뻗어 그의 입을 가로막아버렸기 때문이다.

"쉿-! 말하지 마세요. 무서워져요! 쉬-잇!"

“그래도…….”

“쉬잇!”

오희경 원장은 두 손으로 그의 입을 꼭꼭 봉해버렸다.

“그런 일 없을 거예요! 그런 일은! 만일 무슨 일이 생긴다면…… 아!
생각만 해도 숨 막혀!”

오희경 원장은 고개를 마구 흔들었다. 그러다 거의 들릴 듯 말 듯한
작은 음성으로 중얼거리듯이 말했다.

“나-난 죽어버릴 거예요!”

“…….”

오희경 원장은 그의 입에서 손을 떼 냈다. 그리고는 그의 목을 강하게
끌어안았다.

“아-! 안아줘요! 무서워요!”

그녀는 몸을 떨고 있었다. 문규현은 가만히 그녀를 끌어안았다.

“저-!”

문규현은 그녀를 안은 채 뭐라 말을 하려고 하였다. 하지만 이번에도
역시 말을 하지 못했다. 오희경 원장이 또 다시 손으로 그의 입을 막아
버렸기 때문이다.

“나-난 당신을 잃으면 살 수 없어요. 그러니 지금은 어떤 말도 하지
말아요! 제발 부탁이에요!”

그녀는 문규현의 입을 막았던 손을 아래로 스르르 떨어뜨리며 그의
품안에 깊이 안겨 들어갔다.

“어쩌다가 당신을 의지하는 것이 이렇게 커져 버렸네요. 미안해요. 하
지만 사실이에요.”

그녀는 입술을 깨물며 눈물을 흘리고 있었다. 아무렇지도 않은 수술이라는데, 가볍게 생각해도 될 수술이라는데 왜 이렇게 불안한지 그녀도 알 수 없었다.

"저도 내 마음을 어쩔 수 없어요. 제 곁에 항상 있어줘요. 그러니 무서운 소리는 말고 저를 지켜줘요. 당신은 제 마음의 영혼이에요 언제나……!"

잠시 후 그녀는 원장실 문을 잠그고 방 불을 끄고 있었다.

다음날 7월 25일 수요일 아침 7시. 문규현은 전신 마취된 채 병원의 수술대 위에 누워있었다. 김경미의 상태가 급속히 악화되어 오후 1시에 하기로 하였던 수술을 오전 7시로 급히 옮긴 것이다. 그의 가슴은 개복되어 있었고 간이 밖으로 드러나 있었다. 드디어 간이 조심스레 절개되기 시작했다. 그리고 이어서 신속하게 지혈 작업도 같이 병행되기 시작했다. 그런데 그렇게 수술이 시작된 지 한 시간이 조금 넘었을 때였다. 지혈을 담당한 정승아 수간호사가 다급하게 외쳤다.

"김 박사님! 지혈이 도무지 안 됩니다!"

"뭐? 어느 정도에요?"

간에 대해 절개를 한참 하고 있던 수술 집도의 김성우 박사가 깜짝 놀라며 정승아 수간호사를 보았다.

"전혀 안 돼요!"

"뭐에요?"

김성우 박사는 정승아 수간호사가 관리하고 있는 지혈 부위를 보았다. 정승아 수간호사의 말대로 지혈은 전혀 이루어지지 않고 있었다. 절개된 부위 곳곳에서는 피가 하염없이 스멀스멀 새어나오고 있었다.

"왜 빨리 말 안 했어요!"

"이 수술은 본래 워낙 출혈이 많은 수술이라서 그만……."

"이런! 일상적인 수술상 출혈인지 비정상적인 출혈인지도 구별 못해요!"

김성우 박사는 큰소리로 정승아 수간호사를 야단쳤다. 그리고는 수술실에 같이 들어온 일반외과 의사 정진환 박사에게 다급하게 물었다.

"출혈 상태는 어떻습니까?"

"상태가 꼭 혈우병 환자 같습니다!"

지혈 처리를 일차적으로 한 후 이의 관리를 정승아 수간호사에게 연속적으로 넘겨대던 정진환 박사가 출혈부분을 얼른 다시 들여다보며 당황스럽게 대답해왔다. 정진환 박사는 지혈 처리한 부분에서 여전히 출혈이 비쳤지만 곧 지혈될 것으로 생각하고 이의 관리를 정승아 수간호사에게 넘겨 가면서 계속하여 다른 부위에 대해 지혈 처리를 해대고 있었다. 그런데 이처럼 지혈 부위에서 여전히 출혈되고 있다는 것은 몰랐었다.

"도너(donor) 혈액 검사 안 했어요?"

김성우 박사가 당황하며 정승아 수간호사에게 소리쳤다.

"했습니다! 전혀 이상 없었어요."

"그런데 혈우병 환자 같다니 무슨 말이에요? 도너 혈액 검사 했다면서요?"

"……."

정승아 수간호사는 아무 대답도 못하고 있었다.

"뭐에요? 안 했어요? 응고기능 검사(blood coagulation test) 안 했어요?"

"저-! 하긴 했는데……."

“했는데?”

“응고기능 검사상으로는 아무 이상 없이 정상으로 나왔다고 합니다.”

“그런데 왜 이래요?”

“저-, 그런데 혈액 검사가 한 번만 이루어졌습니다.”

“무슨 소리에요? 한 번만 했다니?”

김성우 박사가 깜짝 놀라며 다그쳤다.

“그래서 저도 이상해서 수술 전에 검사실에 가서 물어봤더니 도너에 대해 5일 전에 첫 혈액 검사를 하고는 그 이후 추가 검사는 하지 못했다고 합니다.”

“그건 또 무슨 소리에요?”

“도너가 5일 전에 우리 병원에서 혈액 검사를 한 번 받고 간 이후 그 다음날부터 부대에 비상이 걸렸다며 내내 오지 않았다고 합니다.”

“뭐라고요?”

“그러다가 도너가 어젯밤에 우리 병원에 왔는데 혈액 검사 받으러 채혈실로 오라고 전했는데도 그냥 가버렸다고 합니다. 그래서 오늘 오전에 채혈해서 검사하면 오후에 들어가는 수술 전에는 결과가 나오기 때문에 그렇게 하려고 했는데 그만 갑자기 수술이 오전 7시로 다시 잡히는 바람에 추가 혈액 검사를 미처 못 했다고 합니다.”

“그래도 했어야 하는 것 아니에요?”

김성우 박사의 언성이 높아졌다.

“이전에 검사한 결과 아무 이상이 없어서 괜찮겠지 했답니다.”

“어떻게 그런 안일한 생각을 할 수 있어요!”

김성우 박사는 버럭 소리를 질렀다. 그러나 현재로서는 화를 낸다고 하여 달라질 것은 아무 것도 없다. 지금 급한 문제는 이 기증자가 계속 출혈을 하고 있다는 것이다. 김성우 박사는 추가 혈액 검사가 이루어지 않았기 때문에 이 기증자가 왜 혈우병 환자처럼 피를 흘려대는지 영문을 알 수 없었다. 이때 다른 간호사인 홍정혜 간호사가 혈압계를 보며 보고해왔다.

"김 박사님! 혈압이 매우 약합니다!"

드디어 출혈성 저혈압이 나타난 것이다.

"뭐? 그럼 준비된 혈액은?"

"이 속도로 출혈이 된다면 부족해질 것 같습니다!"

"혈액을 더 확보해요!"

김성우 박사는 급히 명령을 내렸다. 그런데 무슨 일인지 명령을 받은 홍정혜 간호사가 혈액을 가지러 밖으로 나가지 않고 머뭇거리며 서 있었다.

"뭐해요? 빨리 혈액 더 가져오지 않고?"

"저-!"

머뭇거리던 홍정혜 간호사는 잠시 김성우 박사의 눈치를 살피고는 입을 열었다.

"도너는 RH-B형입니다."

"알고 있어요! 그런데 무슨 문제 있어요?"

"네! 현재 우리 병원에 비축된 RH-B형 혈액은 더 이상 없습니다. 지금 모두 투입되었습니다."

"뭐에요? 그럼 도너가 자가수혈 비축은 안 했어요?"

"아니에요. 했습니다. 도너가 진해 국군통합병원에 자가수혈로 혈액을 비축해 놓은 것을 우리가 이미 받아놨습니다.”

“그럼 그것 가져오면 될 것 아니에요?”

김성우 박사의 음성이 어느덧 높아졌다.

“그것까지 포함해서 지금 여기 있는 혈액이 전부입니다!”

“뭐라고요? 다른 병원의 혈액은행에서 피를 더 확보해놓을 생각은 안 하고 어떻게 도너가 가져온 자가수혈 피만 믿고 있었어요?”

김성우 박사는 기가 막혔다.

“저-, 혈액 관리부에서는 도너가 준비해 온 자가수혈의 양이 원체 많아서 그것에다 우리 병원 것을 더하면 충분할 걸로 판단했다고 합니다.”

“음-!”

김성우 박사는 얼굴이 굳어졌다. 사실 이처럼 원인 불명의 과다출혈이 발생하지만 않았다면 이번 수술에 공급된 혈액의 양은 일반적인 경우에서라면 충분하고도 남을 정도의 양이었다. 그러나 현재 매우 심하게 과다출혈이 일어나고 있는 이 상태에서는 턱없이 부족한 양이다.

“빨리 혈액 관리부로 가서 다른 병원의 혈액은행에 RH-B형 수배하라고 해요!”

김성우 박사는 홍정혜 간호사에게 급히 명령하였다. 그리고는 정승아 수간호사 옆에 있는 또 다른 간호사인 채은영 간호사에게 곧이어 화급하게 물었다.

“셀 세이버(Cell saver)는 가동되고 있어요?”

“네! 벌써 가동시켰습니다. 저-, 그런데 셀 세이버로 공급하는 혈액으로도 양이 많이 딸릴 것 같습니다! 출혈이 워낙 심합니다!”

“할 수 없네! 그러면 우선 일반 수액을 주사하고 최대한 출혈을 막아봐요!"

김성우 박사는 셀 세이버를 담당하는 채은영 간호사에게 명령을 내렸다. 그러나 출혈이 멈추지 않는 이유에 대해서 명확하게 이유를 모르고 있어서 혈우병 환자의 출혈을 막는 데 쓰이는 데스모프레신(Desmopressin: DDAVP) 처방은 선뜻 내리지 못하고 있었다. 출혈을 효과적으로 차단하려면 출혈의 원인을 정확히 파악하여 출혈에 대해 근원적으로 차단시켜야 한다. 때문에 출혈의 원인도 모르는 상황에서 무턱대고 데스모프레신부터 쓰는 것은 좋은 처방이라 할 수 없다. 김성우 박사는 이러한 이유로 데스모프레신을 문규현에게 쓰는 것을 일단 보류하고 있었다. 그런데 김성우 박사가 갑자기 무슨 생각이 났는지 정승아 수간호사를 다급하게 불렀다.

"수간호사!"

"네!"

"도너가 해군 장교라고 했지요?"

"네? 네! 해군 장교라고 했습니다."

"해군 장교라면 혈우병 환자가 아니에요! 출혈이 멈추지 않는 이유는 따로 있어요! 수간호사는 빨리 진해 국군통합병원에 전화를 걸어서 도너가 이전에 무슨 처방을 받은 적이 있는지 확인해봐요! 처방을 받았다면 확인이 될 거예요!"

"네!"

정승아 수간호사는 황급하게 수술실을 뛰어나갔다.

"김 박사님!"

혈압계를 지켜보던 주혜경 간호사가 급하게 김성우 박사를 불렀다.

"또 뭐에요?"

“혈압이 매우 낮아졌습니다! 도파민(dopamine)을 쓸까요?”

“안 돼요! 그러면 출혈이 더 가속화 돼요!”

“김 박사님! 혈압이 아주 약합니다!”

주혜경 간호사가 안절부절 못하며 김성우 박사를 쳐다보았다. 당황하기는 김성우 박사도 마찬가지였다. 혈압 상승제를 쓰면 혈압은 일시적으로 올라갈 것이다. 그러나 혈압의 상승으로 출혈은 더욱 가속화될 것이다. 그렇다면 출혈부터 막아야 하는데 지혈이 전혀 이루어지지 않고 있다. 지혈을 효과적으로 하기 위해서는 출혈의 이유를 정확히 알아야 한다. 그래서 지금 정승아 수간호사가 문규현의 지혈되지 않는 출혈의 이유를 알아보기 위해 수술실을 나갔다. 그러므로 김성우 박사는 이를 알아보러 나간 정승아 수간호사가 돌아오면 도너의 출혈이 지혈되지 않는 이유를 명확히 알 수 있을 것이다. 하지만 정승아 수간호사는 아직도 돌아오지 않고 있었다.

“데스모프레신을 준비해요!”

김성우 박사는 주혜경 간호사의 건너편에 서 있는 민현숙 간호사에게 명령했다. 김성우 박사는 데스모프레신의 처방에 대해 더 이상 망설일 수 없었다. 소식이 없는 정승아 수간호사가 돌아오기만을 무작정 기다리고 있을 수만은 없는 일이다. 그는 급한 대로 일단은 혈우병 환자의 출혈을 막는데 쓰이는 주사약 처방을 임시방편으로 내렸다.

김성우 박사는 문규현의 과다출혈에 대해 우선 범혈관성 응고장애(disseminated intravascular coagulation : DIC)를 의심해보았다. 범혈관성 응고장애는 출혈을 억제하는 응고인자(coagulation factor)가 고갈됨으로써 출혈을 막지 못하여 발생하는 현상이다. 여기서 급성 범혈관성 응고장애는 주로 수술 후에 나타난다. 그런데 이 기증자의 비응고성 출혈은 수술을 시작하자마자 바로 나타나고 있으므로 급성 범혈관성 응고장애는 아니다.

이에 김성우 박사는 장기의 출혈을 일으키는 산증(acidosis)도 생각해보았으나 이 또한 가능성이 낮았다. 기증자가 폐암이거나 폐결핵 환자는 아니었으므로 산소와 이산화탄소의 교환이 폐에서 잘 이루어지지 않아 이산화탄소가 과도하게 축적되는 호흡성 산증은 일단 아니다. 그는 대사성 산증도 생각했지만 이 역시 아닌 것 같았다. 기증자가 신장에 관련된 환자 또한 아니었기 때문이다.

그렇다고 기증자가 당뇨병 환자인 것도 아니다. 그리고 기증자가 수술을 위해 굶고 있었으므로 설사를 했을 리 없고 건장한 청년이므로 굶주린 상태도 아니다. 따라서 김성우 박사는 이러한 원인들에 의해 나타나는 산증에 의한 출혈은 아닌 것으로 판단했다.

그리고 수술 직전까지 기증자의 체온은 정상이었으므로 저체온증에 의한 과다출혈 또한 아닌 것으로 김성우 박사는 보았다. 따라서 현재로서 김성우 박사는 문규현의 과다출혈에 대해 어떠한 판단도 내리지 못하였다.

그러나 그렇다고 그대로 있을 수만은 없는 일이다. 지금 이 순간에도 피는 계속해서 쏟아져 나오고 있다. 결국 김성우 박사는 혈우병 환자의 출혈을 막는데 쓰는 데스모프레신 주사 처방을 일단 내렸다. 문규현이 혈우병 환자가 아님에도 불구하고 김성우 박사가 데스모프레신 처방을 내린 것은 데스모프레신이 혈중 응고인자 VIII과 폰 빌레브란트 인자를 증가시키기도 하지만 무엇보다도 혈관을 수축시킴으로써 출혈을 저지하기 때문이다.

김성우 박사의 명령을 들은 민현숙 간호사가 재빨리 수술실 밖으로 나갔다. 문규현은 혈우병 환자가 아니었으므로 혈우병 환자에게 쓰는 데스모프레신을 수술실에 준비해 놓지 않았던 것이다.

김성우 박사는 전혀 예상치 못했던 상황이 벌어지자 적지 아니 당황하고 있었다. 그는 수술실 문을 바라보며 신경질적으로 말했다.

"수간호사는 아직도 안 와?"

그때였다. 정승아 수간호사가 수술실 안으로 급하게 뛰어 들어오며 외쳤다.

"김 박사님! 도너가 클로피도그렐(clopidogrel) 처방 환자였답니다!"

"뭐?"

김성우 박사는 이제야 기증자의 혈액이 멈추지 않고 마치 혈우병 환자처럼 계속 흘러내린 이유를 알 수 있었다. 바로 클로피도그렐 약 때문이었다. 클로피도그렐 약이 문규현의 피를 굳지 않게 만든 것이다. 기증자의 혈액검사가 5일 전에 이루어졌으니까 그 이후에 기증자가 클로피도그렐을 집중적으로 복용한 것이다. 만일 그 이전에 문규현이 클로피도그렐 약을 복용했다면 혈액 검사에서 그의 혈액이 잘 굳지 않는다는 것이 드러났을 것이다. 따라서 그에게 수술 부적합 판정이 내려졌을 것이다. 그러나 혈액 검사에서는 전혀 아무런 이상도 나타나지 않았다. 그래서 수술 적합 판정이 떨어졌다. 하지만 지금 이 상황에서는 문규현은 절대로 수술을 받으면 안 되는 혈액 상태였다. 혈액 상태가 180도 바뀐 것이다. 이에 대한 이유는 단 하나, 문규현이 혈액검사 후에 클로피도그렐을 지속적으로 과용한 것이다.

"클로피도그렐 약은 왜?"

“흡연에 의한 급성 심근경색을 앓고 있었다고 합니다! 담배를 아주 심하게 피웠었나 봅니다!”

“뭐? 흡연?”

“네, 그런데 도너의 아버지가 허혈성 심질환자라고 합니다.”

“그럼, 그 가족력이 급성 심근경색을 일으키는데 시너지 효과를 발생시켰군!”

이제 상황을 알겠다는 듯이 김성우 박사는 고개를 끄덕였다. 그리고는 정승아 수간호사에게 다시 큰소리로 물었다.

“그런데 도너가 급성 심근경색 환자라는 사실을 우리가 왜 몰랐지?”

“우선 도너가 우리에게 전혀 밝히지 않았고 또 도너에게 진단을 내린 병원이 군병원이라서 우리 일반 병원과는 환자의 진료에 대한 정보가 상호간에 공유되지 않아서 알 수가 없었습니다.”

“흠-!”

김성우 박사는 정승아 수간호사의 보고를 듣고 잠시 무엇인가 생각하는 듯 했다.

“그래도 간의 상태가 좋은 것으로 보아 도너는 급성 심근경색이 최근에 왔었나 보군!”

김성우 박사는 혼잣말처럼 중얼거렸다. 그리고는 정승아 수간호사를 보고 다급하게 지시를 내렸다.

“할 수 없어요! 그래도 데스모프레신을 주사하는 수밖에는 없어요! 수간호사는 데스모프레신이 올 때까지 최대한 지혈시켜요! 아직도 데스모프레신은 안 왔어요?”

김성우 박사는 당황하며 문규현의 혈압 상태를 보았다. 아주 안 좋았다. 김성우 박사는 초조하게 데스모프레신을 기다렸다. 그렇게 얼마간 있자 마침내 민현숙 간호사가 돌아왔다.

“빨리 데스모프레신을 주사해요!”

김성우 박사는 민현숙 간호사에게 다급하게 명령하고 문규현의 상태를 살폈다. 출혈은 계속 되고 있었다. 이때 혈압계를 지켜보던 주혜경 간호사가 급하게 외쳤다.

“김 박사님! 혈압이 떨어지기 시작합니다!”

김성우 박사는 반사적으로 혈압계를 보았다. 혈압이 급속도로 떨어지고 있었다. 선택의 여지가 없었다.

“도파민을 주사해요!”

“네!”

주혜경 간호사가 급히 도파민을 주사했다. 그러자 급강하하던 혈압이 잠시 주춤했다. 그러나 이것도 잠시 또 다시 혈압이 떨어지기 시작했다. 출혈이 아까보다 더 심해졌기 때문이다. 상황이 이렇게 되자 도파민을 더 주사할 수도 없었다. 김성우 박사는 일반적으로 수술 후에나 극히 소량만 사용하는 혈압상승제 바소프레신(vasopressin) 주사도 최후의 수단으로 사용해볼 생각이었으나 도파민 주사에 의해 출혈이 더 심해지면서 결과적으로는 혈압이 더 떨어지자 이 생각을 접었다.

“데스모프레신 주사했어요?”

김성우 박사는 아까 데스모프레신이 들어가는 것을 보고도 또 확인했다. 지혈이 전혀 되지 않고 있기 때문이다. 문규현의 간과 가슴은 온통 피로 범벅이 되어가고 있었다. 이때 정진환 박사가 급하게 소리쳤다.

“심박동이 멈췄어! 심폐소생기 준비해!”

정진환 박사는 심폐소생기를 무려 6차례나 작동시켰다. 그러나 심장은 뛰지 않았다. 정진환 박사는 심폐소생기를 밀치고 급히 횡경막을 열어 손으로 심장을 직접 마사지하기 시작했다. 하지만 정진환 박사가 손을 놓으면 심장은 움직이지 않았다. 이때 마취를 담당한 이병제 박사가 각종 강심제를 주사하였다. 그렇지만 여전히 심장은 뛰지 않았다. 이에 마지막 수단으로 정진환 박사는 에피네프린(epinephrine)이 재어져 있는 주사기를 재빨리 들었다. 그리고는 그 주사기를 그대로 문규현의 심장에다 꽂았다. 이는 다른 처방에 비해 특별히 큰 효과는 없는 것이었지만 그래도 지금 마지막 남은 수단으로 이 방법이 유일하다.

에피네프린이 심장에 곧바로 주사되었지만 심장은 여전히 뛰지 않았다. 정진환 박사는 김성우 박사를 쳐다보았다. 김성우 박사는 고개를 끄덕였다. 정진환 박사는 다시 한번 더 에피네프린 주사기를 문규현의 가슴에다 꽂았다. 역시 마찬가지였다. 심장은 전혀 움직이지 않았다.

그러자 흉부외과 의사 박배영 박사가 문규현에게 체외 순환기인 ECMO를 급히 달았다. ECMO는 정지된 문규현의 심장과 폐의 기능을 즉시 대신하기 시작했다. 그런데 문제는 피가 그치지 않고 계속 빠져나간다는 것이었다. 셀 세이버로 공급되는 혈액보다 유출되는 혈액이 월등히 많았다. 따라서 문규현의 몸에서는 혈액이 점점 적어지고 있었다. 이에 줄어드는 혈액을 대신해서 지금 일반 수액을 주사하고 있지만 문제는 뇌에 대한 산소의 공급이다. 일반 수액에는 헤모글로빈이 없기 때문에 뇌에 산소를 공급할 수 없어서이다. 빠져나가는 혈액을 대신해서 일반 수액이 채워지다 보니 문규현의 혈액은 계속해서 묽어지고 있었다. 이에 문규현의 몸에는 어느덧 산소 공급의 기능을 제대로 할 수 없는 묽은 혈액만 계속 ECMO를 통해 순환되기 시작했다. 이는 장차 뇌기능이 정지될 것임을 뜻한다. 그리고 이것은 아울러 각 장기의 기능도 앞으로 정지될 것임을 의미한다.

"홍 간호사는 어찌 되었어요? 왜 이렇게 소식이 없지? 수간호사가 한번 알아봐요!"

김성우 박사는 묽은 피가 셀 세이버를 통해 문규현에게 공급되는 것을 보자 아까 혈액을 수배하러 나간 홍정혜 간호사를 급박하게 찾으며 정승아 수간호사에게 말했다. 그리고 이어서 민현숙 간호사에게 급히 명령했다.

"민 간호사! 옆 수술장에 들어가서 레시피언트(recipient) 상황은 어찌 되었나 확인해봐요!"

"네!"

민현숙 간호사는 대답과 동시에 수술실을 뛰쳐나갔다. 그리고 얼마 안 있어 다시 허겁지겁 뛰어들어 왔다.

"김 박사님! 레시피언트는 이미 간 제거가 완료되었다고 합니다!"

"음-!"

김성우 박사는 깊은 신음 소리를 냈다. 문규현으로부터 간을 이식 받을 김경미도 지금 이 수술실의 바로 옆 수술실에서 동시에 수술을 받고 있는 상황이다. 같은 시간에 문규현의 수술실에서는 그의 간 중 일부가 절제되고, 김경미의 수술실에서는 그녀의 간이 제거되고 있었다. 그런데 현재 이 시각 김경미의 간이 이미 제거된 것이다. 이제는 문규현이나 김경미에 대한 수술을 다시 되돌릴 수가 없다. 따라서 간 이식수술을 계속해야 할 것이냐 말아야 할 것이냐에 대한 선택의 여지는 전혀 없다. 간이식수술은 계속 진행되어야 한다. 그렇지 않으면 기증자뿐만 아니라 수혜자도 목숨을 잃게 된다.

"수술은 계속 합니다!"

한 사람이라도 살려야 했다. 김성우 박사는 김경미라도 살리기 위해 수술을 계속 진행시켰다.

김성우 박사가 다시 문규현에게서 간을 절제하고 있을 때 정승아 수간호사와 홍정혜 간호사가 급하게 뛰어들어 왔다. 이어서 홍정혜 간호사가 숨이 찬 음성으로 김성우 박사에게 보고해왔다.

"김 박사님! 근방에는 없고 대구 경북대 의대하고 부산대 의대에 있다고 합니다. 아무리 빨리 와도 두 군데 모두 2시간 30분 정도는 걸릴 것 같습니다."

"음-!"

김성우 박사는 얼굴색이 몹시 어두워졌다. 그 정도의 시간이라면 이미 상황이 끝난 뒤의 시간이 된다. 지금 이 상태 하에서의 문규현에게는 이들 혈액이 2시간 30분 뒤에 도착한다하더라도 도움이 되지 않는다.

"방송으로도 수배했나?"

"네! 각 방송사를 통해 혈액을 수배하고 있는 중인데 쉽지 않습니다! 지금 두 사람에게서만 연락이 왔는데 각각 전라도 광주하고 제주도입니다. 이외는 아직 없습니다. 아마 아침 출근 시간대라서 사람들에게 잘 알려지지도 않고 수혈에 참여하기도 힘든 것 같습니다!"

"……!"

이제는 더 이상 어쩔 수가 없다. 김성우 박사는 아무 말 없이 묵묵히 수술을 계속 집도해나갔다.

4시간 후 김성우 박사는 문규현으로부터 간을 완전히 떼어내고 있었다. 김성우 박사가 간을 밖으로 꺼내들자 정진환 박사가 신속한 손놀림으로 문규현의 가슴을 봉합하기 시작했다. 얼마 후 문규현에 대한 모든 봉합이 끝났다. 정진환 박사는 봉합을 끝내자 얼마간 가만히 서 있다가 고개를 떨구었다. 그의 이마에는 땀이 송글송글 맺혀 있었다. 잠시 그렇게 있던 그는 고개를 들고 김성우 박사를 보았다.

"김 박사님 익스파이어(Expire) 선언하시지요?"

김성우 박사는 굳은 표정으로 그대로 서 있었다. 그러다 수술실에 걸린 시계를 바라보고는 마침내 무겁게 입을 열었다.

"사망시간 7월 25일 수요일 13시 23분!"

김성우 박사는 침통하게 말했다.

수술이 끝났을 때 문규현은 이미 뇌사한 뒤였다. 문규현의 출혈이 너무 심했던 것이다. 출혈만 어떻게 막았다면 문규현은 그래도 뇌사까지에는 이르지 않았을 것이다. 그러나 문규현은 지속적으로 엄청난 양의 피를 흘렸다. 때문에 이로 인해 수술 종반에는 거의 수액으로 이루어진 혈액만이 문규현의 몸을 한 시간 넘게 돌았다. 따라서 그의 회생에 대해서는 전혀 희망이 없다. 지금 문규현의 회생에 있어서 ECMO가 아무 소용없는 것이다. 김선우 박사의 사망 선고가 내려지자 간호사들은 ECMO를 문규현의 몸에서 제거하기 시작했다.

ECMO의 제거를 잠시 지켜보던 김성우 박사는 무거운 표정으로 정승아 수간호사를 바라보며 새로운 명령을 내렸다.

"수간호사! 김경미 이식 수술 준비하도록!"

수술은 문규현과 김경미가 수술장에 들어간 지 14시간이 넘도록 끝나지 않고 있었다. 수술실의 밖에는 1초마다 한 눈금씩 생명이 깎여나가는 심정으로 초조하게 기다리고 있는 오희경 원장만이 홀로 남겨져 있었다.

7월 28일 토요일 오후. 햇살은 매우 화창했다. 그러나 토요일 오전 교육을 마치자 바로 서울로 올라온 박준영은 그런 햇살을 전혀 느끼지 못하고 있었다. 하얀 해군 정복을 차려 입은 박준영의 눈에는 또 다시 굵은 눈물이 흘러내리고 있었다.

"나쁜 자식! 나쁜 자식! 우리가 너를…… 우리가 너를 어떻게 끌어안았는데! 이 나쁜 자식!"

흔들리는 뱃전에 선 박준영의 손에는 하얀 가루가 한 움큼 쥐어져 있었다. 그 가루는 바로 문규현이었다. 동기들이 그토록 사랑하고 지켜주었던 그가 지금 한 움큼의 재로 되어 그가 사랑했던 동기의 손에 들려 있는 것이다.

박준영과 김현태 그리고 최태훈과 홍윤진은 서울에 올라온 후 다시 인천으로 내려가 인천항에서 배 한 척을 전세 내어 바다 멀리 나와 문규현의 유골을 바다에 뿌리고 있었다. 동기들이 문규현의 유골을 모두 바다에 뿌릴 동안 배의 뒤편 갑판에는 문규현의 아버지와 어머니가 무기력하게 앉아 있었다. 올해로 나이가 여든 셋이 되는 그의 아버지는 키가 180cm는 훌쩍 넘는 훤칠한 키의 노인이었으나 오랜 농사 일로 인해 피부가 구리 빛이었고 얼굴에는 깊은 주름살이 잡혀 있었다. 그의 아버지는 담배를 입에 문 채 아들의 유골이 뿌려지는 동안 내내 아무 말 없이 바다만 쳐다보고 있었다. 문규현의 어머니는 키가 140cm가 겨우 되는 여든 다섯 살의 할머니였다. 몸집이 조그마하고 머리가 하얗게 쉰 그야말로 하얀 할머니였다. 그의 어머니는 외아들인 문규현의 영정을 가슴에 안은 채 역시 아무 말도 없이 무표정하게 정면만 바라보고 있었다.

문규현의 유골이 모두 뿌려지자 박준영을 비롯한 김현태와 최태훈 그리고 홍윤진은 문규현의 부모에게 큰 절을 올렸다. 그러나 그들은 일어나지 못했다. 그대로 그들은 엎드린 채 울었다. 이때 그들의 어깨를 차례로 두들겨주는 손길이 있었다. 그 손길은 작고 약했다.

"시방, 울지들 마소!"

조용하면서 침착한 음성이 들려왔다. 문규현의 어머니였다. 목석처럼 아무 표정 없이 그리고 미동도 없이 앉아있던 문규현의 어머니가 아들의 영정을 옆에 내려놓고 마침내 몸을 움직이면서 입을 연 것이다.

"젊은 사내들이 요러크롬 눈물이 많으면 못 쓰제이!"

문규현의 어머니는 박준영과 김현태 그리고 최태훈과 홍윤진을 차례대로 일으켜 세웠다.

"긍께 나라 지키는 사람이 요러콤 약해서는 안 되제."

문규현의 어머니는 온화한 음성으로 말하고는 미소를 지어보였다.

"어- 어머니! 죄송합니다!"

"죄송합니다!"

"죄송합니다!"

"어머니!"

박준영을 비롯해 김현태와 최태훈 및 홍윤진은 문규현의 어머니에게 죄송하다는 말을 하며 고개를 숙였다. 그들의 눈물은 갑판 위로 방울지며 떨어져 내렸다.

"자네들은 죄송할 것 없지라! 거시기 오히려 못난 자식 둔 내가 부끄럽지라!"

문규현의 아버지였다. 그동안 내내 바다만 바라보다가 그들에게로 다가온 것이다.

"고맙쇼잉! 참말로 고맙쇼잉!"

문규현의 아버지는 굵은 음성으로 말하고는 거칠고 마른 두 손을 내밀어 박준영과 김현태 그리고 최태훈과 홍윤진의 손을 차례대로 움켜쥐면서 머리를 숙이며 인사했다. 그들은 그때서야 늙은 노인의 두 눈에 맺힌 붉은 눈물을 보았다.

문규현이 하얀 가루가 되어 사라져 간 바다는 조용했다. 그 바다 위에는 늦은 오후의 붉은 태양이 하늘을 온통 붉게 물들이며 바다로 서서히 내려앉고 있었다.

배는 사방이 으스름해져서야 부두로 돌아왔다. 부두에는 오희경 원장이 나와 있었다. 그녀는 배가 부두에 닿자 한 소녀의 손을 이끌고 조심스레 다가왔다.

"오희경 원장님이시죠?"

평소 문규현으로부터 그녀의 이름을 자주 들었던 박준영이 배에서 내리자 곧바로 그녀에게 다가가 인사했다.

"네, 오희경입니다."

아래위로 까만 원피스를 입은 그녀는 조용한 음성으로 말하며 인사해 왔다.

"박준영입니다."

박준영도 같이 고개를 숙이며 인사했다.

"죄송합니다! 우리 때문에 귀한 동기 분을 잃게 해서 정말 죄송합니다! 죄송합니다! 죄송합니다!"

그녀는 연신 머리를 숙여대며 사죄를 해왔다. 그러다 비틀거리더니 그대로 고꾸라지듯이 앞으로 쓰러졌다.

"엇! 오희경씨!"

박준영은 깜짝 놀라며 얼른 오희경 원장에게 달려가 그녀를 부축했다.

"엄마! 엄마!"

소녀는 자신의 손을 잡고 있던 사람이 갑자기 쓰러지자 큰소리로 울음을 터뜨렸다. 그러자 오희경 원장은 소녀를 와락 끌어안았다.

"경미야! 경미야! 이제부터 너는 울면 안 된다. 아저씨를 사랑한다면 아저씨를 사랑한다면 강하게 커야 한다. 강하게……."

그녀는 몸부림치면서 하염없이 흐느껴 울었다. 박준영은 말없이 그녀와 소녀를 가만히 지켜보았다. 그때 그의 두 눈에는 문규현의 해군 학사장교 피앙새 반지가 마치 결혼반지처럼 그녀의 손가락에 끼워져 있는 것이 선명하게 들어오고 있었다.

(2권에 계속)